Gebrochen

Alpha's Claim, Buch Zwei

Von

Addison Cain

Dieses Buch ist ein fiktives Werk. Namen, Charaktere, Unternehmen, Orte, Ereignisse und Vorfälle sind entweder ein Produkt der Fantasie der Autorin oder werden auf fiktive Weise verwendet. Jede Ähnlichkeit mit realen Personen, lebend oder tot, oder realen Ereignissen ist rein zufällig.

Cover-Art von Simply Defined Art

ISBN: 978-1-950711-23-9

*Dieses Buch ist ausschließlich für Erwachsene gedacht und enthält Szenen mit totalem Machtaustausch, die einigen Lesern Unbehagen bereiten können.

Kapitel 1

Als sie sein Zuhause gefunden hatte, konnte Claire kaum noch kriechen. Sie kratzte am Eingang, ihre Finger taub, und sackte auf dem Boden zusammen. Als die Tür sich einen Spalt öffnete und blinzelnde Augen in der Dunkelheit auftauchten, hätte Claire gelacht, wenn sie dazu in der Lage gewesen wäre. Noch nie hatte ein Mann so schockiert ausgesehen.

Sie war schmutzig; ihre strähnigen Haare waren nass von Schnee und Schweiß, ihre Gliedmaßen durch ihren Sturz übel zerkratzt. An ihrem Hals war ein blauer Fleck, der verräterisch wie ein Handabdruck geformt war und sie wie eine traurige Halskette umgab. Das war nichts im Vergleich zu dem Zustand ihrer Füße, als er versuchte, ihr beim Aufstehen zu helfen. Sie waren zerfetzt und bluteten, es war mehr Haut abgetragen worden, als gesund war. Corday hob sie vom Boden hoch, drückte ihren eiskalten Körper an seinen und schloss die Tür.

„Claire!" Er rieb seine Hände energisch über den Rücken der zitternden Frau. „Ich habe dich."

Und das war auch gut so; sobald die Tür geschlossen war, rollten ihre Augen zurück in ihren Schädel und Claire verlor das Bewusstsein. Corday brachte sie schnell zu seiner Dusche, stellte sie auf heiß und blieb mit ihr unter dem Strahl stehen. Ihre Lippen waren blau und das war kein Wunder, wenn man bedachte, dass die Temperaturen auf dieser Ebene des Dome fast unter dem Gefrierpunkt waren. Der Beta zog ihr das ruinierte Kleid aus und wusch

1

jedes Blutrinnsal von seiner Freundin, entdeckte noch mehr blaue Flecken, noch mehr Wunden, noch mehr Gründe, Shepherd zu hassen.

Den Verband an ihrer Schulter bewahrte er sich für den Schluss auf, war dankbar dafür, dass zumindest etwas verarztet worden war. Aber als er durchtränkt wurde, bereitete ihm das, was unter dem Verband andeutungsweise zum Vorschein kam, Sorgen. Corday schälte ihn zurück und fluchte, als er sah, was das Scheusal ihr angetan hatte. Das Gewebe unter Shepherds Biss, mit dem er sie für sich beansprucht hatte, war rot und deformiert – obwohl es so aussah, als ob ihre Schulter seit Wochen verheilte, war sie ein verdammtes Wrack.

Das Monster hatte sie verstümmelt.

Das Wasser wurde so kalt wie Cordays Blut. Er trug sie raus, trocknete sie so gut er konnte ab und legte Claire in die Wärme seines Bettes. Dort lag sie, nackt und schwer verletzt, während ihre ausgehöhlten Wangen langsam wieder etwas Farbe bekamen. Er legte eine Gliedmaße nach der anderen frei, pflegte Kratzer, bandagierte Wunden und tat sein Bestes, um ihre Körpermitte und Brüste bedeckt zu lassen. Das bedeutete nicht, dass er sie nicht sah, die verräterischen blauen Flecken, die die Innenseiten ihrer Oberschenkel übersäten.

Sie sah fast so schlimm aus wie die Omegas, die von der Widerstandsbewegung gerettet worden waren …

Es machte ihm Angst. Keiner dieser Frauen ging es gut. Obwohl sie in Sicherheit waren, verschlechterte sich ihr Zustand – sie sprachen kaum, aßen kaum. Noch mehr von ihnen waren gestorben und obwohl die Enforcer die Ursache nicht genau bestimmen konnten, war sich Brigadier Dane sicher, dass sie nach allem, was sie hatten durchmachen müssen – als man ihnen die Kinder und

Gefährten genommen hatte – einfach den Lebenswillen verloren hatten.

Claire musste anders sein.

Linker Arm, rechter Arm, beide Ellbogen bluteten langsam. Salbe und Verbände waren das Beste, was Corday zu bieten hatte. Aber es gab nichts, was er für ihren Hals tun konnte; die gelbbraunen Flecken waren nicht neu. An den Beinen waren die Verletzungen der Omega deutlich komplizierter – beide Kniescheiben sahen grotesk aus; eine Wunde war tief genug, um genäht werden zu müssen. Er tat sein Bestes mit einer Schmetterlingsnaht, schloss die Kluft aus zerrissenem Fleisch und richtete die Haut so aus, dass sie eine Chance auf Heilung hatte. Ihre Gelenke würden anschwellen – das war unvermeidlich – und er zögerte, sie mit Eis zu kühlen, da sie bereits zitterte und sich noch kalt anfühlte.

„Du wirst wieder gesund, Claire", versprach er. „Du bist bei mir in Sicherheit."

Claire öffnete blutunterlaufene Augen; sie sah den Beta an, dessen Gesicht sie wie ein Buch lesen konnte. Er hatte Angst um sie. „Es tut nicht weh."

„Sch." Er beugte sich runter und lächelte, weil sie wach war. Er strich ihr die nassen, verknoteten Haare aus dem Gesicht und sagte: „Gönn deiner Kehle etwas Ruhe."

Sie fügte sich und Corday arbeitete schnell, um fertig zu werden, desinfizierte jede Schürfwunde an der Außenseite ihrer Oberschenkel, an ihren Knien und Schienbeinen. Ihre Füße waren eine andere Sache. Es gab wenig, was er tun konnte, und sie würde in den kommenden Tagen kaum laufen können. Er zog die kleinen Trümmerteile heraus und bemerkte, dass sie sich nicht bewegte oder zuckte, selbst als frisches Blut hervorquoll, nachdem er ein großes Stück Glas herausgezogen hatte. Er wickelte ihre Füße fest ein und betete zu allen drei Göttern, dass die offenen Wunden nicht eitern würden.

Als es so aussah, als würde sie schlafen, stand er auf.

Claires Hand schoss hervor, ihre lädierten Finger krallten sich in seinen Ärmel. „Geh nicht!"

„Du brauchst Medikamente", beruhigte Corday sie und verschränkte seine Finger mit ihren.

Claire verstärkte ihren Griff, unstet und verängstigt. „Lass mich nicht allein."

Corday schob einen Haufen Verbandsverpackungen auf den Boden und tat, worum sie ihn bat. Er schlüpfte neben ihr unter die Decke und bot ihr Körperwärme und einen sicheren Platz zum Ausruhen. Claire ließ sich von ihm festhalten und legte ihren Kopf auf seine Schulter, wurde still.

Sie schämte sich, darum zu bitten, fühlte sich unfassbar erbärmlich, als sie flüsterte: „Schnurrst du für mich?"

So etwas war ein intimer Akt zwischen Liebenden und Familienmitgliedern, aber der Beta zögerte nicht. Corday holte tief Luft und ließ sofort die grummelnde Vibration ertönen. Das Geräusch klang etwas schief – der Akt etwas, woran er nicht gewöhnt war – und obwohl es nicht die Komplexität des Schnurrens eines Alphas hatte, war es in diesem Moment unendlich tröstlich.

„Das ist schön." Claire seufzte erschöpft. „Bitte hör nicht auf."

Corday wischte mit seinem Daumen eine kullernde Träne von ihrer Wange. „Das werde ich nicht, Claire."

Mit der Stimme einer gebrochenen Person begann Claire, mehr als nur endlose, erstickende Misere zu verspüren; sie verspürte Abscheu … für sich selbst. „Ich hasse diesen Namen."

* * *

Claire wachte eng an ihren Freund gekuschelt auf, wie Kinder, die sich Geheimnisse zuflüsterten. Ihr Körper tat zwar weh, aber ihr war warm, sie war umgeben von einem Duft der Sicherheit und dankbar für das jungenhafte Lächeln, das Corday ihr schenkte, als sie ihre klebrigen Wimpern mühsam öffnete.

Er glättete vorsichtig und sanft ihre verknoteten Haare. „Du siehst viel besser aus."

Sie lagen so nahe beieinander, dass sie die in der Nacht gewachsenen Bartstoppeln auf seiner Wange sehen und seinen Atem riechen konnte.

Er wirkte so echt.

Claire saugte ihre aufgesprungene Unterlippe in den Mund, spürte den stechenden Schmerz. Als sie den Schorf schmeckte, der zurückgeblieben war, nachdem diese Frau, Svana, sie geschlagen hatte, weil sie sich geweigert hatte, die Beine zu spreizen, wurde der Albtraum wieder real. Es war, als wäre Svana mit ihr im Raum, als ob die Hände der Alpha immer noch um ihren Hals geschlossen wären.

Claire rang nach Atem.

Corday durchbrach ihr wachsendes Entsetzen. „Es geht dir gut, Claire. Ich werde dich beschützen."

Es war kein Traum, es war echt. Claire verstand langsam, dass sie die Sonne immer deutlicher auf ihrem Gesicht spürte, je mehr Corday sprach, je mehr er sie berührte.

5

Wie hatte sie es überhaupt hierhergeschafft?

Sie *war* Shepherd entkommen, unter großen körperlichen Anstrengungen und nackt, und Corday hatte sie aufgenommen, trotz der Tatsache, dass sie ihm eine Schlaftablette verabreicht hatte – ihn angelogen hatte.

Sie musste sich selbst laut daran erinnern; sie musste es sich ins Gedächtnis rufen. „Ich bin von der hinteren Terrasse der Zitadelle gesprungen … und in den Schnee gestürzt."

„Und du bist hierher gerannt", führte Corday für sie zu Ende.

Das hatte sie getan, bevor sie auch nur wieder Luft in den Lungen gehabt hatte, hatte sie sich aufgerappelt und war geflohen. „Ich bin so schnell gerannt, wie ich konnte … direkt zu deiner Tür." Claires Stimme brach, sie zitterte heftig und schluchzte: „Es tut mir leid, Corday."

Als er ihre Panik sah, versuchte er, sie zu beruhigen. „Es gibt nichts, was dir leidtun muss."

„Ich habe dir eine Schlaftablette untergejubelt", flüsterte sie. „Ich habe gelogen. Und jetzt wird er dich finden. Er wird dir wehtun."

„Das wird er nicht." Corday wurde ernst und streng. „Du kannst mir vertrauen. Es gibt keinen Grund, mich wieder anzulügen. Ich kann dir nicht helfen, wenn du lügst."

„Wenn ich dich mit zu den Omegas genommen hätte, hätte er dich getötet, genau wie er Lilian und die anderen umgebracht hat." Claire blickte auf den Kissenbezug, der leicht mit ihrem Blut verkrustet war. „Er hat mich bestraft … ich bin schwanger."

Das wusste Corday bereits. Er hatte es fast sofort gerochen, als Claire in seinen Armen gelegen hatte. Es gab nur einen Weg, wie so etwas hatte passieren können. Shepherd hatte einen weiteren Hitzezyklus erzwungen.

Es gab sehr wenig, was er sagen konnte, wenig, was er tun konnte, aber eine Sache konnte Corday ihr anbieten. Er sah ihr direkt in die Augen und fragte: „Möchtest du, dass es so bleibt?"

Was für eine Frage … Claire musste nachdenken und realisierte, dass sie sich so stark an den Beta geklammert hatte, dass seine Schulter wehtun musste. Sie ließ etwas lockerer und nahm Maß von dem kleinen bisschen Mensch, das sie noch war, und wusste, dass sie noch kein Baby gewollt hatte. Außerdem hatte sie sich dummerweise erlaubt, Zuneigung zu dem Monster zu entwickeln, das ihre Gebärmutter gefüllt hatte, ein Monster, das sie wie eine Zuchtstute benutzte – ein Scheusal, dessen Geliebte versucht hatte, sie zu töten.

Claire drückte ihre Hand auf das winzige Leben, das in ihr wuchs. Sie konnte dieses Problem loswerden; Abtreibungen waren gängige Praxis und wahrscheinlich sogar jetzt noch erhältlich. Sie konnte Shepherd aus sich herausschneiden lassen.

Nach einem zittrigen Atemzug gestand sie die schreckliche Wahrheit: „Ich fühle nichts, weißt du. In mir drinnen … fühle ich überhaupt nichts."

Er gab ihr Raum und schenkte ihr ein schiefes Lächeln. „Ich weiß, dass es vielleicht den Anschein hat, als wäre die Welt für dich untergegangen, Claire, aber du bist jetzt frei. Du bist eine Kämpferin."

Sie konnte nicht anders, als den Mann traurig anzulächeln, der es nie verstehen würde. „Kämpferin? Was für eine Art von Zukunft schwebt dir für mich vor? Ich wurde zu einer Paarbindung mit einem Monster gezwungen, um sein Spielzeug zu sein, wurde für einen unnatürlichen Hitzezyklus mit Medikamenten vollgepumpt, gegen meinen Willen geschwängert, damit ich ihm treu ergeben sein würde, und war dann gezwungen, zuzuhören, wie der Alpha, der mein Gefährte sein sollte, seine Geliebte gefickt hat – ein sehr beängstigendes Alpha-Weibchen, das seine Hände um meinen Hals gelegt hat, das direkt vor ihm ihre Finger in mich geschoben hat."

Er konnte eine Grimasse nicht zurückhalten. „Schh. Das kann alles wiedergutgemacht werden."

„Es ist okay für uns beide, zuzugeben, dass es kein Happy End für mich geben wird." Claire setzte sich auf, hielt sich die Decke vor die Brust, fühlte sich leer. „Ich habe keine Zukunft, aber ich kann immer noch für die anderen kämpfen."

Corday strich ihre Haare zurück, wollte sie näher zu sich heranziehen und widerstand dem Bedürfnis, die Frau mit den traurigen Augen zu umarmen. „Wenn du durch diese Tür gehst und versuchst, es mit Shepherd aufzunehmen, wirst du nicht gewinnen."

„Ich werde nicht gewinnen … aber ich *werde* Probleme machen." Ein Ziel, etwas, an dem sie sich festhalten konnte, ließ ihre Stimme hart werden. Claire lächelte höhnisch. „Ich werde alles tun, was ich kann, um Lärm zu machen. Und wenn sie mich erwischen, werde ich dafür sorgen, dass sie mich töten."

„Bitte hör mir zu." Corday wurde eindringlich, hatte Angst, sie zu verschrecken, falls er das Falsche sagte. „Lass uns darüber reden. Das Beste, was du im Moment tun kannst, ist, wieder zu Kräften zu kommen."

„Das habe ich vor." Sie nickte und wusste, dass er es missverstand. „Shepherd sagte mir einst, dass es nichts Gutes in den Menschen von Thólos gibt. Er hatte unrecht. Diese Besatzung hat uns unserer Vortäuschungen beraubt; sie hat uns nackt gemacht, unsere Natur offenbart. Verstehst du nicht? Integrität, Freundlichkeit – es existiert hier …" Claire schloss die Augen, schmiegte sich wieder näher an ihn. „Du, Corday, bist ein guter Mann."

Er zögerte nicht, sie eng an sich zu ziehen. „Und du bist eine gute Frau."

Sie legte ihre Wange auf seine Schulter und seufzte. Sie mochte einst eine *gute Frau* gewesen sein, aber die Wahrheit war, dass sie kein Mensch mehr war. Sie war ein Schatten.

„Ich möchte, dass du weißt, dass wir die Händler der gefälschten Brunft-Hemmer gefunden haben, während du weg warst. Omegas wurden gerettet. Sie erholen sich und sind in Sicherheit. Die Drogen wurden vernichtet; jeder einzelne der Männer hat für seine Verbrechen bezahlt."

Etwas flatterte in Claires Brust, ein Gefühl flackerte kurz auf, das sie in Stücke zerfetzte, bevor es sie infizieren konnte. „Danke, Corday."

„Du bist daran beteiligt, weißt du?" Jungenhafte Eifrigkeit, der Wunsch, Claire zu gefallen, legte ein Grinsen auf seine Lippen. „Deine Entschlossenheit – du hast für sie gekämpft. Sie haben ihre Freiheit dir zu verdanken."

„Ich habe nichts anderes getan, als vergewaltigt zu werden und darüber zu heulen."

„Du irrst dich." Corday umfasste ihre Wange, zwang sie dazu, ihn anzusehen. „Du hast dich dem größten

Monster von allen gestellt. Du bist ihm jetzt zweimal entkommen. *Du* bist stark, Claire."

Aber das war sie nicht. „Nein … du verstehst nicht. Die Paarbindung, die Schwangerschaft … ich habe angefangen, ihn gern zu haben, ihn zu brauchen." Es laut auszusprechen, ließ ihren Mund nach Erbrochenem schmecken. „Ich war schwach."

Corday wusste, dass nichts davon ihre Schuld war. „Angesichts der Umstände war das, was passiert ist, nur natürlich."

„Ich weiß nicht, was es war … aber *es* war. Ich hörte auf, ein Monster zu sehen, und wollte die Aufmerksamkeit des Mannes haben. Und nachdem er mir Zuneigung entlockt hatte, verwandelte er sie in den kranksten Witz der Welt. Ich sollte dankbar sein, schätze ich. Zu hören, wie er mit ihr … es hat die Paarbindung zerstört. Er kann mich jetzt nicht mehr kontrollieren."

Die totale Emotionslosigkeit in Claires Stimme verstörte Corday. Was auch immer Shepherd getan hatte, hatte der Omega Schaden zugefügt, und ein Teil von ihm fragte sich, ob jeder ihrer Gesichtsausdrücke nur deshalb zutage trat, weil sie sich an Dinge wie Atmen und Blinzeln erinnern musste.

Claire bemerkte die Besorgnis ihres Freundes nicht und fuhr fort: „Ich verstehe es jetzt. Bei diesem Ausbruch ging es nicht darum, an die Macht zu gelangen. Wir sind seine Marionetten, werden auf seinen Knopfdruck hin fanatisch. Wir tanzen auf seiner Bühne. Shepherd, seine Anhänger, sie bestrafen uns alle für …" Sie spöttelte leise: „Für blinde Ignoranz. Dafür, dass wir zugelassen haben, was ihnen angetan wurde."

„Du bist ihn los, seine Lügen und seine Bösartigkeit, Claire. Vergiss das nicht."

„Die Kuppel hat einen Riss. Es schneit draußen. Kein Frost, *echter Schnee*. Wir sind ihn nicht los, nicht, wenn wir das zulassen. Wir lassen das alles zu."

„Wir können Thólos zurückerobern."

Claire stockte der Atem. „Nicht, solange er lebt."

* * *

"Deine Omega ist durch ein kaputtes Entwässerungsgitter entkommen. Das Blut vor Ort zeigt die Richtung an, in die sie geflohen ist, und dass sie nicht durch ein gebrochenes Bein beeinträchtigt wurde. Wir haben ihre Spur verloren, als sie unter die mittlere Ebene gerutscht und über den angesammelten Schlamm hinweg verschwunden ist."

„Wie viel Blut?", wollte Shepherd wissen und überflog den Bericht in seiner Hand nach irgendetwas Relevantem.

„In Anbetracht der Höhe, aus der sie gefallen ist, minimal. Innere Blutungen könnten ein Problem sein."

Das Licht spiegelte sich in seinen unerbittlichen, finsteren, metallischen Augen wider. Shepherd knurrte ungeduldig: „Sie hat seit fast einer Woche nichts gegessen. Sie wird nicht in der Lage gewesen sein, eine große Entfernung zurückzulegen, unterernährt, ohne Schuhe und blutend."

„Litt sie an morgendlicher Übelkeit?"

Shepherd drehte sich zu seinem Schreibtisch um, richtete seine Aufmerksamkeit wieder auf den Bericht. „Hungerstreik."

Jules, nicht überrascht von der Aussage, blieb ausdruckslos. „Wenn sie zurückkommt, was sind deine Erwartungen an Miss O'Donnell?"

„Dass sie ihren Platz als meine Gefährtin wieder einnimmt", zischte Shepherd wütend.

Nur psychologische Schäden würden eine schwangere, paargebundene Omega dazu bringen, in den Hungerstreik zu treten und in ihrem Wahn von einem Gebäude zu springen. Jules wurde unverblümt. „Und wenn das nicht möglich ist? Wer soll als Ersatz-Alpha dienen, um für sie zu sorgen, bis sie deinen Erben gebiert?"

Shepherds Muskeln spannten sich an und er warnte: „Du nimmst dir viel heraus, Jules. Sie wird zurückgeholt und ihr Verhalten wird korrigiert werden."

Jules war aus gutem Grund der stellvertretende Befehlshaber – er war scharfsinnig und handlungswillig. Er sagte freimütig: „Ohne Körperkontakt, den die Omega bereitwillig akzeptiert, könnte sie eine Fehlgeburt haben."

Shepherd duldete keinen Widerspruch, weder von Mann noch Frau. Er erteilte seinen abschließenden Befehl. „Du kannst gehen."

Jules begriff, dass ihm die Situation entgegen seiner ursprünglichen Einschätzung entglitten war, salutierte und verließ den Raum.

Shepherd setzte sich an seinen Schreibtisch, allein. Während er sich die Berichte einprägte, die auf seinem COMscreen aufleuchteten, warf er ab und zu aus Gewohnheit einen Blick hinter sich, in der Erwartung, Claire auf und abgehen zu sehen. Aber sie war nicht da. Sie war weg … Er wusste tief in seinem Inneren, dass seine Gefährtin den *noblen* Mann aufgesucht hatte, der ihr Hilfe angeboten hatte. Der Beta würde sie aufnehmen, sie versorgen, sie trösten, sie berühren. Die Vorstellung, dass jemand anderes sie vielleicht in den Armen hielt … als Ersatz diente … brachte ihn zur Weißglut.

Shepherd knirschte mit den Zähnen und fluchte. Der Beta würde schreiend sterben.

Hatte Shepherd nicht geschnurrt, geknurrt, sie gestreichelt, war er nicht jedem Instinkt gefolgt, um sie aus ihrem Stupor zu reißen? Er hatte sogar versucht, es zu erklären. *Er*! Der stärkste Alpha, derjenige, der nie in Frage gestellt wurde, hatte versucht, einer Omega gut zuzureden. Aber sie hatte keine Miene verzogen.

Sie hatte sich so weit von ihm entfernt.

Es war ihre Bestimmung zu bleiben, treu ergeben zu sein, ihn zu lieben, ihm zu gehorchen. Hatte er sich nicht um ihre Bedürfnisse gekümmert? Hatte er sie nicht mit schönen Kleidern und dem besten Essen versorgt? Hatte er nicht Stunden damit verbracht, das Mädchen zu streicheln, bis sie rundum zufrieden war? Was war eine unangenehme Situation im Vergleich dazu?

Hatte er ihr nicht in mehrfacher Hinsicht das Leben gerettet?

Sie zu schwängern, sicherte ihr Überleben, rechtfertigte sie vor seinen Anhängern. Niemand konnte die sichere Verwahrung seines Babys in Frage stellen. Noch entscheidender, es gab ihrem Leben einen Sinn und lenkte sie ab. Shepherd konnte es ihr nicht derart direkt erklären – sie war nicht eine von ihnen, hielt immer noch viel zu entschlossen an ihrem Ideal von *Tugendhaftigkeit* fest, um die Bedeutung seiner Berufung zu verstehen. Außerdem war es nicht notwendig, dass sie die Gründe hinter seinen Handlungen kannte. Shepherd wusste, dass Claire sich nur noch mehr Sorgen machen würde, wenn sie die wahre Natur dessen begriff, was noch bevorstand. Sie würde um

13

die erbärmlichen Einwohner der Stadt weinen, anstatt ihm ihre ganze Aufmerksamkeit zu widmen. Hartes Vorgehen war am besten: Es sorgte dafür, dass er das Heft über ihr Schicksal in der Hand behielt. Aber sie war so eigensinnig, so verdammt stur, was ihre albernen romantischen Vorstellungen betraf.

Shepherds Faust krachte auf den Tisch. Er brüllte, warf das gesamte Ding um, bis Papiere durch die Gegend flogen und sein COMscreen auf dem kalten Boden zersplitterte.

Svanas unerwartetes Eintreffen war ärgerlich und problematisch gewesen. Ihr hatte nicht nur missfallen, was sie vorgefunden hatte, Svana hätte Claire die schönen Augen rausgerissen, wenn Shepherd seine Geliebte nicht beschwichtigt hätte, nachdem sie gesehen hatte, was er versteckt gehalten hatte. Man redete provozierten Alphas nicht gut zu, man handelte. Wenn er sie nicht laut gefickt und seine Vorliebe für sie kundgetan hätte, um sicherzustellen, dass die territoriale Frau die Omega nicht als Bedrohung einstufte, wäre Claire ermordet worden, sobald er sie das erste Mal allein ließ. Er hatte getan, was nötig war, für beide Frauen.

Es war der Preis, um Claire behalten zu können.

Aber er hatte sie trotzdem verloren, noch bevor sie weggelaufen war. Zu sehen, wie sie ihm mental entglitt, seine aufbrausende Wut, sein offener Zorn ... es war die gleiche Rage, die in ihm gebrannt hatte, als er aus dem Undercroft aufgestiegen war, um Premier Callas zu ermorden ... nur um festzustellen, dass das Oberhaupt von Thólos – der Mann, der seine Mutter in den Undercroft verbannt hatte – von oben bis unten in den Duft von Svanas Scheide gehüllt war.

Shepherd hatte tief Luft geholt, war vorübergehend fassungslos gewesen, als er verarbeitete, was nicht sein konnte – bis er verstand, was Svana getan hatte.

Die Rede, die er für seinen größten Feind vorbereitet hatte, die Rede, die er Nacht für Nacht perfektioniert hatte, während er im Untergrund eingesperrt gewesen war, war vergessen. Was ein schneller Tod hätte sein sollen, um die Leiche zur Schau zu stellen, endete damit, das Blut von der Decke tropfte und die Eingeweide von Premier Callas auf dem ganzen Boden verstreut lagen.

Und dann setzten die Schmerzen ein, die weitaus schrecklicher waren als jegliche Qualen, die seine Da'rin-Male hervorrufen könnten. Seine Geliebte hatte sich entehrt, hatte ihren Körper gezielt durch die Paarung mit dem Feind beschmutzt.

Shepherd hatte Svana zur Rede gestellt, die Frau, die er von dem Moment an geliebt hatte, als sie in der Dunkelheit aufeinandergetroffen waren, das himmlische Wesen, das sein ganzes Leben war, das seine Seele in seinen wunderschönen Händen hielt. Die Frau, die ihn befreit hatte, die ihn dazu befähigt hatte, die Kontrolle über den Undercroft an sich zu reißen – die Frau, für die er getötet, für die er gelitten hatte, nach der er sich sehnte.

Seit ihren ersten sexuellen Erfahrungen hatte Shepherd ausschließlich gelegentlich mit einer brunftigen Omega Sex gehabt, die seine Geliebte für sie organisiert hatte – damit sie dem tierischen Trieb nachgeben konnten, gemeinsam zu brunsten, so wie es sein sollte. Für unbedeutendere Wesen waren Alpha/Alpha-Paarungen schwierig, da es keine Paarbindung gab und es in ihrer Natur lag, um die Vorherrschaft zu kämpfen. Aber solch schäbiges Verhalten war unter der Würde der beiden. Zumindest hatte er das gedacht. Er war nie ins Wanken geraten … nicht einmal.

15

Sie schon.

Sie hatte den Premier gefickt, das weggeworfen, was sie hatten, für irgendeine verquere Masche, die letzte nicht besprochene Krux in ihrem Plan. Als Shepherd sie darüber sprechen hörte, als sie überzeugend ein grandioses Szenario schilderte, konnte er sich nicht dazu überwinden, das in Frage zu stellen, was sie *nie erwähnt hatte*. Svana hatte ihre Verführung von Anfang an geplant. Obwohl sie Shepherd in den Armen hielt und von ihrer Liebe sprach, kannte er sie in- und auswendig; er konnte riechen, was an ihrem Geruch nicht stimmte. Was geschehen war, war noch schlimmer, als er ursprünglich geglaubt hatte; Svana hatte einen unwahrscheinlichen Eisprung chemisch erzwungen. Sie wollte das Kind ihres Feindes zur Welt bringen … den Stammbaum mit der Erblinie eines Verräters fortführen – eines Mannes, der nicht mit Da'rin infiziert war, der mit besseren Blutlinien geboren worden war – eines Mannes, durch dessen Adern möglicherweise sogar der *angebliche* Antikörper gegen die Rote Tuberkulose floss.

Nicht wie Shepherd, der nicht wusste, welcher der unzähligen Gefangenen, die seine Mutter vergewaltigt hatten, ihn gezeugt hatte. Seine Abstammung war nicht über Generationen hinweg mithilfe von Zugang zu geheimem Wissen und Impfungen gegen Krankheiten entwickelt worden. Stattdessen war er von den Da'rin-Malen entstellt, die in der Sonne brannten und ihn immer als einen Verstoßenen kennzeichnen würden.

Sie hatte es nicht ausgesprochen, aber Shepherd verstand die Wahrheit. Svana befand ihn auf die ursprünglichste Art und Weise für unzulänglich.

Shepherds Treue war all die Jahre einseitig gewesen. Svana gab ohne Umschweife zu, dass sie andere Liebhaber gehabt hatte. Hatte er das nicht? Waren sie nicht letztendlich Alphas? War es nicht ihr Recht? Sie hatte seine Brust gestreichelt und so perfekt gelächelt, ihn daran erinnert, dass das, was sie miteinander teilten, über das Körperliche hinausging. Sie teilten ein großes Schicksal, ein ewiges spirituelles Band der Liebe.

Shepherd war am Boden zerstört gewesen, hatte aber seine Pflicht gegenüber seinen treuen Anhängern erfüllt, gegenüber der toten Mutter, an die er sich kaum noch erinnerte. Thólos fiel, jeder spielte seine Rolle bis zur Perfektion; und dennoch war er danach weniger. Die Welt hatte sich verändert, er hatte Großartiges vollbracht, aber was blieb dabei für ihn übrig? Nichts. Ein großes schwarzes Loch, in dem das Licht ausgegangen war. Er war unvollständig.

Aber dann roch er etwas Unverdorbenes, das sich unter dem beißenden Gestank der Verwesung versteckte. Wie ein Geschenk der Götter wurde Claire ihm ausgehändigt; unwahrscheinliche Tugend, die dem Dreck von Thólos entsprang. Eine Lotusblüte. Claire, mit ihren Überzeugungen und ihrem scheuen Mut, hatte einen Mann wie ihn aufgesucht – hatte hartnäckig stundenlang gewartet, ein Lamm unter Wölfen –, um eben den Schurken um Hilfe zu bitten, der die Freundinnen, die sie retten wollte, leiden ließ.

Ein Hauch ihres Dufts und er hätte sie genommen, Hitze hin oder her. Die Götter hatten seine spirituelle Krönung vereinfacht, indem sie sie ihm ausgehändigt hatten, während sie brunftig war.

Als er das eigensinnige, seltsame Ding bestiegen hatte, fand Shepherd, dass sie so wunderbar zappelte, sich so perfekt eng um seinen Schwanz herum anfühlte, dass er sicherstellen musste, dass sie ihn nie verlassen konnte. Da Svana behauptet hatte, dass ihre *Hingabe* über das Körperliche hinausging, dass ihre Liebe heilig war, befand

17

Shepherd, dass es vollkommen gerechtfertigt war, sich Claire zu nehmen, eine körperliche Gefährtin zu erschaffen – eine Verbindung, die für die widerspenstige Omega nur von Vorteil sein würde. Er war die Bindung eingegangen, um Claire für sich selbst zu behalten, als Belohnung für seinen Dienst am Gemeinwohl der wiedergeborenen Menschheit. Die Unverdorbenheit der grünäugigen Kleinen war nun seine eigene, ihre Nähe sein Beistand. Mit Claire hatte Shepherd dieses fehlende Stück wiedererlangt, hatte das begehrliche Bedürfnis, etwas Unschuldiges zu besitzen, befriedigt.

Aber jetzt war seine paargebundene Gefährtin mit seinem Kind in ihrem Bauch verschwunden und wanderte durch eine Stadt, die von der Pest heimgesucht werden würde.

Die Omega würde niemals freiwillig zu ihm zurückkehren, nicht solange die Paarbindung so stark beschädigt war. Shepherd musste Claire mit Gewalt zurückholen.

Er konnte das Echo ihrer Worte fast in der Luft hören: *Gib mir keinen Grund, dich noch mehr zu hassen.*

Was war durch den Kopf der Omega gegangen, die er bewusstlos auf dem Boden des Badezimmers gefunden hatte? Er hatte mit Wut gerechnet, aber etwas vorgefunden, das so paralysiert war, dass es sich seinem Verständnis entzog. Seine Paarung mit Svana hatte Claire unempfänglich und leer gemacht – die Schnur derart aufgelöst, dass Shepherd nur noch ein Echo ihrer Trostlosigkeit fühlen konnte.

Es war nicht ein Gefühl, das ihm behagte.

Es war egal, wie viel Aufmerksamkeit oder Raum er ihr gab, es hatte keinen Unterschied gemacht. Glasige Augen hatten ihn voller Verachtung und Hass angeschaut, egal

18

wie sehr er sich um sie kümmerte, wie oft er sie berührte oder für sie schnurrte. All ihre Lieblingsgerichte waren zubereitet worden, neue Kleider in ihre Schublade gelegt … sie hatte es nicht einmal bemerkt.

Claire O'Donnell gehörte ihm. Shepherd würde sie finden, sie zurückschleppen … und sie verdammt noch mal zwangsernähren, wenn er es musste. Er würde dafür sorgen, dass sie ihn vergötterte, so wie es sein sollte. Weil sie ihm gehörte, nur ihm, und er seine Sachen nicht teilte. Nie.

Er hatte sogar verhindert, dass ihr Körper mit seiner Geliebten geteilt wurde. War das nicht etwas?

* * *

Corday hatte sich beeilt, um seine Mission für den Widerstand auszuführen, weil er so schnell wie möglich zu Claire zurückkehren wollte. Das lag nicht daran, dass er nicht darauf vertraute, dass sie an Ort und Stelle bleiben würde, sondern daran, dass er ihr überhaupt nicht vertraute. Der Blick in ihren Augen, als Senator Kantor eingetroffen war, um auf sie aufzupassen, war durch und durch berechnend gewesen. Ihre einstige Angst und Nervosität waren verschwunden, ihre Reaktion abgestumpft, als sie den Alpha taxierte.

Auch der Senator konnte die Veränderung in ihr sehen und Kantor reagierte mit vorsichtiger Höflichkeit. Sie tauschten Gefälligkeiten aus, Corday kochte ihnen Kaffee und dann verließ er die Wohnung, um sich mit Brigadier Dane zu treffen. Cordays Pflichten sorgten dafür, dass er bis nach Einbruch der Dunkelheit beschäftigt war, und der

19

Anblick, der sich ihm bot, als er nach Hause zurückkehrte, traf den Enforcer vollkommen unvorbereitet.

Claire schlief auf der Couch zusammengerollt neben Senator Kantor, der laut im Dunklen schnurrte.

Ein Stich von etwas Unliebsamem ließ Corday die Stirn runzeln. „Hat sie Sie gebeten, das zu tun?"

„Nein. Ich wusste, was sie einschlafen lassen würde", antwortete Senator Kantor mit gedämpfter Stimme. „Rebecca hatte auch Probleme damit, einzuschlafen. Ich habe in den Jahren, in denen die Götter mich mit meiner Omega segneten und ich mich um meine Frau kümmerte, viel gelernt."

Es war tabu, über verstorbene Gefährten zu reden. Corday war überrascht zu hören, dass der Alpha Rebecca erwähnte – insbesondere angesichts der traurigen Umstände, dass sie vor langer Zeit von einem politischen Gegner Kantors ermordet worden war. Es hatte viel Aufsehen erregt und dazu geführt, dass Senator Bergie, mehrere seiner Mitarbeiter und sogar Bergies Sohn im Undercroft eingekerkert wurden.

Nicht sicher, wie er darauf antworten sollte, zündete Corday ein paar Kerzen an und zog einen Stuhl aus der Küche herbei. Sein Gesicht war grimmig, als er das schlafende Mädchen betrachtete. „Wie war sie heute drauf?"

„Besser, nachdem sie gegessen hatte – weniger katatonisch, präsenter." Senator Kantor musterte das ausgemergelte Ding. „Nach der Trennung vom Vater wird Miss O'Donnells körperliche Reaktion kompliziert sein. Die Paarbindung und die Schwangerschaft werden sie krank machen."

Corday hatte Vertrauen darin, dass die Dinge sich eventuell zum Besseren wenden würden. „Sie sagte mir, die Paarbindung sei zerstört. Und was die Schwangerschaft angeht, werde ich mich um sie kümmern."

Senator Kantor schüttelte den Kopf. „So funktioniert das nicht, Sohn."

Corday warf dem Alpha einen Blick zu und knirschte mit den Zähnen, „Wir werden sehen."

„Jetzt, wo Sie wieder hier sind, müssen wir drei uns unterhalten." Senator Kantor setzte sich aufrechter hin und glättete seinen Ärmel. „Geben Sie ihr zuerst etwas zu essen; danach werden wir beide es ihr erklären."

Es war beunruhigend, in seinem eigenen Zuhause herumkommandiert zu werden, aber Corday nickte und ging in die Küche. Er bereitete eine einfache Mahlzeit zu. Es gab etwas frisches Obst für Claire, einen Apfel, den er gegen eine Handvoll Batterien eingetauscht hatte.

Als alles fertig war, nahm Corday vorsichtig Claires schlaffe Hand und streichelte ihre Finger, bis ihre verschlafenen grünen Augen sich öffneten. Es war offensichtlich, dass sie verwirrt war. Einen kurzen Moment lang zuckte sie vor seiner Nähe zurück, wirkte fluchtbereit. Dann ertönte es. Das tiefe, grummelnde Schnurren eines Alphas ließ aus Claires Erschrockenheit Wut werden.

Der finstere Blick, den sie Senator Kantor zuwarf, wäre lustig gewesen, wenn sie nicht angefangen hätte, nach Angst zu stinken. „Sie können jetzt aufhören."

Der alte Mann gab sich geschlagen.

Die Männer beschlossen, während des Abendessens zu schweigen. Claire nicht. „Gibt es wieder ein Kopfgeld?"

Corday wollte sie nicht anlügen. „Ja."

Sie zwang einen weiteren salzigen Bissen hinunter. „Und?"

„Bei unserer Überwachung der Zitadelle sahen wir eine Schlange von Bürgern, die Frauen herbeischleppten, die deiner Beschreibung entsprechen."

Claire erschauderte. „Das ist widerlich …"

„Soweit ich sehen konnte, ließen die Anhänger sie gehen, aber die Bürger sind am Verhungern." Dies war Cordays Chance zu erklären, warum Senator Kantor wirklich hier war. „Das Kopfgeld, das auf dich ausgesetzt ist, könnte eine Familie ein Jahr lang ernähren. Wir müssen dich verstecken."

Der alte Alpha sprach das größere Problem an. „Und nicht nur vor Thólos."

Claire legte den Kopf schief. „Was meinen Sie damit?"

„Sie müssen verstehen, dass das, was ich sage, diesen Raum nicht verlassen darf."

Er hatte sie beleidigt. „Ich habe Shepherd nichts erzählt. Nie", sagte sie.

„Uneinigkeit könnte unser größter Feind sein." Kantor fuhr sich durch seine grauen Haare, stützte die Ellbogen auf den Knien ab und seufzte. „Viele unserer Leute glauben, dass eine Vereinigung unter der Führung der Anhänger Shepherd zufriedenstellen würde. Tatsache ist, dass es jede Menge von diesen Bürgern gibt und sie dem Regime des Diktators gegenüber loyaler werden, als wir es uns hätten vorstellen können. Unsere eigenen Reihen, sogar einige unserer Waffenbrüder und -schwestern, wurden dazu verführt, die Seiten zu wechseln. Sobald sie sich mit der Idee angefreundet haben, kann man sie nicht mehr davon abbringen. Ihr Erscheinen im Widerstand könnte eine zu große Versuchung für all diejenigen sein, die noch zögern. Corday und ich glauben beide, dass sie darum wetteifern werden, Sie zurückzugeben."

„Das würden wir nie zulassen, Claire", warf Corday ein, musste es unbedingt klarstellen, als er ihren Gesichtsausdruck sah. „Nie. Verstehst du?"

Senator Kantor wagte es, ihre Hand zu drücken. „Unsere Truppen müssen fokussiert bleiben. Wir müssen die Seuche finden. Um das zu tun, müssen Sie unentdeckt bleiben. Keiner darf wissen, dass Sie hier sind."

Claire schwieg und verarbeitete diese Informationen. Als sie schließlich sprach, waren ihre Worte nicht gerade eben sanft. „Sie scheinen ein weiser Mann zu sein, Senator Kantor, aber können Sie nicht sehen, dass Zeit und noch mehr Leid diejenigen zerfressen werden, die Ihnen treu ergeben sind, egal was kommt? Meine Schwangerschaft ist der Schlüssel zu Ihrem Erfolg. Solange ich frei in Thólos mit seinem Baby als Geisel herumlaufe, wird er die Bevölkerung nicht infizieren – nicht, wenn das Risiko besteht, auch mich zu infizieren. Jetzt ist Ihre Chance, zuzuschlagen. Benutzen Sie mich und revoltieren Sie sofort."

„Das sehe ich anders … Wie Shepherd Sie behandelt hat, war entsetzlich und grob fahrlässig." Senator Kantor wies ihren Vorschlag mit einem ernsten Blick zurück. „Wenn wir voreilig handeln, könnte er die Seuche freisetzen. Ich kann nicht Millionen von Leben riskieren, Ihr Leben riskieren, für ein Vielleicht. Es tut mir leid, Claire. Solange der Ort, an dem die Rote Tuberkulose aufbewahrt wird, nicht bekannt ist, wird der Widerstand nicht einschreiten."

Claires Mund wurde zu einem schmalen Strich. Sie setzte sich aufrechter hin und sah die beiden an, als wären sie Einfaltspinsel. „Es ist nicht die Seuche, die ihm Macht über uns verleiht. Es ist unsere eigene Feigheit. Mit jedem Tag, den unsere Leute nichts tun, beweist der Bastard, dass seine Einschätzung unseres Verhaltens korrekt ist. Die Kuppel hat einen Riss. Verstehen Sie nicht, dass das Wetter uns umbringen wird, lange bevor irgendein Virus es tun würde? *Wir* müssen unsere Stadt zurückerobern oder bei dem Versuch sterben."

Senator Kantor legte der Omega eine Hand auf die Schulter. „Die Bürger von Thólos sind keine Soldaten. Sie haben Angst und keine Ahnung davon, wie man kämpft. Sie müssen verstehen, dass viele zusehen müssen, wie ihre Familien leiden, wie ihre Kinder sterben."

Claire schüttelte den Kopf, schluckte ihren Wutanfall runter. „In dieser Stadt ist niemand mehr ein Zivilist, es gibt keine Neutralität. Man ist entweder für Shepherd oder gegen ihn."

„So einfach ist das nicht, Claire."

Sie blickte Senator Kantor verloren an. „Ist es das nicht?"

Ein tiefer Seufzer ging der Erklärung von Senator Kantor voraus. „Sie sind noch jung und werden mit der Zeit lernen, dass die Dinge nicht immer das sind, was sie zu sein scheinen."

Claire legte den Kopf schief; die traurige Hilflosigkeit des Mannes verformte ihre ehemals so ehrfürchtige Bewunderung für den hoch angesehenen Senator. „Shepherd hat mir einst dasselbe gesagt ... Sie haben gerade die Worte eines Geisteskranken wiederholt."

24

Senator Kantor schenkte ihr ein versöhnliches Lächeln, sein mitleidiger Blick war entwaffnend. „Ich bitte Sie, mir zu vertrauen."

Corday verstand, was sie ärgerte; tief im Inneren empfand er dasselbe. „Wir machen jeden Tag Fortschritte, Claire. Ich schwöre es dir."

Claire blickte ihren Freund an und konnte sehen, dass er Vertrauen in den Alpha hatte, der damit beauftragt war, die Rebellion anzuführen.

„Ich verstehe." Und das tat sie. Sie verstand, dass immer mehr Menschen sterben würden, je länger sie warteten – dass die Welt ein Albtraum war, in dem die Männer und Frauen, die einst geschworen hatten, die Gesetze aufrechtzuerhalten, sie einem Despoten aushändigen würden, für Lebensmittel, die nicht allzu lange vorhalten würden.

Sie verstand es sehr gut.

Sie litt; alle litten. Und es musste aufhören.

Nachdem Senator Kantor gegangen war, nahm Corday sie an der Hand und führte sie zurück zur Couch, damit sie sich ausruhen konnte. Als er sie für sich allein hatte, lächelte Corday und zog ein Geschenk aus seiner Tasche.

„Ich habe etwas, um dich aufzumuntern." Der Enforcer hielt mit Grübchen im Gesicht das in die Höhe, was er zwischen den Fingern eingeklemmt hatte. „Vor ein paar Wochen war ich in deiner Wohnung. Alles war ziemlich zerstört, aber ich habe das hier unter dem Futter deiner Schmuckschatulle versteckt gefunden."

Er steckte ihr einen goldenen Ring an den Finger.

Das Gold war warm, aber Claires Reaktion war völlig kalt. „Das war der Ehering meiner Mutter."

25

Als Kind hatte sie den Anblick gehasst, war immer noch wütend gewesen, weil ihre Mutter sie verlassen hatte, zu jung, um zu akzeptieren, was passiert war. Claire hatte vergessen, dass sie ihn überhaupt aufbewahrt hatte. Jetzt passte er ihr, genau wie die Enttäuschung ihrer Mutter über das Leben ihr passte. Als sie die Hand hochhielt, um sich das abstoßende Ding anzuschauen, sah sie den Zusammenhang mit dem Impuls ihrer Mutter – eine hübsche, funkelnde Erinnerung daran, dass man immer die Wahl hatte.

„Danke, Corday."

Er nahm wieder ihre Hand, streichelte ihre Finger und versprach: „Nur damit du es weißt, ich verstehe, wie du dich fühlst, aber er hat recht. Wenn das Leben des Senators nicht ernsthaft in Gefahr wäre, würde ich wahrscheinlich noch nicht einmal ihm vertrauen, was dich betrifft."

Claire war sich nicht sicher, was sie sagen sollte. „Warum hat keiner von euch mich nach Shepherd gefragt?"

Corday fing an zu schnurren und rutschte näher an sie heran, um ihr einen Arm um die Schulter zu legen. „Da du ihm bereits einmal entkommen bist, könnte alles, was er dich hat hören lassen, eine Finte sein, um den Widerstand in die Irre zu führen, falls du es schaffen solltest, dich wieder zu befreien. Ich sage es nur ungern, aber jeder Zug, den das Monster macht, ist … brillant. Es gibt nichts, was du für uns tun kannst."

Niemand war auf ihrer Seite und obwohl sie versuchte, ihren verletzten Blick zu verbergen, spielte es keine Rolle. Corday sah es.

Sie beschloss, ihm trotzdem Dinge zu erzählen; er musste es hören. „Er wurde im Undercroft geboren, seine

Mutter wurde von Premier Callas eingekerkert. Der Name seiner Geliebten ist Svana."

Der Beta hörte zu, Claires Worte bestätigten, was Brigadier Dane vermutet hatte. Es würde erklären, warum Shepherds Einkerkerung nicht in den Akten vermerkt war, aber die Vorstellung, dass eine Frau in diese Hölle geworfen worden war …, dass seine eigene Regierung so etwas getan hatte, war einfach unmöglich. Oder nicht?

Claire quasselte weiter, ihre Augen distanziert. „Svana hat einen Akzent, den ich noch nie zuvor gehört habe – als wäre sie nicht von hier."

„Um diesen Dome herum liegen tausende Kilometer Schnee in alle Himmelsrichtungen, Claire. Außenseiter können nicht einfach hereinspazieren."

„So wie Frauen nicht in den Undercroft geworfen und ganze Städte nicht über Nacht fallen können?" Für Claire sah es so aus, dass es noch mehr … dunkle Wahrheiten geben musste, die sie sich eingestehen mussten. Sie sah ihrem Freund in die Augen und gestand: „Ich glaube nicht, dass Premier Callas ein guter Mann war. Ich fürchte, Shepherd könnte mit seinen harschen Ansichten über uns recht haben."

Cordays Arm schloss sich enger um sie. „Willst du damit sagen, dass du einer Meinung mit ihm bist?"

„Nein", antwortete sie schnell. „Nein. Man kann Böses nicht mit Bösem ändern. Vielleicht war seine zugrundeliegende Motivation einst von Prinzipien geleitet. Ich weiß, dass er denkt, dass das der Fall ist, aber das ist es nicht."

„Ganz genau, Claire", bekräftigte Corday. Es bereitete ihm Sorgen, sie so verloren zu sehen. „Shepherd und seine Armee sind wahnsinnig."

27

Mit ihrer Wange auf seiner Schulter stimmte sie ihm zu: „Sind wir das dieser Tage nicht alle ein wenig …"

Kapitel 2

Claire war keine gewalttätige Frau. Sie wusste nicht, wie man kämpft. Sie war nicht körperlich stark.

Aber sie war nicht wehrlos. Claire war schnell und clever. Sie musste nur einen Weg finden, diese Eigenschaften zu nutzen, um ihre Pläne voranzubringen. Corday *erneut* zu täuschen, konnte Claire nur schwer mit sich vereinbaren, aber seine Loyalität, seine Absichten, waren an die Führung von Senator Kantor gebunden.

Vielleicht würde der Plan des Senators funktionieren … vielleicht könnten die Rebellen den Aufbewahrungsort der Seuche finden. Was dann? Die Menschen über mehrere harte Jahre hinweg mobilisieren, während die Kuppel weiter riss und mehr Schnee fiel? Claire würde nicht warten, um es herauszufinden.

Sie täuschte Sorglosigkeit vor, lächelte, wenn es von ihr erwartet wurde, spielte die Rolle einer unterwürfigen Omega und willigte eifrig ein, als Corday sie bat, zu versprechen, die Wohnung nicht zu verlassen. Nachdem sie gestanden hatte, dass sie panische Angst davor hatte, wieder gefangen zu werden, und dass sie darauf vertraute, dass er sie beschützte, musste sie sich nur zwei Tage lang gut benehmen, bevor er endlich ging, um seinen Pflichten nachzukommen.

Trotz der Schmerzen, die sie jeder Schritt kostete, begann sie auf und abzugehen und Pläne zu schmieden, sobald sie allein war.

Das Monster selbst hatte ihr gesagt, dass sie gescheitert sei, weil sie an das Gute in einer Stadt glaubte, in der es nichts Gutes gab. Er irrte sich. Claire wusste, dass sie gescheitert war, weil sie sich nicht genug Mühe gegeben hatte, nicht groß genug gedacht hatte, weil sie letztendlich erwartet hatte, dass jemand anderes sie retten würde.

Wie überaus Omega.

Wie verdammt ironisch, dass die Frauen sich ausgerechnet Shepherd als Verfechter auserkoren hatten! Claire lachte leise, fühlte sich krank, umklammerte ihren Schädel mit den Händen.

Nona, die anderen Omegas – Corday hatte sie kein einziges Mal erwähnt. Es waren die anderen Omegas, die, die er befreit hatte, die hier und da ins Gespräch einflossen. Er versuchte, sie aufzubauen und ihr zu zeigen, dass es Hoffnung gab, aber er erwähnte nie ihre Freunde.

Claire wusste, warum. Corday hatte Angst, dass die Verlockung, sie aufzusuchen, ihr Versprechen untergraben würde, sich nicht von der Stelle zu rühren. Er hatte recht.

Genau wie er gedroht hatte, hatte Shepherd diese Frauen an dem einen Ort untergebracht, zu dem kein Außenseiter Zugang hatte – im Undercroft. Claire war sich absolut sicher.

Es würde nicht einfach sein, dort reinzukommen. Sobald sie drinnen war, würde ihre Mission unmöglich werden, es sei denn … Claire könnte die Omegas dazu bringen, sich als Rudel zusammenzuschließen und zu kämpfen.

Niemand würde sie retten – sie mussten sich selbst retten. Alles, was Claire tun konnte, war, ihnen ihre Chance zu geben.

In gewisser Weise hatte Shepherd Claire vielleicht sogar einen Gefallen getan. Er hatte sich um die Grundbedürfnisse der Omegas gekümmert, weil er wollte, dass sie für seine Männer gesund genug waren. Nach so vielen Wochen mit Nahrung würden die Frauen stärker sein und Claire hatte das Gefühl, dass sie auch sehr wütend sein würden, nachdem ihr Urteilsvermögen nicht mehr dadurch getrübt wurde, dass sie am Verhungern waren.

An den meisten Tagen war Wut das einzige Gefühl, das Claire zu verstehen schien. Wut war eine gute Motivation.

Als Claire sich umdrehte, um in die andere Richtung zu gehen, streifte ihr Ellbogen Cordays Bücherregal und stieß ein Durcheinander von Dingen zu Boden.

Claire beugte sich runter, um es aufzuräumen, und erstarrte.

Ein Enforcer-Datenwürfel ...

Er könnte Informationen über Shepherd enthalten. Vielleicht war sogar Svanas Name in einer Enforcer-Akte versteckt.

Claire schloss ihn an Cordays COMscreen an und gab den Namen ‚Shepherd' ein.

Nichts.

‚Svana'.

Nichts.

Diese Ressource war zu wertvoll, um sie zu ignorieren. Es musste etwas darauf sein, das sie gebrauchen konnte. Claire musste nur nachdenken. Sie musste das Geplapper in ihrem Kopf verlangsamen, musste durchatmen. Ihr brach der kalte Schweiß aus, als ihre Finger auf den Bildschirm tippten und den Namen der einzigen Verbrecherin buchstabierten, die Claire kannte. Der COMscreen leuchtete auf und schöne, schokoladenbraune Augen starrten sie an.

Claire kannte das verächtlich grinsende Gesicht dieser Frau, kannte jeden einzelnen Winkel. Obwohl es Jahre her war, wusste Claire immer noch, wie sie roch, wie ihr

Lachen klang. Die Omega beugte sich näher an den Bildschirm und lächelte fast.

Die nächste Stunde verbrachte sie damit, jedes einzelne Detail über die wiederholte Straftäterin zu absorbieren, das sich auf dem Datenwürfel befand. Maryanne Cauley hatte ein ganz schön großes Vorstrafenregister angesammelt: Körperverletzung, Diebstahl, Einbruch, Brandstiftung … ihre Akte war riesig. So wie es aussah, war die atemberaubend schöne Gesetzesbrecherin von einem dreisten Sträfling, der wiederholt aus den landwirtschaftlichen Arbeitslagern ausgebrochen war, zu … nichts geworden. Ihre Akte hörte einfach auf – keine Einträge über weitere Inhaftierungen, keine Adresse, kein Todesdatum. Sie war einfach verschwunden.

Wenn Claire nicht gewusst hätte, was mit Shepherds Mutter passiert war, hätte es sich nicht wie ein sehr … *verstörender Zufall* angefühlt.

Sie wusste nicht, was sie dazu brachte, es zu tun, aber ihre Finger tippten einen letzten Namen ein: ‚Claire O'Donnell'.

Sie brauchte nur einen Moment, um den Fehler in der amtlichen Eintragung ihrer Staatsbürgerschaft zu sehen. Wenn Maryanne Cauley noch lebte, wusste Claire, wo sie untergetaucht war.

* * *

Als Corday zurückkehrte, fand er seine Wohnung kalt und leer vor, leblos, wo eine kleine Omega sich auf der Couch hätte ausruhen sollen. Corday hatte sie nur ungern zurückgelassen, aber sie hatte es ihm so hoch und heilig versprochen und zugegeben, dass sie auf ihren Füßen kaum gehen konnte, dass er ihr geglaubt hatte.

Claire hatte ihn reingelegt. Claire vertraute ihm nicht. Claire hatte ihn verlassen … schon wieder.

Es gab einen Zettel:

Lieber Corday,

ich kann diese Lüge nicht leben und mich weiter verstecken. Nicht so, wie die Dinge jetzt stehen. Ich möchte, dass du weißt, egal was passiert: Ich habe meine Wahl getroffen – im vollen Bewusstsein der Konsequenzen.

Alles Liebe,

Claire

Sie hatte mit ‚alles Liebe' unterschrieben, aber es gab keine Entschuldigung. Er wusste, wo er stand, und die Position war schmerzhaft und nahm ihn sehr mit. Corday wusste, wie besessen sie von der Situation mit den Omegas war, faltete den Zettel zusammen und steckte ihn in seine Tasche. Er zog den Reißverschluss seiner Jacke hoch, ging direkt nach draußen auf die Skywalks und kämpfte sich durch den Schnee bis zu dem Ort, an dem Brigadier Dane den Anführer des Widerstands versteckte.

Corday hämmerte an die Tür und weigerte sich, nachzulassen, bis die Frau sie öffnete.

Dane starrte ihn wütend an. „Du solltest nicht hier sein."

Corday wartete nicht auf eine Einladung, sondern schob seine Vorgesetzte beiseite, während er knurrte: „Mir scheißegal."

„Hast du den Verstand verloren?" Die Tür wurde schnell verriegelt, die eindringende kalte Luft ausgesperrt.

„Hier am helllichten Tag aufzutauchen, bringt uns alle in Gefahr."

Corday sah die Soldatin an und sein Blick wurde noch düsterer. „Draußen schneit es wie verrückt, niemand ist auf den Straßen unterwegs und meine Spuren werden bereits verdeckt. Wo ist Senator Kantor?"

„Ich bin hier", ertönte eine Stimme aus dem Hinterzimmer der Wohnung.

Corday ignorierte die zähnefletschende Brigadier Dane, zog den Zettel aus seiner Tasche und stapfte ins Hinterzimmer. „Sie ist abgehauen."

Senator Kantor legte seinen COMscreen beiseite und nahm den Zettel. Der Alpha überflog ihn kurz und schüttelte den Kopf. „Es tut mir leid, Corday. Wir hätten sie schließlich nicht einsperren können."

„Claire wird irgendetwas Verrücktes tun!" Corday riss sich förmlich die Haare aus und knurrte: „Wir müssen sie aufhalten."

Senator Kantor schüttelte den Kopf, seine müden Augen blutunterlaufen und traurig „Wir können es nicht riskieren, uns durch eine Fahndung zu verraten. Wir wissen beide, dass sie realisiert hat, dass wir ihr nicht helfen können. Verstehen Sie das, Junge?"

„Sie werden sie umbringen!"

Mit leiser Stimme versuchte der Alpha, Vernunft und ein dringend benötigtes Maß an Ruhe zu vermitteln. „Die Omega ist schwanger, sie ist paargebunden und geistig distanziert. Sie hat nicht mehr viel Zeit, und das weiß sie auch."

Corday rieb sich die Stirn, als ob er seine Frustration wegwischen könnte, und fragte: „Was meinen Sie damit?"

„Ich meine, dass Claire innerlich gegen etwas ankämpft, was ein wahrer Albtraum sein muss. Ihre Zeit ist begrenzt und sie trifft ihre Wahl."

„Ich habe es Ihnen doch gesagt. Die Paarbindung ist kaputt."

Senator Kantor ließ den väterlichen Tonfall fallen und ersetzte ihn mit einem weitaus autoritäreren. „*Sie* ist kaputtgegangen. Ihre Entschlossenheit ist das Einzige, was sie zusammenhält. Wenn man versucht, sie einzusperren oder aufzuhalten, wird sie zusammenbrechen. Und das würde sie nur wieder anfällig für seinen Einfluss machen. Es wäre vielleicht das Beste, sie das tun zu lassen, was sie tun muss, solange sie es noch kann."

„Wir wissen beide, dass sie versuchen wird, diese Omegas aus dem Undercroft zu holen", zischte Corday. „Dafür bräuchte man eine Armee, und sie ist nur ein Mädchen."

Senator Kantor verstand voll und ganz, was auf dem Spiel stand. „Sie hat einen Vorteil, eine Geisel, und Sie wissen nicht, wo sie ist. Es gibt nichts, was wir tun können. Ob Sie es glauben oder nicht, aber ich setze auf sie."

„Er wird sie UMBRINGEN."

„Lesen Sie sich den Brief noch einmal durch." Senator Kantor gab ihm das zerknitterte Papier zurück. „Niemand versteht die Konsequenzen so gut wie sie. Sie ist eine erwachsene Frau, die ihre Wahl getroffen hat, so wie wir unsere Waffenbrüder und -schwestern jeden Tag bitten, ihre Wahl zu treffen."

„Das ist verdammter Irrsinn!" Corday stürmte aus dem Raum, zerknüllte den Zettel in seiner Hand. „Ich werde sie finden. Ich werde sie nach Hause bringen."

Als er an der stirnrunzelnden Brigadier Dane vorbeiging, wurde Corday aufgehalten.

Dane hielt ihn am Arm fest, ihr Gesicht rot und ihr Fauchen böse. „Du wirst nichts dergleichen tun. Geh wieder nach Hause. Beruhig dich, bevor du mit deiner impulsiven Dummheit den gesamten Widerstand gefährdest. Was auch immer Claire geplant hat, sie abzulenken oder dich umbringen zu lassen, wird niemandem helfen."

Corday war stark in Versuchung, gewalttätig zu werden. „Du kennst Claire nicht."

„Das tue ich nicht, aber ich kenne dich. Und ich weiß, wann du dich irrst."

* * *

Das Wetter war absolut scheiße. Ein Segen und ein Fluch, da es den Anschein hatte, dass Thólos sich vor dem unbekannten Sturm versteckte. Kein Mensch ging die Straßen entlang, um sie zu belästigen, und obwohl der fallende Schnee ihr den Weg erschwerte, ließ die Wanderung sie nass bis auf die Knochen und heftig zitternd zurück.

In all den Jahren, seit Claire zuletzt die Promenade auf der mittleren Ebene betreten hatte, hatte sie viel vergessen. Die schmalen Wohnungen waren noch immer selleriegrün, aber sie brauchte einige Zeit, bis sie sich daran erinnerte, in welchem Fenster einst ein Blumenkasten voll roter Mohnblumen gestanden hatte.

Jetzt gab es keine bunten Farbtupfer mehr ... keine Blumen. Bald würden selbst die verkümmerten Bäume nur noch Stöcke sein. Alles, was es noch gab, war dieses zu fröhliche Grün, das unter dem darüberliegenden Frost, zwischen den gebrochenen Fenstern und dem Müll hervorlugte.

Drei Stockwerke nach oben, die dritte Wohnung auf der rechten Seite.

Als Claire direkt vor einer einst vertrauten Tür stand, rüttelte sie am Griff und stellte fest, dass sie verschlossen war. Sie fuhr mit ihrem Fingernagel den Rahmen entlang und fühlte eine Unebenheit in der Spalte – ein Ersatzschlüssel, der genau da versteckt war wie damals, als sie noch ein kleines Mädchen gewesen war.

Drinnen war es dunkel. Niemand war zu Hause.

Anstelle der Frau, nach der sie suchte, fand sie Schrott: Drähte, Filter, Luftreiniger, Rohre und surrende Maschinen stapelten sich im ganzen Raum. Die egoistische Elster hatte sie direkt aus der Infrastruktur der Kuppel gestohlen und so alle anderen geschwächt.

Es war unsäglich, empörend und, was am schlimmsten war, nicht im Geringsten überraschend, nachdem Claire ihre Akte gelesen hatte.

Mit einem sauren Geschmack im Mund zog Claire sich ihre nassen Klamotten aus, hängte sie zum Abtropfen in der Küche auf und nahm sich etwas Trockenes. Es war Nacht, als sie endlich das Kratzen eines Schlüssels im Schloss hörte.

Eine große Schönheit schlüpfte in den kühlen Raum, rieb ihre behandschuhten Hände aneinander. Es dauerte nur eine Sekunde, bevor die Frau Claire auf der Couch liegen sah. „Du solltest nicht hier sein."

„Du warst schon immer eine echte Fotze. Das weißt du, oder?", erwiderte Claire knurrend.

„Das ist ein großes Wort für ein so kleines Mädchen."
Sie legte den Kopf schief und ihre blonden Haare
bewegten sich wie ein Wasserfall hinter ihr. Das Knurren
der Alpha wurde zu einem provokanten Schnurren. „Hast
du irgendeine Vorstellung davon, wie viel du wert bist?"

„Freu dich nicht zu früh. Er wird dich nicht bezahlen
… Shepherd hat die letzten Frauen, die mich an ihn
verraten haben, gehängt, Maryanne." Claire sah die Frau
an, die einst das klügste Mädchen gewesen war, das sie
gekannt hatte, und sah eine Fremde. „Er findet es nämlich
beleidigend, dass irgendjemand erwarten würde, für die
Rückgabe von etwas, das ihm gehört, bezahlt zu werden."

Mit angespannten Schultern kam Maryanne langsam
näher, während sie jede Ecke des Raumes beäugte. „Hat
jemand dich reinkommen sehen?"

„Nein."

„Das bedeutet, dass mindestens drei Leute dich gesehen
haben."

Claire stieß den Atem aus. „Mein Gesicht war verdeckt
und ich bin mir sicher, dass du selbst riechen kannst, dass
ich momentan nichts Besonderes bin."

Maryanne hob eine Handvoll von Claires Haaren hoch,
um daran zu schnüffeln, die vollen Lippen zu einem
Grinsen verzogen. „Stimmt …"

Claire nahm Maryannes Hand, die Hand der Frau, die
in ihrer Kindheit ihre engste Freundin gewesen war, und
hielt sie fest. Mit großen, flehenden Augen flüsterte sie:
„Ich brauche deine Hilfe."

„Nein."

„Warum?"

Maryanne entzog ihr ihre Finger und schlenderte davon. „Du hast keine Ahnung, was diese Typen mit dir anstellen können, Claire. Was auch immer du getan hast, finde einfach einen Ort, an dem du dich verstecken kannst, und sitze es aus … aber zieh mich nicht in die Sache rein."

„Ich weiß sehr wohl, wozu sie fähig sind", fauchte Claire in Richtung von Maryannes Rücken. „Ich bin schwanger mit Shepherds Kind."

„Leck mich am Arsch!" Maryanne wirbelte voller Entsetzen herum und starrte den Bauch der kleinen Omega an.

„Das habe ich mich schon damals geweigert zu tun, weißt du noch?", neckte Claire sie in dem Versuch, den Schalk ihrer Jugend nachzuahmen. „Du bist in der Schule total auf mich abgefahren. Deshalb sind wir keine Freundinnen mehr."

„Halt die Klappe, du Miststück." Maryanne lachte und schaffte es nicht, ein wölfisches Grinsen zu unterdrücken. „Das hättest du wohl gerne. Patrick Keck war derjenige, den ich vögeln wollte … und das habe ich. Oft."

„Dann bist du verschwunden. Du warst meine beste Freundin und hast dich nicht einmal verabschiedet." Und das hatte sie sehr verletzt. Umso mehr, weil Claire wusste, dass Maryanne zu so viel mehr fähig war als zu dem Chaos, das sie verbreitete. „Ich habe deine Akte gelesen. Ist es wahr, dass du in das Archiv eingebrochen bist?"

„Mehrfach … ich wurde nur einmal erwischt. Deshalb ein Jahr lang Schweinescheiße zu schaufeln, war die Sache wert. Du hast keine Ahnung, wie viel manche Leute für so etwas Banales wie verbotene, zerfledderte Bücher bezahlen."

„Wie bist du reingekommen?"

Maryanne leckte sich über die Zähne und deutete mit einer ausholenden Geste auf sich selbst. „Dieses Mädel hat Talent."

Claire wurde ernst. „Und dieses Talent brauche ich."

Die Frau näherte sich langsam, ließ ihre Finger durch Claires verknotete schwarze Haare gleiten und säuselte: „Du kannst dir mich nicht leisten, Prinzesschen."

„Ich weiß. Weshalb ich das hier nur sehr ungern tue." Claire sah einen Moment lang so aus, als würde sie den Mut verlieren, aber sie atmete tief durch und begann. „Die Omegas sind im Undercroft eingesperrt. Ich muss sie befreien und du wirst mir helfen oder ich werde Shepherd sagen, dass du mich geschlagen hast. Er wird dich in Stücke reißen, weil ich nicht nur mit seinem Kind schwanger bin … wir sind paargebunden."

Maryannes Alpha-Natur brach hervor. „ICH WERDE ES VERDAMMT NOCH MAL NICHT TUN!"

„Doch."

Die Blondine ging zum Fenster, hielt zum zwanzigsten Mal nach einem Anzeichen von Ärger Ausschau. „Verdammt, Claire. Du und dein sinnloser humanitärer Bullshit. Du warst schon immer Miss Perfekt, selbst als wir noch Kinder waren. Es war damals widerlich und jetzt ist es noch erbärmlicher."

„Aber ich war nie ein Weichei." Claire nahm Maryannes Arm, ihr Gesichtsausdruck verzweifelt. „Es tut mir leid, aber ich brauche dich. Ich brauche die *Talente*, die du hast und die mir fehlen. Wenn du das für mich tust, werde ich dich nie wieder belästigen."

Die Frage wurde von einem tödlichen Blick begleitet. „Warum bittest du nicht einfach deinen Gefährten darum?"

„Er ist derjenige, der sie eingesperrt hat." Claire steckte sich ihr Haar hinters Ohr und blieb standhaft. „Er ist blind für das, was richtig und falsch ist, so wie du."

Maryanne fluchte. Sie wütete stundenlang und versuchte, Claire diesen Wahnsinn auszureden, aber das Ergebnis war unausweichlich. Maryanne Cauley hatte keine Wahl, und sie wusste es.

Sie stritten sich heftig um den Plan. Es gab keine Zeit zum Auskundschaften, die beiden würden nicht wissen, was sie erwarten oder nicht erwarten mochte. Ablenkungsmanöver waren eine Sache, aber was Claire vorhatte, war geisteskrank. Aber es war machbar, das wusste Claire einfach. Sie konnte es schaffen. Das musste sie, denn wenn sie nicht alles gab, nicht alles riskierte, dann würde sich nichts ändern.

Letzten Endes war es bestenfalls ein Schuss ins Blaue … schlimmstenfalls Selbstmord. Aber Claire, so schien es, war bei dieser Frau genau richtig.

Maryanne Cauley kannte den Undercroft – kannte Eingänge, kannte Geheimnisse – und obwohl sie sich weigerte, über den Grund dafür zu sprechen, war es offensichtlich, dass Maryanne Cauley einst an diesem dunklen Ort entsorgt worden war.

Shepherds Mutter war nicht die einzige Frau, die in die Hölle geworfen worden war.

Bei Morgengrauen war Claire erschöpft, aber entschlossen. Maryanne fluchte und zerrte Claire zum Bett, als die Omega nicht aufhören konnte zu gähnen. Sobald sie unter der Decke waren, war es so einfach, in alte Muster zurückzufallen, und Maryanne flocht Claires Haare zu einem Zopf, genau wie damals, als sie noch klein gewesen waren.

Claire seufzte und hoffte, dass die Antwort nicht so enttäuschend sein würde, wie sie erwartete, als sie sagte: „Die Art und Weise, wie du über den Undercroft redest, der Blick in deinen Augen, wenn ich den Namen Shepherd sage ... Du kennst ihn."

„Jeder kennt ihn."

Nein, es ging weitaus tiefer als das. Claire drehte sich um, um ihrer Freundin in die Augen zu schauen. „Lüg mich nicht an, Maryanne. Er macht dir Angst. Er macht dir Angst, weil du *ihn kennst*. Du hattest irgendwas mit diesem Monster zu tun. Ist das immer noch der Fall?"

Maryanne versuchte, schnippisch zu klingen. „Irgendwas mit ihm zu tun? Ich sollte dir die gleiche Frage stellen. Schließlich wird deine Affäre mich wahrscheinlich umbringen."

„Ich bin nicht freiwillig Shepherds Gefährtin geworden." Claire erlaubte sich nicht, zu blinzeln oder zu stottern. „Ich bin unverhofft in seiner Gegenwart brunftig geworden. Er hat die Paarbindung erzwungen."

Maryanne hatte den Anstand, betroffen auszusehen. „Versteh das nicht falsch, Claire, aber wir reden hier von Shepherd. Er ist ein mächtiger Mann. Es scheint ein wenig seltsam, dass er sich an eine Frau binden würde, die er nicht kennt ... Ich meine, er ist ein Warlord. Leute schenken ihm wahrscheinlich Omegas zu Weihnachten."

Svanas Worte hallten in Claires Kopf wider. *‚Wir haben seit einer Weile keine brunftige Omega mehr geteilt.‘*

„Das tun sie ... Ich weiß nicht, warum er eine Paarbindung mit mir eingegangen ist, und als ich ihn einmal fragte, antwortete er nur mit sinnlosen, leeren Worten." Ihre grünen Augen wurden härter, ebenso wie

42

Claires Forderung nach einer Antwort. „Meine Frage, Maryanne. Woher kennst du ihn?"

Maryanne spitzte die Lippen und gestand: „Ich, ähm, habe einst Freunde gebraucht."

„Ich war deine Freundin. Das wäre ich gewesen, wenn du nicht abgehauen wärst … und—" Claire seufzte, weil sie Maryanne gut genug kannte, um zu wissen, dass sie nicht gerade ein Unschuldslamm war." Und die Dinge getan hättest, die du getan hast, bis du im Undercroft gelandet bist."

Maryanne schnaubte. „Bevor ich einen Weg nach draußen fand."

„Mithilfe von Shepherd."

„Meine Dienste im Austausch für mein Leben." Das Mädchen, das sich nie auch nur wegen eines einzelnen Vergehens, das sie in ihrem Leben begangen hatte, schuldig gefühlt hatte, sah ihre alte Freundin mit ungewöhnlichem Bedauern an. „Ich war diejenige, die die Zugangscodes für den Justizsektor und die Zitadelle gefunden hat."

Claire zog die Augenbrauen zusammen und zischte: „Wie konntest du nur?"

„Ich wusste nicht, was sie mit Thólos vorhatten. Ich schwöre es."

Claire wollte es nicht hören. „Was dachtest du, dass er tun würde, nachdem er frei war?"

„Er war bereits frei …", flüsterte Maryanne. „Was glaubst du, wie ich da rausgekommen bin?"

Claires Augenbrauen schossen hoch. „Was?"

Maryanne schnaubte angesichts der Naivität der kleinen Frau. „Sorry, Bitch, aber wir sind schon seit langem am Arsch."

„Weißt du, wo er den Virus versteckt?"

Maryanne grinste und verriet ihr eine bittere Wahrheit. „Wenn ich das täte, glaubst du wirklich, dass ich hier sein, Vorräte ansammeln und mich auf das Ende der Welt vorbereiten würde? Hör mir zu, Claire, sie wissen nicht von diesem Ort. Ich habe ihn vor fast einem Jahrzehnt aus den Aufzeichnungen gelöscht, bevor ich dort unten eingesperrt wurde. Ich habe genug Essen, genug Luftreiniger, um fast ein Jahr durchzuhalten. Du musst deinen Scheißplan nicht durchziehen. Du kannst hier bei mir bleiben. Im schlimmsten Fall müssen wir nur warten, bis der Virus seine Arbeit getan hat."

Claire schüttelte den Kopf. „Die Kuppel hat Risse, Maryanne. Du würdest erfrieren, während das Ökosystem zusammenbricht. Es ist so, als hätte er Leute wie dich eingeplant. Wir werden alle sterben. Wir werden alle sterben, wenn nichts passiert."

* * *

Sie waren beide angespannt, müde … so wie alle anderen in Thólos. Es hatte keinen Sinn, sich weiter zu streiten. Stattdessen trafen sowohl Claire als auch Maryanne eilige Vorbereitungen. Dinge mussten für Claires Plan gebaut und Technologien gelernt werden. Maryannes Erklärungen, die Art und Weise, wie sie aus nichts etwas Gefährliches machen konnte, erinnerten Claire daran, dass sie nicht in ihrem Element war.

Rudimentäre Bomben, wie man einfache Zugangspaneele außer Kraft setzt – Maryanne brachte ihr alles bei, anstatt es einfach selbst zu machen, was Claire wortlos daran erinnerte, dass ihre Zusammenarbeit bald enden und die ungeschickte Omega auf sich allein gestellt sein würde.

Als alle Geräte fertig waren, duschte Claire sich und schrubbte jeden noch verbleibenden Hauch von Cordays Geruch weg. Maryanne war in dem Badezimmer und trug Lippenstift auf, als ob sie einen Ausflug planen würden und nicht einen Angriff auf die Tyrannen, die die Stadt unterworfen hatten. Maryanne blinzelte in den Spiegel und erstarrte, ihre Kinnlade fiel nach unten, als sie den nackten Körper der Omega sah.

Die Alpha berührte sie, ohne zu fragen. „Was ist das alles?"

Claire musste nicht nach unten schauen, um zu wissen, was Maryanne so verstörend fand. „Der Preis für meine Freiheit."

Vorsichtige Finger fuhren über den gelblichen Handabdruck an Claires Kehle. „Und dein Hals?"

Ein unverständlicher Laut, eine Farce von etwas Gesprochenem, blieb in Claires Mund stecken. „Es ist nichts."

Maryanne umfasste ihr Kinn und hob Claires Gesicht an, damit sie ihr in die großen, braunen Augen schaute. Sie lächelte und neckte: „Deine Füße sind widerlich. Du blutest meinen ganzen Boden voll."

Und die Schmerzen waren ein Segen, die perfekte Ablenkung. „Shepherd hat nicht erlaubt, dass ich Schuhe trage. Ich musste barfuß durch die Straßen laufen."

„Tut es weh?"

45

„Ja. Aber es stört mich nicht und es wird mich nicht aufhalten."

Maryanne ging in die Hocke, um zu sehen, warum frisches Blut über das Schienbein ihrer alten Freundin lief. „Dein Knie muss genäht werden."

„Daran kann ich im Moment nichts ändern."

„Setz dich hin, ich erledige das."

Es war so verkehrt, dass Maryanne Cauley diejenige war, sie sich um sie kümmerte; als sie noch klein gewesen waren, war es immer umgekehrt gewesen. Als sie zusah, wie die erwachsene Frau eine Nadel und einen metallenen Faden durch ihre Haut zog, und sie das Stechen und Brennen spürte, wirkte die Welt sehr seltsam. „Was ist eigentlich aus deiner Mutter geworden?", fragte Claire.

„Wer zum Teufel weiß das schon?", murmelte Maryanne, während sie eine weitere enge Naht setzte. „Ist wahrscheinlich vor Jahren an einer Überdosis gestorben."

Claire brummte nur zerstreut. „Mein Vater ist vor vier Jahren gestorben. Fahrbahnunfall."

„Dein Papa war immer ziemlich cool."

Claire musste ihr recht geben. „Ja … Ich bin froh, dass er nicht hier ist, um das zu sehen."

Maryanne rieb ihre Lippen aneinander, als ob sie etwas sagen wollte, sich aber dagegen entschied. Stattdessen stand sie auf, sammelte Klamotten zusammen, die für die Mission geeignet waren, und reichte Claire die schreckliche schwarze Kleidung von Shepherds Anhängern.

Die Omega scheute sich nicht, zog sich einfach schweigend an, während Maryanne ihren flexiblen Körper in eine passende Uniform zwängte.

„Weißt du, Claire." Maryanne war todernst und band sich ihre Haare zu einem Knoten, um sie unter eine Kappe zu stecken. „Unter der Erde existiert noch mal eine ganz andere Welt. Die Leute, die Shepherd folgen, sind unglaublich gefährlich."

„Was auch immer sie sind, spielt keine Rolle."

Maryannes Stimme wurde ausdruckslos. „Was ich dir zu sagen versuche, ist, dass sie eine Agenda haben, Paarbindung hin oder her. Shepherd bringt dich vielleicht einfach um."

Claire machte sich keine Illusionen, was das betraf. „Darauf zähle ich."

„Ich könnte uns all diesen Ärger ersparen und dich jetzt sofort töten", bot die Alpha an.

„Das ist super süß von dir", neckte Claire sie und stellte sich auf die Zehenspitzen, um ihrer Freundin einen flüchtigen Kuss auf die rubinroten Lippen zu geben. „Aber ich werde nach heute Abend sowieso für dich gestorben sein. Gib mir, was ich brauche, und du hast mein Wort."

Maryanne steckte eine geladene Waffe in Claires Tasche. „Versprechen, Versprechen ..."

„Und Maryanne", fügte Claire hinzu und zwang sich, verspielt zu lächeln. „Du siehst in diesem Outfit wie eine Schlampe aus."

Kapitel 3

„Das ist der Eingang zur Hölle." Maryanne deutete auf die Karte, die auf dem Bildschirm zwischen ihnen aufleuchtete. Sie fuhr die sich schlängelnden Tunnel nach, die direkt unter den Betonwegen der Lower Reaches lagen, und sagte: „Diese Etage ist für die Verwaltung und vom echten Undercroft getrennt. Wenn deine Omegas in diesem Drecksloch gefangen gehalten werden, würde Shepherd sie nicht tiefer als auf dieser Ebene unterbringen. Nicht, wenn er will, dass sie am Leben bleiben."

Claire starrte auf den COMscreen. Zu sehen, dass ihre Leute wie Vieh weggesperrt worden waren, ließ unerträgliche Traurigkeit in ihr aufsteigen. Die Omegas schliefen zu zehnt in einer Zelle, nach Altersgruppen getrennt, und es waren weniger als die sechsundfünfzig, die aufgegriffen worden waren. Drei hatte Shepherd gehängt, der Rest, nahm Claire an, war entweder gestorben oder eine Paarbindung eingegangen und weggeschleppt worden. Es waren kaum noch vierzig übrig und eine von ihnen war brunftig und von den anderen isoliert, wurde von einem Fremden bestiegen … das Mädchen war erst sechszehn.

In ihrem Herzen hatte Claire Angst gehabt, dass Shepherd seinen Männern erlaubt hatte, die Omegas mit dem gleichen Medikament zu injizieren, das er für sie benutzt hatte … um ein Bordell zu eröffnen, in dem jeder stumpfsinnigen Brunftsex haben konnte, und sie musste zugeben, dass sie geringfügig erleichtert war, festzustellen, dass er noch nicht so tief gesunken war.

„Sie so anzustarren, wird nichts ändern, Zuckerpüppchen", flüsterte Maryanne, die an ihrer Seite kauerte.

„Selbst du musst einsehen, wie krank das ist." Claire runzelte die Stirn und wandte den Blick vom COMscreen ab, damit ihre Freundin ihr in die Augen schauen konnte. „Lass mich nicht im Stich."

„Ich bringe dich rein. Dann bin ich weg."

Claire nickte. „Zu deinem eigenen Wohl empfehle ich dir, schnell zu rennen."

Wie sie vereinbart hatten, klinkte Maryanne sich in das System ein und hackte die Kontrollen der oberen Ebene des Gefängnisses. Sie reichte Claire die Technik und gab ihr damit die lückenhafte Herrschaft über die Sicherheitssysteme der Hölle.

„Du solltest wissen, junges Gemüse, dass nicht jeder Ausgestoßene freigelassen wurde, als Shepherd seinen Putsch inszeniert hat. Es gibt Wege da drinnen, die du nicht entlang stolpern willst. Wenn du dich verirrst ... lass dich von Shepherd finden." Nach diesen letzten angsteinflößenden Worten gab Maryanne Claire einen kurzen Kuss und verschwand.

Claire musste den nächsten Schritt alleine machen. Sie hielt das Gerät fest, das aus Isolierband und ein paar gestohlenen Schaltkreisen bestand, betete zu ihrer Göttin, dass ihr Plan funktionieren würde, und legte den Schalter um.

Explosionen detonierten an verschiedenen Orten, alle vier handgefertigten Bomben, die Maryanne verteilt hatte, funktionierten einwandfrei. Genau im richtigen Moment begann Claire mit der zweiten Phase. Wie ihre Freundin versprochen hatte, eilten die Anhänger auf dem Bildschirm mit alarmierender Präzision in Richtung des Tumults. Als die Soldaten sich verteilt hatten und sich in Fluren oder Aufzügen befanden, sperrte sie die Männer ein, indem sie die Systeme mit Übersteuerungen außer Kraft setzte, die an jedem Terminal rückgängig gemacht werden mussten.

Mit den Lippen nur eine Haaresbreite vom Bildschirm entfernt, übernahm Claire die Kontrolle über das interne Kommunikationssystem des Gefängnisses. „Omegas, die Türen zu euren Zellen sind entriegelt. Jeder, der Freiheit einem Sklavendasein unter Shepherd vorzieht, sollte sie sich nehmen. Die Wachen sind verstreut und eingesperrt, aber ich kann sie nicht lange aufhalten. Schließt euch zusammen, ich werde euch rausführen. Vergesst nicht eure Schwester, die in dem Raum am Ende des Korridors gefangen gehalten wird." Claires Stimme troff vor Gift. „Ich glaube nicht, dass Shanice davon geträumt hat, bei ihrer ersten Brunft von einem Soldaten bestiegen zu werden, der dreimal so alt ist wie sie."

Auf ihrem kleinen Monitor standen sieben Frauen auf, darunter auch Nona, und stürzten aus ihren Zellen. Noch mehr blieben stehen und sahen zu, hatten Angst, sammelten sich aber. Mit jeder zögerlichen Sekunde wurde die Anzahl größer, Frauen rissen die Gitterstäbe auf und rannten hinaus, um sich ihren Schwestern anzuschließen. Aber Claire war mit ihrer Aufmerksamkeit woanders; eine Gruppe von Anhängern hatte die Kontrolle bereits außer Kraft gesetzt und sich befreit.

Claire besaß nicht die Fähigkeit, das System mit dem gleichen Feingefühl wie Maryanne zu manipulieren, und rief: „Vier Anhänger haben sich befreit. Ihr müsst für euch selbst kämpfen! Wenn ihr raus wollt, müsst ihr euch wehren!"

Als sie die unliebsamen Alphas sahen, fielen die Omegas wie Heuschrecken über sie her. Mehr Anhänger versuchten, nach den Frauen zu greifen, nur um zu entdecken, dass vermeintlich schwache Omegas im Rudel attackierten. Selbst der stärkste Mann konnte nichts gegen vierzig wütende Frauen ausrichten. Schüsse wurden abgefeuert, zwei von Claires Schwestern fielen – aber alle vier Soldaten von Shepherd wurden getötet, während die Gruppe sich gewaltsam ihren Weg bahnte. Als sie in dem Raum ankamen, in dem die brunftige Omega bestiegen wurde, war das Rudel in einen Rausch verfallen.

Der kopulierende Mann wurde weggerissen und von Zähnen und Krallen zerfetzt.

Sie sammelten ihre Schwester ein und folgten jeder Anweisung, die Claire ihnen über die Lautsprecher zurief. In weniger als fünf Minuten begannen die Frauen, genau durch die Korridore zu fluten, die die Ausgestoßenen am Tag ihres Ausbruchs genutzt hatten.

Nachdem sie die letzten Türen passiert hatten, trat Claire aus der Dunkelheit und rief ihnen zu. Nona erreichte sie als erste. Über das Geschrei und Gebrüll hinweg rief Claire der Frau hastig Anweisungen ins Ohr. Ein verständnisvolles Nicken und Nona nahm Claires COMscreen.

Claire drückte den letzten Knopf ihres primitiven Auslösers.

Blendende Lichtblitze gingen widerlichem graugrünem Rauch voraus – er füllte den Zugangsweg zum Gefängnis so sehr, dass Claire Nona nicht mehr sehen, nicht mehr riechen konnte, und sie würde nicht die Chance haben, sich zu verabschieden.

Das Quietschen von Reifen und Trucks voll mit Shepherds Anhängern kamen rutschend vor dem Skyway zum Halten. In wenigen Augenblicken hatten bewaffnete Soldaten eine Absperrung errichtet; der einzige mögliche Ausgang war blockiert.

Es gab kein Zurück mehr. Das war das Ende.

Claire erkannte den blauäugigen Beta, der die Männer anführte, sah, wie er die Augen verengte, als der wabernde Rauch sich gerade genug auflöste, um zu enthüllen, wer es gewagt hatte, dem neuen Regime von Thólos einen Schlag zu versetzen. Claire hielt sich eine Waffe an die Schläfe und ging nach vorne, bis Shepherds Männern sie sehen konnten.

Jules befahl mit scharfem Blick: „Nehmen Sie die Waffe runter, Miss O'Donnell."

Als sie sie aus der Nähe sah, wie organisiert sie waren, realisierte sie, dass die Anhänger genau das waren, was Maryanne ihr beschrieben hatte – Killer, unerbittliche, wandelnde Albträume – und sie war nur eine Frau, die weitaus mächtigeren Männern die Stirn bot.

Claire hob trotzig ihr Kinn an und rief über das Getümmel: „Jede Omega hier darf gehen, oder ich drücke den Abzug und töte Shepherds Kind."

Jules ignorierte den sich ansammelnden Rauch und marschierte zum Rand der Barrikade. „Und wie weit glauben Sie, werden sie kommen?"

Der Beta erwartete eine Antwort; Claire gab ihm keine. Sie starrte nur direkt in diese verstörenden hellblauen Augen.

Als das Schweigen minutenlang andauerte, als die Frau keine weitere Bewegung machte, schien Jules es endlich zu verstehen.

Claire lächelte.

„Wenn ich so darüber nachdenke…" Claire atmete tief durch, die Waffe immer noch auf ihre Schläfe gerichtet. „Die Frauen in den Undercroft zu stecken, war eigentlich eine hervorragende Idee. Ich denke, wir bleiben hier …

natürlich ohne die verdorbenen Besucher und die planmäßigen Vergewaltigungen."

„Glauben Sie wirklich, dass eine Handvoll Frauen in der Lage sein wird, das Gefängnis gegen uns zu verteidigen?"

„Ja."

Die Augen des Mannes nahmen einen seltsamen Blick an. Er sah so aus, als wäre er im Begriff, etwas zu sagen, wurde aber durch das Geräusch schwerer Schritte, die sich aus dem Schatten näherten, zum Schweigen gebracht.

Der Albtraum war im Anmarsch.

Sie fühlte ihn, bevor sie ihn sah. Claire wandte den Blick nicht von Jules ab, aber es bedurfte jedes letzte Quäntchen ihrer Selbstbeherrschung, um nicht zurück in die Wand aus Rauch zu treten und ihren Plan zu ruinieren, als Shepherd in ihrem Blickfeld auftauchte.

„Kleine." Shepherds Stimme war leise und verlockend, floss um sie herum, genau wie der Dampf hinter ihr. „Richte die Waffe auf mich."

Er war so groß. Selbst mit guten fünf Metern zwischen ihnen hatte Claire den Eindruck, dass er nur die Hand ausstrecken musste, um sie zurück in die Hölle zu schleppen.

Obwohl sie Angst hatte, in seine Richtung zu schauen, obwohl sie ihre Aufmerksamkeit auf das leuchtende Blau von Jules' Blick gerichtet hielt, galten Claires Worte Shepherd. „Wenn ich an meine Treffsicherheit glauben würde und mir sicher wäre, dir eine Kugel direkt durch den Schädel jagen zu können, würde ich nicht zögern, dich zu erschießen. Aber ich habe dir schon einmal gesagt, dass ich nicht dumm bin. So wie ich sie halte, muss ich mir keine Sorgen machen, zu verfehlen."

Shepherd kam einen Schritt näher; Claire versteifte sich.

Sie bleckte die Zähne und zwang sich, ihn anzusehen. „Dein Näherkommen macht es sehr verlockend, den Abzug zu drücken. Wenn ich sterbe, stirbt dein Kind mit mir. Bleib. Stehen."

Als ihre Aufmerksamkeit auf ihn gerichtet war, hielt Shepherd inne und führte das Gespräch, als würden sie einen Nachmittagsplausch abhalten. „Ich freue mich zu sehen, dass du nach dem Sturz weitgehend unverletzt bist und dass du gegessen hast."

„Ich bin nicht gestürzt, ich bin gesprungen." Claire hob ihr Kinn an und entblößte die blauen Flecken, die ihren blassen Hals verfärbten, damit jeder einzelne Anhänger sie sehen konnte.

Es kostete Shepherd große Mühe, ruhig zu sprechen. „Du hast deinen Standpunkt deutlich gemacht. Ich gebe sogar zu, dass ich von deinem kleinen Coup beeindruckt bin. Aber damit ist jetzt Schluss."

„Es ist mir scheißegal, was du denkst!"

Ein ersticktes Bellen entwich dem Alpha, ein Knurren verzerrte seinen Mund. „Ich weiß, dass du wütend bist—"

Ihre Stimme wurde tiefer, rau, und sie zischte durch zusammengebissene Zähne: „Wütend beschreibt noch nicht einmal ansatzweise, was ich bin. Ich wurde geschändet, manipuliert, verraten und gebrochen. *Ich bin schon lange nicht mehr bloß wütend.*"

„Alles musste so passieren, wie es passiert ist", entgegnete Shepherd und kam einen weiteren einschüchternden Schritt näher.

„Du hattest mich vielleicht einen Moment lang getäuscht, aber deine Frau hat mir die Augen geöffnet und mir gezeigt, was du wirklich bist." Claires Lippen kräuselten sich bedrohlich. „Ich sollte dir danken, Shepherd. Die fürchterliche Lektion deines Aufstands war eine Inspiration. Du hast mir gezeigt, dass selbst die Schwächsten sich mit dem richtigen Anreiz gegen Tyrannei erheben können. Nun, ich erhebe mich gegen dich und die Perversion deiner Ideale."

Sie hatte lange genug dagestanden.

So heftig zitternd, dass sie sich sicher war, dass jeder letzte Mann ihre Angst sehen konnte, und bereit, das zu tun, was sie am besten konnte, machte Claire einen Schritt nach hinten in den Rauch.

Shepherd mühte sich, seine Wut im Zaum zu halten, und konterte: „Zwing mich nicht dazu, dich zu holen, Kleine. Du könntest verletzt werden und ich würde es vorziehen, wenn das nicht der Fall wäre."

„Was sind ein paar gebrochene Knochen und ein oder zwei mögliche Schusswunden?" Sie legte sich ihre freie Hand aufs Herz, Claires Gesicht ein Inbild von Qualen. „Sie würden keine Rolle spielen. Ich fühle nichts. Überhaupt nichts."

Selbst Shepherd konnte die Wahrheit nicht leugnen, die durch die zerstörte Verbindung hallte; es war, als wäre sie nicht einmal da – das größere Fragment ihrer Seele einfach verschwunden. Aber sie war in diesem Moment mehr als zuvor, als sie jede ihrer Stunden scheintot unter der Erde verbracht hatte.

Sie würde sich erholen.

Shepherd sah ihr tief in ihre schmerzerfüllten Augen und sprach mit sicherer, mit autoritärer Stimme. „Dein

Platz ist neben mir. Du wirst zu deinem Gefährten zurückkehren."

„Du bist mir kein Gefährte." Claire spuckte auf den Boden zwischen ihnen. „Ich werde hinter meinem Volk stehen, zu meinen Bedingungen! Wenn Thólos leidet, werden auch dein Kind und ich leiden."

Shepherd war im Begriff, nach ihr zu greifen, sie wusste es einfach. Claire wirbelte herum und ihre schwarzen Haare flatterten, als sie in den Rauch rannte. Shepherd war für einen Mann seiner Größe so unglaublich schnell und Claire konnte spüren, wie er und seine Anhänger sie verfolgten. Aber aus der Dunkelheit heraus griffen dünne Arme nach ihr.

Auf die Umarmung ihrer alten Freundin folgte das plötzliche Verschwinden der Schwerkraft.

Maryanne Cauley war zurückgekehrt und ein Seil zog sie hoch über die Lower Reaches, bevor der tobende Riese oder seine Männer auch nur gesehen hatten, wohin Claire verschwunden war.

* * *

Die Anzahl der Sicherheitsprotokolle, die während der Flucht der Omegas überspielt worden waren, war erstaunlich. Die gesamten Überwachungsaufnahmen waren gelöscht worden und viele der mechanischen Türen, die manipuliert worden waren, um seine Soldaten einzusperren, funktionierten immer noch nicht wieder. Das Gelände der Hölle war in ein Labyrinth verwandelt worden und Shepherds fähigste Anhänger brauchten über eine Stunde, um in es einzudringen, nur um festzustellen, dass nicht einmal eine Omega noch im Inneren war.

Die Frauen waren verschwunden, als hätte der Rauch sie weg teleportiert.

Sieben Anhänger waren tot, vierundzwanzig saßen fest und ein Mann atmete kaum noch. Claires Plan war entweder sehr gut koordiniert gewesen oder sie hatte pures Glück gehabt.

Trügerisch ruhig wandte Shepherd sich an seinen Stellvertreter. „Erkläre mir, Jules, wie ein Omega-Weibchen, das Bilder für Kindergeschichten malt, mit nur vier Tagen Planung dieses Kunststück vollbringt?"

„Das kann ich nicht. Noch nicht, Sir." Der Beta stand in strammer Haltung da, sah ernst und grimmig aus. „Wir haben die Omegas bis zum Kanalzugang verfolgt und wissen, dass sie nach Norden geflohen sind, aber der Geruch …"

„Hat sich in dem Abfall verloren, mit dem sie sich eingerieben haben", führte Shepherd zu Ende, weil er genau wusste, was sie tun würden. Seine Lippe kräuselte sich. „Und sie sind mit Waffen bewaffnet, die sie unseren gefallenen Männern abgenommen haben."

„Waffen, mit denen sie nicht umgehen können", sagte Jules.

„Diese Frauen sind Amok gelaufen und haben fünf Alphas mit ihren bloßen Händen getötet. Ich bin mir ziemlich sicher, dass sie im Handumdrehen lernen werden, wie man Sturmgewehre benutzt." Ein seltsames Gefühl setzte sich tief in Shepherds Magen fest. Er ignorierte die Empfindung schnell, ballte lieber die Fäuste zusammen, bis seine Gelenke knackten.

„Wir haben Profile und Fotos von allen bekannten überlebenden Omegas. Die Wahrscheinlichkeit, dass eine von ihnen gesehen wird, ist bei so vielen exponentiell höher. Sie werden gefunden werden."

„Die Situation mit Claire hat Vorrang vor der Wiederauffindung der Omegas. Ihr Fluchtweg war ein anderer. Sie muss sich während wir hier sprechen durch Thólos bewegen. Setze unsere besten Tracker auf sie an und wenn sie gefunden wird, nähert sich ihr niemand außer mir."

Jules wusste, dass es der Frau ernst damit gewesen war, sich das Leben zu nehmen; es war der einzige Grund, warum er die zitternde Frau nicht auf den ersten Blick entwaffnet hatte. „Sie in die Enge zu treiben, würde kein gutes Ende nehmen. Ihr psychischer Zustand ist labil. Miss O'Donnell ist eine Gefahr für sich selbst, bis ihre Verzweiflung abebbt."

Shepherd warf seinem Lieutenant einen gefährlichen Blick zu. „Worauf willst du hinaus?"

Intensive blaue Augen lagen reglos in einem emotionslosen Gesicht. „Dein Erscheinen hat ihre Angst zu Wut werden lassen; ihr Finger legte sich enger um den Abzug. Ich hatte einen einigermaßen guten Draht zu ihr; du nicht."

Die leicht geweiteten Nasenlöcher, das Einatmen von Luft, war nichts im Vergleich zu dem Knurren, das Shepherds Antwort begleitete. „Ihr gesamter Plan hing davon ab, uns mit dieser Masche abzulenken. Sie hat nicht abgedrückt, sie ist weggerannt."

Jules ließ sich nicht abschrecken. „Ihr Erfolg wird ihr mehr Selbstvertrauen verleihen und könnte dazu führen, dass sie sich unnötigen Gefahren aussetzt, um ihre Agenda umzusetzen. Soll ich eine Situation herbeiführen, die sie beheben wollen würde? Wir könnten sie zu unseren Bedingungen aus der Defensive locken. Miss O'Donnell könnte möglicherweise gefangen genommen werden, bevor sich noch mehr Trauma ansammelt."

Shepherd dachte kurz über den Vorschlag nach, bevor er abwehrend den Kopf schüttelte. „Dafür ist sie zu clever."

„Was glaubst du, wo sie als Nächstes zuschlagen wird?"

„Ich glaube nicht, dass sie überhaupt zuschlagen wird. Keine ihrer Bomben hat einen Anhänger getötet. Sie hätte alle unsere Kameraden hinrichten können, die drinnen gefangen waren. Die Verluste wurden minimal gehalten. Soweit wir wissen, hat sie nie auch nur einen Schuss abgefeuert oder die Waffe auf jemand anderen als sich selbst gerichtet. Ungeachtet der Show, die sie abgezogen hat, ist Claire O'Donnell eine Pazifistin. Ihr Ideal dürfte sein, zu inspirieren, genau wie sie angedroht hat."

„Wenn sie sich in der Öffentlichkeit zeigt, werden die Leute sie herbringen", versicherte ihm der Beta.

„Ihr Glaube an den Abschaum dieser Stadt ist viel gefährlicher für sie als jede Waffe. Wenn sie von unserer Bindung wüssten, würden die Bewohner von Thólos sie nicht nach Hause bringen. Sie würden sie in Stücke reißen."

* * *

Sie waren wie Kätzchen auf Maryannes Bett zusammengerollt und Claire schlief mit einer Hand auf dem Bauch und sorgenschweren Falten auf der Stirn. Maryanne beobachtete ihren unruhigen Schlaf, war sich wieder einmal sicher, dass sie den Verstand verloren hatte, weil sie zurückgegangen war, um die dickköpfige Närrin da rauszuholen.

Nachdem sie den Showdown mit Shepherd mitbekommen und gesehen hatte, wie der riesige Killer so leise wie möglich sprach, obwohl er eindeutig wütend war, konnte Maryanne es nicht verstehen. Als sie gezwungen gewesen war, für ihn zu arbeiten, hatte sie ihn in seiner grausamsten Form gesehen, und das war nichts im Vergleich zu dem vorsichtigen Verhalten, das er seiner Gefährtin gegenüber an den Tag legte.

Der Mann war verdammt furchterregend. Aber für einen kurzen Moment hatte Maryanne es gesehen. Er war verzweifelt gewesen.

Paarbindungen waren seltsame Dinge, ein Zustand, von dem Maryanne bewusst beschlossen hatte, ihn zu vermeiden, bis zu ihrem Tod. Wer würde schon seine Freiheit aufgeben wollen, um für immer an einen anderen Menschen gebunden zu sein? Schon der bloße Gedanke war abstoßend. Sex war Sex – und Maryanne liebte Sex – aber der Drang, ein Band zu schmieden, sich zu binden … nein, danke!

Als Alpha-Frau hatte sie sehr viele Optionen, was die Auswahl derer betraf, die sie vögeln konnte, und die Angst davor, geschwängert zu werden, war praktisch nichtexistent. Die einzige Möglichkeit, einen Eisprung herbeizuführen, war der Einsatz von Hormonspritzen oder ein männlicher Omega in Hitze, um ein solches Ereignis auszulösen. Maryanne hatte nicht viel für dünne Kerle übrig, was gut war, da die Chancen jämmerlich schlecht standen, einen männlichen Omega zu finden. Es waren die Beta-Jungs, die sie bevorzugte, obwohl sie ab und an auch Spaß mit einem Mädchen gehabt hatte.

Als Alpha geboren worden zu sein, war ein Segen gewesen. Sie war stärker, aggressiver, schneller und konnte sich in einer Position durch die Gesellschaft bewegen, nach der Menschen wie Claire sich sehnten. Das kleine Ding in ihren Armen hatte sich schon immer an ihrer Dynamik gestört, selbst als sie noch klein gewesen waren. Maryanne konnte es ihr nicht verübeln. Sobald Claires Geruch den Raum mit Süße anstatt mit dem Gestank eines kleinen Kindes gefüllt hatte, hatte die Welt angefangen, sie wie Glas zu behandeln. Das war mit der Grund, warum Maryanne sie in etwas … interessantere Aktivitäten verwickelt hatte.

Kindlicher Unfug war gut für Claire gewesen.

Oder zumindest bis Claire anfing, sich hinter der geübten Maske einer Beta zu verstecken – die Pillen, die spezielle Seife. Es war traurig zu sehen, wie jemand mit allen Mitteln versuchte, etwas anderes zu sein.

Angesichts der Alternative, in brunftiger Benommenheit und ohne wirklichen Schutz paargebunden zu werden, wenn der Alpha die Wünsche der Omega missachtete, war es verständlich.

Schließlich musste man sich nur anschauen, was mit Claires Mutter passiert war – dem Musterbeispiel für die Schattenseite. Es war nicht überraschend, dass Claire ihre wahre Natur nie akzeptiert hatte. Als Maryanne sie jetzt betrachtete, fragte sie sich, ob die dunkelhaarige Frau überhaupt wusste, wie endgültig ihre Bindung an Shepherd war, und dass er vor nichts zurückschrecken würde, um seine Gefährtin zurückzuerobern.

Oder er würde sie einfach töten … zumindest würde er das nach dem heutigen Abend wahrscheinlich tun.

Maryanne grinste doof, als sie an Claires Schmähungen und die brennende Vehemenz, die praktisch wie Flammen um den Riesen herum geflackert hatte, zurückdachte. Maryanne hätte viel Geld dafür bezahlt, diese Show zu sehen. Wenn sie nicht so viel Angst davor hätte, dass Shepherd die Wand aus der Seite ihres Rückzugortes reißen und seine extrem unausgeglichene Gefährtin zurückholen würde, hätte sie wahrscheinlich darüber gelacht, wie perfekt Claire sich an ihm gerächt hatte. Sie hatte die Gefangenen befreit, sie hatte ganz allein den Anhängern die Stirn geboten, sie hatte sogar damit gedroht, sich umzubringen, und hätte es wahrscheinlich getan … nur um den Omegas mehr Zeit zu geben, die zweite Hälfte des Plans umzusetzen.

Aber Claire war schon immer eine sture, sentimentale Närrin gewesen.

Eine kleine Närrin, die sich im Schlaf an sie klammerte und deren Gesicht so voller Elend war, dass Maryanne sie fast nicht erkannte. Claire war auf jede erdenkliche Weise verkorkst. Es war mehr als die Kratzer und Prellungen oder der ekelhafte Zustand ihrer Füße; es war etwas in ihrer Art. Das Omega-Weibchen war wie eine Marionette, der ein paar Schnüre fehlten – nicht im Geringsten wie das temperamentvolle Mädchen von damals, als sie noch klein gewesen waren. Ein kleiner Teil von Maryanne wollte fragen, was passiert war. Der größere, vernünftigere Teil war entschlossen, dieses Problem so schnell wie möglich loszuwerden. Was auch immer zwischen Claire und Shepherd vor sich ging, was auch immer Claire dazu gebracht hatte, einen Mann von seiner Größe und Tödlichkeit zu provozieren, Maryanne wollte sich nicht in die Sache hineinziehen lassen.

Geschändet, manipuliert, verraten und gebrochen …

Nun, da musste jeder durch. Anscheinend war jetzt Claire an der Reihe. Maryanne wob ihre Finger durch das zerzauste, rußige Haar und fing an, die Knoten heraus zu kämmen.

Claire presste sich enger an sie, ein Wimmern blieb in ihrer Kehle stecken. *„Shepherd ..."*

Und das war der letzte Grund, warum Maryanne sie nicht behalten konnte. Alles führte zu dieser Paarbindung zurück. Claire mochte dagegen ankämpfen, mochte von Wut und Schmerzen angetrieben werden, aber irgendwann würde sie ins Wanken geraten und zerbrechen. Es war unvermeidlich, die Verbindung von zwei Seelen oder irgend so ein Unsinn. Solange sie frei herumlief, würde Shepherd sie jagen, auf seinen Rachefeldzug fixiert sein, und Maryanne würde nicht unter die Räder geraten, wenn an dem Ergebnis sowieso nichts geändert werden konnte. Sie schuldete Claire verdammt noch mal nichts; so wie es jetzt aussah, *schuldete Claire ihr etwas.*

Maryanne schloss die Augen und verfluchte Shepherd.

Als sie aufwachte, war es nicht mehr nötig, eine komplizierte Entscheidung bezüglich ihrer Untermieterin zu treffen; Claire hatte das für sie erledigt. Die kleine schwarzhaarige Omega war verschwunden.

* * *

Es war seltsam, durch Thólos zu wandern.

Claire hätte genauso gut durch die Apokalypse wandern können. Alles, was sie sah, war so viel schlimmer als der Albtraum, in dem die tollwütige Meute sie durch die Straßen jagte. Nichts schien mehr am Leben zu sein. Keine Geschäfte waren geöffnet, keine Restaurants boten Essen an. Gebäude standen in Trümmern, Glasscherben

63

und Schutt lagen herum. Selbst Leichen wurden der Eiseskälte auf den Straßen überlassen.

Während sie weiterging, sickerte die Wärme von Maryannes Bett aus Claire heraus, als wäre sie nie in den Genuss dieses Komforts gekommen. Sie wanderte verwirrt weiter … wünschte sich, sie könnte alles ungesehen machen. In weniger als einem Jahr war die Stadt zu einer Ödnis geworden, zu einer anderen Welt, die alles, was sie berührte, mit Frost, Eis und Verlust vergiftete.

Shepherds Plan hatte Erfolg gehabt. Thólos zerstörte sich selbst, der Mann musste sich nur zurücklehnen und zuschauen.

Ein Atemzug entwich zischend ihre Lungen und Claire blieb stehen. Gegen die Wand gekauert war ein totes Kind – blau, erfroren – ein kleiner Junge, der nicht älter als neun Jahre war.

Claire beugte sich über die steife Leiche, streckte die Hand aus und strich ihm über sein verfilztes Haar, fragte sich, wie Shepherd denken konnte, dass der Tod dieses Kindes seinem Plan dienen würde. Welche großartige Lektion würde die Gesellschaft aus einem verlorenen Leben lernen, an das sich kein Mensch erinnern würde?

Claire sackte an der Seite des Kindes zusammen, ahmte die Haltung der Leiche nach, und versuchte, einen Grund für irgendetwas davon zu finden. Tragödien waren in Thólos nichts Neues. Seit der Besatzung starben andauernd Waisenkinder.

Jeden Tag wurden mehr Kinder zu Waisen.

Das war die neue Normalität.

Und wer nahm sich ihrer an? Wo sollten sie hingehen?

Die Menschen hatten versagt. Claire war sich nicht einmal sicher, ob sie es noch rechtfertigen konnte, nicht, nachdem sie das gesehen hatte. Sie lehnte den Kopf zur Seite, legte ihre Wange auf das Haar des toten Jungen und starrte geradeaus. Sie konnte ihre Freiheit oder den Anblick des Himmels nicht genießen … sie hatte sich noch nicht einmal siegreich gefühlt, nachdem sie die Omegas erfolgreich befreit hatte.

Selbst in Maryannes Gegenwart hatte sie ihre Rolle nur gespielt, die Emotionen instinktiv vorgetäuscht.

Sie schloss die Augen und stieß den Atem aus, zerzauste das steife braune Haar unter ihren Lippen. Es hatte keinen Sinn mehr, noch Claire zu sein. Stattdessen würde sie nichts sein, so hohl, wie Thólos sich erlaubt hatte zu werden.

Es war das Geräusch eines Schluchzers, das sie aufweckte, und einen Moment lang dachte sie, es käme von dem Jungen, neben dem sie schlief. Sie wachte abrupt auf, ihre müden Augen huschten herum und fanden nichts – nur die gleiche leere Gasse und die gleichen Haufen gefrorenen Mülls. Der einzige Unterschied zu vorher war die Dunkelheit, etwas, an das sich ihre Augen nach so langer Zeit unter der Erde schnell gewöhnten.

Sich der eisigen Kälte nicht bewusst, stand Claire auf und ignorierte das Knacken ihrer steifen Knie. Ihr Kissen, die vergessene Leiche, saß genauso starr da wie zuvor, das Kind starrte in die gleiche Zukunft wie sie … ins Nichts.

Claire beanspruchte ihn für sich und mit mehr Kraft, als sie glaubte zu haben, hob sie den Jungen auf ihren Rücken, obwohl die Gliedmaßen der Leiche nicht einfach zu manövrieren waren.

Nicht ein Mensch belästigte sie, als sie mit ihrer makabren Beute durch die Straßen der Hölle zog.

Kapitel 4

Corday inspizierte die kürzlich befreiten Omegas und beobachtete schweigend, wie sie aus Müllhaufen einen Wohnraum bastelten. Die Verbrennungsanlage auf der mittleren Ebene produzierte keinen Kompost mehr für die landwirtschaftlichen Ebenen – nicht, seit die Bürger dazu übergegangen waren, ihren Müll auf die Straßen zu kippen. Jetzt schützten verrottende Hügel aus Dreck eine Enklave verängstigter Frauen. Jeder Atemzug stank nach verfaulten Lebensmitteln, Schimmel und Dingen, von denen man besser nicht sprach.

Eine Sache, nach der es nicht roch, war die junge Omega, die immer noch brunftig war und sich krümmte und wand. Das Mädchen stöhnte und bettelte um Erleichterung.

Corday war zugegebenermaßen kein Experte, was die Brunftzyklen der Omegas betraf, aber was auch immer ihr angetan worden war, ihre schluchzende Reaktion konnte nicht normal sein.

Er hielt Abstand zu ihr. Auch die anderen Omegas machten einen respektvollen Bogen um sie. Die Gruppe kauerte sich zusammen, um warm zu bleiben, und nagte an den Rationen, die er ihnen besorgt hatte.

Eine alte Frau, Nona, hatte an seine Tür geklopft. Es war Claire, hatte sie gesagt, die sie angewiesen hatte, ihn zu finden. Es war Claire, die versprochen hatte, dass der Widerstand die befreiten Omegas mit Essen versorgen und sie unterstützen würde.

Es war der Name Claire, der ihn hatte springen lassen.

Er hatte Vorräte genommen, ohne sich die Erlaubnis seiner Kommandantin einzuholen. Brigadier Dane würde ihn umbringen und er würde ihr direkt ins Gesicht sagen, sich ins Knie zu ficken. Er würde Claire nicht im Stich lassen.

Als er in der vergangenen Nacht angekommen war, waren die Omegas … feindselig gewesen. Sie waren schmutzig und stanken genauso schlimm wie der Müllhaufen, in dem sie Zuflucht gesucht hatten.

Nona hatte ihn gewarnt, dass die Frauen gefährlich seien, dass sie bewaffnet seien und möglicherweise jeden Mann auf der Stelle erschießen würden. Sie hatte ihn sogar gewarnt, ihr nicht zu folgen, nachdem sie die Vorräte bekommen hatte.

Corday wollte nichts davon wissen. Er musste Claire sehen.

Aber Claire war nicht da. Selbst Stunden nachdem die Frauen es sich bequem gemacht hatten, ließ ihre Befreierin sich nicht blicken. Die Nacht zog sich dahin, der Morgen brach an, es wurde Nachmittag und Corday war steif, weil er so lange gegen eine widerliche Wand gelehnt wartete.

War Claire gefangen genommen worden? Hatte der Tyrann sie getötet?

Nona sagte ihm behutsam, dass Claires Plan bedeutete, dass sie über einen anderen Weg eintreffen würde; dass die Frau höchstwahrscheinlich auf den Einbruch der Dunkelheit wartete, bevor sie sich in Bewegung setzte; dass sie immer überaus vorsichtig gewesen war, wenn sie sich von der Sicherheit der Gruppe entfernte.

Corday schnaubte. Die Claire, die er kannte, war leichtsinnig. Sie war auch schwer verletzt.

Immer wieder erinnerte Nona ihn daran, dass Shepherds Männer bereits hier wären, wenn Claire erwischt worden wäre.

Claire O'Donnell war irgendwo da draußen.

Und so wartete er über den Punkt der Erschöpfung, der Verzweiflung und der schieren Angst hinaus. Es wurde Abend. Zunächst dachte Corday, seine Augen spielten ihm einen Streich. Ein buckliges Biest mit zwei Köpfen taumelte den dunklen Müllschacht der Anlage runter. Milchige Augen starrten direkt durch ihn hindurch. Sie blinzelten kein einziges Mal, so wie der Mund unter diesen toten Augen in einem festgefrorenen Ausdruck der Hoffnungslosigkeit offenstand.

Es war das Gesicht einer Leiche.

Darunter verborgen war ein weitaus reizenderes Antlitz, die Augen der sich abmühenden Frau halb bedeckt von einem Vorhang aus schwarzen Strähnen.

„Claire!"

Corday eilte auf die Omega und ihre Last zu und zog die gefrorenen Gliedmaßen eines Kadavers auseinander, der nicht bereit war, seinen Wirt loszulassen.

Claire schien sich nicht zu freuen, ihn zu sehen. Tatsächlich schien sie überhaupt nicht sie selbst zu sein. „Ich habe den Jungen allein in einer Gasse gefunden, Corday ... vergessen."

Als das tote Kind sicher auf dem Boden lag, zog Corday sie an seine Brust. Mit der Wärme seiner Wange an ihrer, seine Stoppeln kratzig, hauchte er: „Nona ist zu mir gekommen. Ich weiß, was du getan hast."

Nach dem Gräuel, das Claire in der Stadt gesehen hatte, schien die Attacke auf den Undercroft ... die

Auseinandersetzung mit Shepherd in einem anderen Leben stattgefunden zu haben. „Die Stadt ist zu einem schrecklichen Ort geworden. Ich habe Dinge gesehen … Was passiert mit uns?"

Existentielle Unterhaltungen über die menschliche Natur konnten später geführt werden. Corday zog sie in Richtung des Feuers der Omegas und drängte: „Du frierst, Claire. Setz dich."

Nona rannte herbei, als sie ihre Freundin sah, und die ältere Frau warf ihre Arme um sie. „Deine Mutter wäre stolz auf dich. Weißt du das, mein Mädchen?"

Claire wollte kein Lob, sie wollte einfach nur zusammenbrechen.

Es gab keine Schüchternheit. Corday ignorierte die zuschauenden Frauen und zog Claire runter, bis sie zwischen seinen Oberschenkel saß. Mit seinen Armen und Beinen um den zitternden Körper des Mädchens gewickelt, presste er seine Brust an ihren Rücken und schnurrte.

Die Omegas waren offen verwirrt vom Zustand ihrer Heldin. Wo war die selbstbewusste Befreierin, die einer Armee entgegengetreten war? Warum ließ sie sich von einem Beta-Männchen in einer intimen Umarmung festhalten?

Warum sagte sie nichts?

Nona strich Claire die Haare aus der Stirn, beobachtete, wie ihre junge Freundin die Augen schloss, und wartete, bis Claires Atem ruhig wurde, als sie einschlief. Erst dann schnüffelte sie.

Vorsichtig, um ihre Freundin nicht zu wecken, bewegte Nona die Lippen und sagte lautlos: „Sie riecht schwanger."

Corday nickte und flüsterte: „Das ist sie."

Es hätte nicht möglich sein sollen – nicht, wenn Claires letzter Zyklus an dem Tag begonnen hatte, an dem sie die Zitadelle betreten hatte.

Nonas dünnlippiger Mund verzog sich und ihr brach das Herz. „Shepherd hat Claire das angetan. Das ist ..."

Corday unterbrach sie. „Ich weiß." Er hielt Claire noch fester. „Aber sie wird nicht allein sein."

Nonas Ernsthaftigkeit schwand und sie lächelte den Jungen sogar an. „Sie ist dir wichtig."

Das war sie. „Schwöre mir, dass du sie nicht gehen lässt, während ich weg bin. Schwöre, dass du sie beschützen wirst."

Das Unvermeidliche war nicht aufzuhalten. „Sie ist schwanger und paargebunden, Corday. Selbst wenn du dich ununterbrochen um sie kümmern würdest, wird sie nicht lange bleiben können."

Corday sah Nona direkt in die Augen und presste jedes einzelne Wort heraus. „Shepherd hat die Paarbindung beschädigt. Sie hat jetzt keine Auswirkungen mehr."

Nona, älter und weiser, sagte so sanft sie konnte: „Das ist nicht möglich ... was er beschädigt hat, war Claire."

„Also wirst du sie einfach zurück zu Shepherd gehen lassen?" Nur über Cordays Leiche.

„Du bist kein Omega. Du kannst die Endgültigkeit einer Paarbindung unmöglich verstehen." Nona fing an, über Claires Haare zu streichen, und betrachtete ihre Freundin voller Mitleid. „Es gibt nur einen Weg für Claire, frei zu sein, und das ist Shepherds Tod oder ihrer. Ich garantiere dir, dass sie das weiß, egal was sie vielleicht sagt."

„Aber ..." Corday beschloss, sich der Realität zu verschließen. „Claire hat mir gesagt ..."

Ihre Freundin war schon immer voll fehlgeleiteter Selbstlosigkeit gewesen. „Sie würde wollen, dass du an sie glaubst." Mit gedämpfter Stimme gestand Nona: „Ich weiß, dass ich dir keine falsche Hoffnung machen sollte. Aber du solltest wissen, dass sie für Shepherd kostbar ist, solange sie schwanger ist. Das garantiert ihre Sicherheit."

Corday zog den Schal um Claires Hals nach unten. Hässliche Blutergüsse kamen zum Vorschein. „Sieht das nach jemandem aus, der wie etwas Kostbares behandelt wird?"

Nona betrachtete die Male, Tränen stiegen ihr in die Augen. Worte waren schwer. „Es ist mehr als nur die Paarbindung. Jeder hier weiß, dass sie Shepherds Gefährtin ist. Sie werden ihr nicht vertrauen. Sie werden sie vertreiben."

Corday starrte die Ansammlung von Frauen, die ihnen heimlich Blicke zuwarfen, finster an. „Claire hat ihnen das Leben gerettet."

„Hör mir zu, Junge", flüsterte Nona eindringlich. „Das bedeutet nicht, dass jede Omega in diesem Raum das auch verdient hat. Es bräuchte nur eine Person, um uns alle wieder zu Fall zu bringen."

Hatten die Omegas nichts gelernt? „Die Frauen, die sie letztes Mal verraten haben, wurden von Shepherd gehängt. Ich habe ihre Hinrichtungen selbst gesehen."

„Wir beide wissen, dass Angst Menschen dazu bringt, sehr dumme Dinge zu tun."

„Dann kommt sie mit mir nach Hause."

Nona, das Gesicht voller Mitgefühl, stimmte ihm zu. „Das wäre vielleicht das Beste."

Corday blickte auf die schlafende Frau in seinen Armen hinunter und fühlte sich aufgewühlt … Weil er wusste, was der Haken an seinem Plan war. „Aber sie wird nicht bleiben, außer ich sperre sie ein."

Nona nickte. „Ich denke, du fängst langsam an, es zu verstehen. Hör nicht auf, zu schnurren. Es wird euch beide beruhigen."

* * *

Puzzle waren seine Spezialität. Jules verstand die begrenzten Prozesse, die die Menschen motivierten. Nur Shepherd war ihm in dieser speziellen Fähigkeit überlegen. Er war auch die einzige andere Person, die in den letzten Monaten Zugang zu Claire gehabt hatte. Er wusste, wie sie roch, sogar schwanger. Er kannte ihre Stimme und hatte sie sofort als eine Grüblerin eingestuft.

Ihre fehlgeleiteten Absichten waren beinahe süß und Jules wusste genau, was Shepherd so stark angezogen hatte. Claire war ein Enigma, das mit einer kleinen Schleife aus Moralität verziert war.

Claire war alles, wofür Shepherd Svana fälschlicherweise hielt.

Sein Kommandant hatte nie in der Zivilisation der Kuppel *gelebt*, nicht wie Jules vor seiner Inhaftierung. Dass Shepherd im Untergrund aufgewachsen war – und die Extreme der Gesellschaft des Undercroft überlebt hatte – hatte den Mann dafür geschaffen, unter brutalen Umständen zu gedeihen. Egal wie übernatürlich brillant

Shepherd war, seine mangelnde Empathie im Umgang mit konventionellen Menschen war unübersehbar. Er war trotzdem ein grandioser Anführer, brachte Männer auf seinen Standard, konnte die Welt auf eine Weise sehen, wie andere es nicht konnten.

Er hatte die Ausgestoßenen befreit … schon vor dem Ausbruch.

Ein Mann hatte den Albtraum unter der Erde zurückgedrängt. Shepherd hatte eine verwilderte Bevölkerung organisiert, hatte Sklaven eine Aufgabe gegeben, Hoffnung. Aber wenn Shepherd etwas wollte, nahm er es sich, wie alle Gefangenen, und Gott stehe einem bei, wenn man ihn enttäuschte.

Shepherd war weiterhin unfähig, Claires *Bedenken* zu verstehen.

Trotz all der Aggression des Alphas gab es niemanden auf der Welt, den Jules mehr bewunderte. Sein Respekt hielt sogar dem Makel in seinem Vorgesetzten stand – Shepherds Universum begann und endete mit Svana.

Die Tatsache, dass die beiden Alphas Liebhaber waren, war kein Geheimnis. Sogar Jules hatte Svanas Begeisterung für Shepherd jahrelang miterlebt. Er kannte die Geschichte, wie sie ihn im Untergrund angelockt hatte. Sie war an Shepherd herangetreten, als wäre sie ein Engel, mit ihren Passwörtern und seltenem Essen. Sie waren damals beide noch jung gewesen. Vielleicht hatten sie sich gegenseitig verführt – zwei verdorbene wilde Dinge, die vom System versklavt worden waren. Aber während Shepherd in der Hölle geboren worden war, war Svana vom Himmel herabgestiegen.

Er verehrte sie praktisch abgöttisch. Er hatte sich selbst zur Mission für sie gemacht, hatte ihr eine Armee aufgebaut.

Sie behauptete, etwas Besonderes zu sein, auserwählt
…

Und am schlimmsten war, dass es stimmte. Alles.

Sie besaß etwas, das man mit keinem Geld der Welt kaufen konnte: Eine wertvolle Blutlinie.

Svana war der Schlüssel zur Freiheit, zu einer neuen Welt, zu einem Land, in dem niemand wegen der Da'rin auf sie herabschauen würde – wo niemand das Wort ‚Ausgestoßener‘ fauchen würde. Mit ihrer Hilfe würden sie alle Helden sein, Erlöser und Retter.

Sie würden alle wiedergeboren werden.

Svana war nicht im Thólos Dome geboren worden. Stattdessen war sie den Menschen von Thólos *geschenkt* worden …

Natürlich war nichts davon öffentlich bekannt. Nur sehr wenige wussten, dass Svana vor zwei Jahrzehnten im Rahmen eines Interdome-Austausches mit einem Transporter voll zeugungsfähiger Frauen eingetroffen war. Noch weniger wussten, wer das Kind in Lumpen wirklich war. Ihre adoptierten Eltern wussten es nicht und laut Jules Ermittlungen war selbst Premier Callas nicht in diese Informationen eingeweiht. Das Geheimnis gehörte Shepherd und den auserwählten Anhängern des Mannes, der geschworen hatte, sie in die Freiheit zu führen.

Svana war durchtrieben; sie nutzte ihre Position, um sich Zugang zu allem zu verschaffen … Geheimnissen, Geld, Gefälligkeiten – selbst dem liebeskranken, jugendlichen Shepherd.

Es war eine Laune, der sie entwachsen war. Shepherd hingegen war sich der Tatsache vollkommen unbewusst, dass seine Geliebte sich verändert hatte. Sie wusste, was sie tat, nährte sein Ansehen für sie, seine Hingabe. Es schien erbärmlich, wenn man nicht gesehen hatte, was die beiden gemeinsam erreichen konnten.

Das war es, was Jules hasste. Sie war unentbehrlich für den Plan. Shepherd, alle Anhänger, *brauchten* sie.

Aber sie brauchte sie auch. Ohne Shepherds Armee war es unmöglich für die Frau, ihr Geburtsrecht wiederzuerlangen. Svana war der einzige überlebende Nachkomme der Herrscherfamilie des Greth Domes; eine Monarchie, die abgesetzt und vernichtet worden war. Aufständische hatten ihre Eltern getötet und törichterweise beschlossen, einem kleinen Mädchen gegenüber, das als zu jung galt, um sich daran erinnern zu können, Gnade walten zu lassen.

Svana war vielleicht klein gewesen, als ihr Leben unter Thólos begann, aber sie war von Geburt an darauf vorbereitet worden, zu korrumpieren. Aber genau wie ihre Eltern glaubte sie, über jeden Zweifel erhaben zu sein.

Die Affäre mit Premier Callas … Ob der Alpha es zugab oder nicht, Shepherd war gezwungen gewesen, mit einem Blick darauf konfrontiert zu werden, was sie wirklich war.

Als Reaktion darauf hatte Shepherd seiner Geliebten zuwidergehandelt; er hatte sich eine Omega als Gefährtin genommen. Eine Tatsache, von der Svana nicht erfreut sein würde, sobald sie davon erfuhr, wie Jules wusste. War das nicht genau der Grund, warum Shepherd die Omega wie ein Besessener versteckt hatte? Kein Mensch durfte sich ihr nähern und selbst Jules war verstoßen worden, weil er sie nur einmal angeschaut hatte … bis vor Kurzem.

Der Beta wusste nicht, was Shepherd dazu veranlasst hatte, tagelang keine Zeit in seinem Raum zu verbringen. Stattdessen war er dazu gezwungen gewesen, mit einem wütenden und weitaus ungeduldigeren Herrscher klarzukommen, und mit einer schwangeren Omega, die jedes Mal, wenn er ihr wieder eines der verdammten Tablette brachte, todunglücklich aussah.

Shepherd hatte Claire aus unbekannten Gründen die Rolle eines Brutkastens zugewiesen, nicht die einer Gefährtin. Jules akzeptierte es und tat seine Pflicht. Es dauerte weniger als eine Woche, bevor der Leutnant die Tür öffnete und Miss O'Donnell auf dem Boden liegen sah, verändert, in einen Raum eingeschlossen mit einem Geruch, den Jules schon mehrfach in dem Quartier seines Anführers gerochen hatte – der würzige Duft der Alpha-Feuchtigkeit von Svana. Die Omega, die hätte nisten sollen, war so weit vom Bett entfernt wie möglich, war so still, dass sie leichenhaft wirkte. Es war der einzige Grund, warum er gesprochen hatte, als sie nach seinem Namen gefragt hatte.

Bei näherer Betrachtung war es Jules unmöglich gewesen, die aufgesprungene Lippe und die Verfärbungen an Miss O'Donnells Hals zu übersehen. Darüber hinaus hatte er den Blick in ihren Augen erkannt, als Shepherd sich ihr vor dem Undercroft genähert hatte; Jules hatte jede Nuance ihres Gesichtsausdrucks mit Präzision gelesen. Die Omega war am Boden zerstört – nicht nur verängstigt – sie war emotional verkrüppelt und eindeutig selbstmordgefährdet, egal wie sehr Shepherd dies abstritt.

Und das war der Punkt, an dem das Problem festsaß. Jules ging davon aus, dass die naheliegende These korrekt war. Shepherd hatte sich mit seiner langjährigen Geliebten gepaart … und er war sich ihrer Gewohnheit bewusst, sich brunftige Omegas zu teilen.

Zu was auch immer der Besuch des Alpha-Weibchens geführt hatte, Claire hatte schlecht darauf reagiert.

Die Situation war in der vorgegebenen Zeit nicht mehr zu reparieren. Shepherds Leugnung und Svanas rachsüchtiges Naturell hatten den Schaden bereits angerichtet. Wenn Jules mit seinen Vermutungen richtig lag, hatte Miss O'Donnell jetzt guten Grund, den Mann zu hassen. Gründe, die über ihre anfängliche Angst vor der Situation und ihr Missverstehen seiner wahren Absichten hinausgingen. Des Weiteren machten Shepherds derzeitige Forderungen, dass Miss O'Donnell ihre Position als seine Gefährtin wieder einnehmen sollte, die Situation deutlich komplizierter.

Es wäre fast praktischer, wenn die kleine Omega einfach sterben würde, die gesamte Situation war einfach nur lästig. Aber sie war schwanger mit dem Baby, das Shepherds Erbe sein würde.

Claire war jetzt wichtig.

* * *

Die Erde unter ihr war hart, der unnachgiebige Boden ließ ihre Hüfte schmerzen. Aber da war der Geruch von Sicherheit … ein vertrauter Beta. Sie waren ineinander verschlungen, wie ein überreifer Kokon von seinem Mantel umhüllt.

Sie öffnete ein Auge und sah, dass Corday sie bereits beobachtete, sein Gesichtsausdruck zu kontrolliert, um ihn lesen zu können.

Claire gestand ihre Schuld ein. „Ich wusste, dass du Nona helfen würdest, wenn sie meinen Namen benutzt."

Corday drückte seine Lippen auf ihre Stirn; er hielt sie noch fester. „Sie hat mir erzählt, was du getan hast. Du hast dir eine Waffe an den Kopf gehalten, Claire."

Das hatte sie getan … und sie hatte große Angst gehabt. „Das habe ich."

Er war genauso gut in diesem streitlustigen Spielchen wie sie. Sie immer noch festhaltend, bewegte er sein Gesicht, bis ihre Nasen sich berührten. „Claire, bitte."

Claire blickte zur Seite und knabberte abwesend an ihrer Lippe. „Es tut mir nicht leid, dass ich diese Frauen befreit habe."

„Das sollte es auch nicht!" Corday flüsterte eindringlich, damit die spionierenden Frauen nicht zuhören konnten: „Ich will nur, dass du mir vertraust. Du musst diesen Kampf nicht allein ausfechten."

Aber das musste sie … sowohl Corday als auch Senator Kantor hatten ihren Standpunkt deutlich gemacht. „Ich werde Shepherd oder seine Schweinearmee nicht angreifen. Die Omegas sind frei, es ist erledigt."

„Das glaube ich dir nicht."

Claire seufzte, immer noch müde bis auf die Knochen. „Ich gebe dir mein Wort, dass ich Shepherd nicht angreifen werde. Das wäre sinnlos."

„Sie mich an", forderte Corday, sein Gesicht grimmig und entschlossen. „Schwöre es."

Sie hielt seinem Blick stand. „Ich schwöre, dass ich sie nicht angreifen werde."

Der Beta schien zufrieden zu sein. „Wie lange ist es her, seit du gegessen hast?"

„Ich habe bei dir zu Hause gegessen."

Er drückte sie frustriert. „Das war vor drei Tagen und du hast dich danach übergeben."

„Ich musste mir um wichtigere Dinge Sorgen machen als um Essen."

„Claire, du bist nicht übermenschlich."

Nein. Sie fühlte sich noch nicht einmal wie ein normaler Mensch. Sie fühlte sich halb geformt und verunstaltet. „Ich werde etwas essen."

Ein Zucken kräuselte Cordays Lippen. „Gut." Er setzte sie auf und rieb ihr den Nacken, als ihre Knochen knackten. „Und während du isst, werde ich dich fragen, welche anderen verrückten Pläne du noch hast. Du musst keine Geheimnisse vor mir haben, Claire. Lass mich dir helfen."

Sie hatten ein Publikum, mehrere Augenpaare, die ihren leisen, gemurmelten Austausch beobachteten. Corday stand auf, um die Kisten zu plündern, die er mitgebracht hatte. Mit einem frischen Stück Obst und einer Packung proteinreichem Nahrungsergänzungsmittel in der Hand kehrte er zu ihr zurück.

Andere näherten sich Claire.

Einige wenige schnüffelten sogar an der schwarzhaarigen Omega und wichen schnell zurück, als ob sie sie beflecken könnte, sobald sie bestätigt hatten, dass das Gerücht wahr war.

Falls Claire es bemerkte, reagierte sie nicht.

Corday konnte sehen, dass Nona recht hatte. Egal, was Claire für das Rudel getan hatte, es würde sie nicht mehr lange tolerieren. „Komm mit zu mir nach Hause, Claire."

Claire sah den Mann an, der ihr einen Apfel anbot, als wäre er verrückt geworden. „Ich kann dich nicht in diese Lage bringen. Nein."

„Dann komme ich jeden Tag hierher, bis du deine Meinung änderst." Der Beta nahm ihre kalten Finger und drängte sie: „Ich will mich um dich kümmern. Wenn du zur Vernunft kommst, werde ich dich nach Hause bringen."

Claire schaute ins Feuer und murmelte: „Wenn es soweit ist, werde ich mich darauf freuen, heimzukehren."

Es war Nona, die während des Austausches ruhig dagesessen hatte, die Claires Arm verständnisvoll berührt hatte.

Es war Zeit für Corday zu gehen. Claire stand auf, zog ihn in ihre Arme und ließ den Mann wieder los, während sie neckte: „Wenn du das nächste Mal kommst, bring anständigen Kaffee mit."

Er lachte leise.

Plötzlich ernst packte sie den Stoff seines Mantels. „Und wenn du dumm genug sein solltest, erwischt zu werden, werde ich die Zitadelle stürmen, um dich da rauszuholen."

Cordays Lachen verstummte. „Das ist nicht lustig."

„Das war kein Witz."

Corday fuhr sich frustriert mit einer Hand durch die Haare und hielt dagegen. „Du hast die Omegas befreit. Du hast Berge versetzt. Es ist Zeit für dich, dich auszuruhen."

Claire stimmte ihm zu. „Nona würde nichts anderes erlauben. Und jetzt verschwinde von hier, Beta. Jungs verboten."

81

Corday wollte nicht gehen, aber er gab ihr Raum und schwor, dass er zurückkehren würde.

Als der Beta weg war, legte Nona einen Arm um ihre junge Freundin und die alte Frau murmelte: „Er versteht es nicht."

Die gebrochene Omega flüsterte: „Er muss es nicht wissen."

* * *

Es waren nur vier in dem Raum: Corday, Brigadier Dane, Senator Kantor und eine Fremde.

„Es gibt ein neues Mitglied, das sich unserem Widerstand anschließen will." Die charakteristische Erschöpfung, die Senator Kantor seit dem Fall des Domes gealtert hatte, löste sich auf. Der erfreute Alpha deutete auf die schöne Frau an seiner Seite. „Wir haben Kontakt zu meiner Nichte hergestellt … Das ist Leslie Kantor."

Die aufrichtige Erleichterung ihres Onkels ließ die brünette Alpha lächeln und sie streckte die Hand aus, um sich formal vorzustellen. „Es freut mich, Sie kennenzulernen, Corday."

Ein Funkeln lag in den Augen des älteren Mannes, ein lang verloren geglaubtes Feuer kehrte zurück, als Corday grinste und ihre Hand nahm. „Es kommt selten vor, dass wir gute Nachrichten bekommen. Willkommen."

Leslie, warm eingepackt und unter unzähligen Klamottenschichten vergraben, sagte: „Und ich hoffe, dass ich noch mehr bieten kann, um euch Auftrieb zu geben. Vor Shepherds Invasion war ich mit Premier Callas verlobt. Unsere Verhältnisse waren noch nicht bekannt gegeben worden." Sie wedelte schnippisch mit der Hand. „Diese Dinge müssen über die richtigen Wege abgewickelt, vom Senat genehmigt werden und so weiter. In der Zwischenzeit sorgte Callas dafür, dass ich stellvertretenden Zugang zu allem habe. Da es heimlich geschah, sind sich Shepherds Männer nicht bewusst, dass ich ihr Kommunikationsnetzwerk infiltrieren kann."

Cordays Mund klappte auf. „Heilige Scheiße ...“

„Ja, Sohn." Senator Kantor lachte leise. „Heilige Scheiße."

Das änderte alles, war eine echte Chance für den Widerstand. „Wissen Sie, wo er die Seuche versteckt hat?"

Leslie schüttelte den Kopf. „Nein. Die Sprache, in der sie kommunizieren, ist schwer zu verstehen. Aber das bedeutet nicht, dass wir sie nicht knacken können. Ich brauche nur Zeit."

Aber das war trotzdem ein enormer Fortschritt. Die Geheimhaltung des Treffens ergab auf einmal einen Sinn, niemand durfte von Leslie Kantors Geheimnis wissen. Sie musste versteckt, die Information eingeschränkt werden. Das sagte Corday auch. „Niemand darf von ihr erfahren. Wenn Shepherd Wind davon bekommt, wäre es ein Leichtes, ihren Zugang zu sperren."

„Das sehe ich genauso." Senator Kantor hatte Cordays nächste Befehle. „Wenn wir sie hierbehielten, würden zu viele Leute sie sehen. Es dürfen keine Fragen aufkommen. Ich vertraue Ihnen meine Nichte an, Corday."

Die Ehre, die dem niederrangigen Enforcer zuteilwurde, kam zu einem sehr schlechten Zeitpunkt, aber er konnte eine so wichtige Mission unmöglich ablehnen. Claire brauchte ihn, aber die gesamte Bevölkerung brauchte die Informationen, die Leslie vielleicht aufdecken konnte. Corday erzählte ihnen von seinen Neuigkeiten. „Sie sollten wissen, Sir, dass die Omegas befreit wurden. Heute haben wir zwei Siege gegen Shepherd errungen."

Der Senator lächelte aufrichtig. „Ich habe Ihnen ja gesagt, dass ich auf Claire setzen würde."

„Das haben Sie."

Und das war es.

* * *

Jules runzelte die Stirn, was selten vorkam, und hörte sich die Audioüberwachung des Hauptquartiers von Thólos' erbärmlichem Widerstand an. Die Jagd auf Claire hatte sich verzögert, als der Bericht eingetroffen war, dass ein bestimmtes Alpha-Weibchen vor den Toren des Widerstands aufgetaucht war.

Svana – Leslie Kantor – hatte eine andere Rolle im Niedergang von Thólos zu spielen. Sie hatte eine spezielle Mission, bei der es nicht darum ging, Rebell zu spielen. Und wenn sie die ganze Zeit über gewusst hatte, wo sie waren, warum hatte sie diese Informationen nicht an Shepherd weitergegeben?

Jules wusste genau, was die Schlampe vorhatte.

Svana machte Jagd auf Claire. Natürlich wusste sie, dass die Omega entkommen war. Das war der Grund, warum er das Alpha-Weibchen hatte verfolgen lassen, seitdem Shepherds Gefährtin verschwunden war.

Und jetzt hatte sie sie direkt zum Widerstand geführt.

Es war wirklich dumm von der Frau zu denken, dass diese Tat unbemerkt bleiben würde. Shepherd mochte seine Geliebte preisen, aber Jules fand ihre Gerissenheit nicht clever. Oh, sie war nützlich und sie war mächtig, und

84

allein aus diesem Grund hatte Jules nicht schon vor Jahren einen Unfall für sie arrangiert.

Aber sie war ein Problem.

Egal, welche Pläne oder Versprechungen sie machte, die Frau war egoistisch.

Jules vertraute ihr nicht und konnte es kaum erwarten, zu beweisen, dass sie in ihre Schranken gewiesen werden musste. Es war der Grund, aus dem er beschloss, ihnen zu folgen, um dem eingetragenen Wohnsitz von Enforcer Corday einen präventiven Besuch abzustatten.

Es war nicht schwer, in das Gebäude einzubrechen. Er brauchte nur einen verängstigten Rebellen und ein paar Minuten Folter, um den Standort von Enforcer Cordays Zuhause zu erfahren, und ein paar gut platzierte Ablenkungen für das fragwürdige Paar, das sich seinen Weg durch die Stadt bahnte. Während der Enforcer und Svana sich immer noch durch die gefährlichen Straßen der Stadt bewegten, öffnete Jules die Tür zu der traurigen kleinen Wohnung.

Der erste Atemzug … und der Beta erstarrte. Der Raum war von Miss O'Donnells Geruch durchdrungen – das Sofa, das Bett, er fand sogar ihr blutiges Kleid in dem Wäschekorb im Bad.

Svana konnte es nicht beabsichtigt haben, aber sie hatte Jules direkt zu dem Beta geführt, der Shepherds Gefährtin aufgenommen hatte.

Und auch wenn die Omega nicht in der Wohnung war, hatte Enforcer Corday Zugang zu ihr. Miss O'Donnells Wiederauffindung stand unmittelbar bevor.

Wanzen wurden platziert und ein von Shepherds Stellvertreter handverlesenes Überwachungsteam wurde in der Nähe stationiert. Die Arbeit war schnell erledigt. Jetzt musste er nur noch Shepherd persönlich davon berichten und die *komplizierte* Situation erklären.

Kapitel 5

Als Jules Shepherds Unterkunft betrat, konnte er die extreme Unruhe seines Kommandanten wittern. „Ich habe die Spur deiner Gefährtin aufgenommen."

Shepherd verlangte sofort nach einer Antwort. „Wo?"

Der Beta überreichte Shepherd ein Dossier über einen jungen Mann und erläuterte seinen Bericht. „Seit Miss O'Donnells Verschwinden habe ich Svana vorsorglich beschatten lassen. Heute hat *Leslie Kantor* beschlossen, Kontakt zum Widerstand aufzunehmen – und sie hat uns unbeabsichtigt direkt zu ihrer Haustür geführt. Während sie dort war, wurde ein Beta namens Samuel Corday mit ihrem Schutz beauftragt. Ich bin persönlich zum Wohnort des Betas gegangen, um Wanzen anzubringen, bevor er mit Svana als seiner Schutzbefohlenen zurückkehren konnte.

Miss O'Donnell war nicht da. Aber ihr Duft durchdringt die Wohnung. Ich fand auch das zerfetzte Kleid, das sie trug, als sie vom Dach sprang. Enforcer Corday ist der Beta, bei dem sie vor ihrer Attacke auf den Undercroft Zuflucht fand. Ich glaube, er weiß, wo sie ist. Wenn wir ihn durch das Netz verfolgen, wird er uns direkt zu deiner Omega führen."

Shepherd blickte von dem Foto des gutaussehenden Mannes auf und ließ seinen finsteren Blick über seinen Stellvertreter gleiten. „Du kannst bestätigen, dass Svana sich von sich aus an die Rebellenführer gewandt hat?"

„Ja." Und das war Jules' Meinung nach das größere Problem. „Die Nichte von Senator Kantor hat ihre Passwörter angeboten, um dem Widerstand zu helfen."

Die Steifheit in Shepherds Schultern, das Pulsieren von Gefahr in der Luft, warnten ihn, dass die Neuigkeiten dem Alpha nicht gefielen. „Wirklich?"

„Svana handelt autonom und verfolgt ihre eigenen Ziele." Jules ignorierte mit in die Luft gerecktem Kinn, dass sein Anführer Svanas unbegründete Vergehen stillschweigend abtat, und umriss den Rest des Berichts. „Sie wird Claires Duft sofort beim Betreten der Behausung von Enforcer Corday erkannt haben."

„Das wird keine Rolle spielen. Claire wird umgehend sichergestellt werden." Shepherd wusste immer, wann Jules noch mehr sagen wollte, es war an der Unstetigkeit seines harten Blicks und den unbequemen Linien um seinen Mund herum zu erkennen. Shepherd verschränkte seine riesigen Arme vor der Brust, seine eigene Körperhaltung machte deutlich, dass sein Untergebener besser zur Sache kam. „Spuck es aus."

Jules erklärte in seiner gleichbleibenden monotonen Stimmlage, die ernste Aufrichtigkeit vermittelte: „Die Bedrohung durch Svana außen vor, Claire O'Donnell ist bereit, sich das Leben zu nehmen, Bruder. Durch Verhungern … eine Kugel in den Kopf … sie wird einen Weg finden, wenn sie es will."

Mit dem einzelnen Schritt, den Shepherd auf ihn zumachte, befand er sich in einer Distanz, aus der er Jules mit wenig mehr als einem Handgriff köpfen könnte. Mit flackernden Augen drohte Shepherd: „Du nimmst es dir heraus, mir zu sagen, was sie tun wird und was nicht? Du nimmst dir in letzter Zeit viel heraus. Ich bin mir sehr sicher, dass ich mich vorher klar ausgedrückt habe."

Der Beta war loyal; es war seine Pflicht, etwas zu sagen. „Du bist verantwortlich für Claire O'Donnells derzeitigen Zustand. Deine offene Untreue hat verändert, was du geschaffen hast, als du dich für die Paarbindung entschieden hast. Diese Art von Hass wird nicht verschwinden, nur weil du sie wieder hierherschleppst."

Die Bestie brach hervor. Ein Arm, an dem die Muskeln hervortraten, schnellte hervor und ließ den kleineren Mann gegen die Wand krachen. Shepherd ließ Jules mit einem Griff um den Hals in der Luft baumeln und brüllte: „Du weißt nicht, wovon du sprichst!"

Jules keuchte, seine Stiefel hoch über dem Boden, und grunzte trotz des Griffs des Riesen: „Du hast Svana erlaubt, dich so zu manipulieren, dass du deine schwangere Gefährtin entehrt hast. Du bist verantwortlich dafür, was sie gebrochen hat, und du musst einsehen, welche Konsequenzen deine Duldung der Ereignisse hat. Ich kann sie dir nicht so zurückbringen, wie sie war."

Jules wurde durch den Raum geworfen. Bevor er dem Mann möglicherweise die Knochen brach, attackierten die Fäuste des brüllenden Riesen stattdessen die Wand. Große Betonbrocken brachen heraus, seine Knöchel rissen auf und Blut floss, aber Shepherds Zorn ließ dich durch seinen Wutausbruch nicht vertreiben.

Als das provozierte, keuchende Monster sich zu dem Beta umdrehte, die Augen voller Mordlust, sah er Jules loyal und unbeweglich wie immer dastehen. Shepherd stieß Jules grob gegen die Brust. „Ich sollte dich umbringen."

Bevor er antwortete, wischte Jules sich einen Tropfen Blut vom Mund. „Dafür, dass ich die Wahrheit sage, Bruder?"

Shepherd ließ die Schultern kreisen und knurrte eine Rechtfertigung: „Ich habe getan, was getan werden musste, und meine Gefährtin aus dem Raum geschickt, damit sie nicht zusehen musste, wie ich Svana beschwichtigt habe."

Der Beta fasste die Fakten zusammen. „Indem du beschlossen hast, deine ehemalige Geliebte zu *beschwichtigen*, hast du jegliches Potenzial dafür zerstört, dass Miss O'Donnell die Art von Gefährtin für dich wird, die du dir zu wünschen scheinst."

„Und du denkst, dass deine Meinung einen Wert hat, angesichts der Tatsache, dass du einst eine Omega-Frau hattest?" Shepherds Gesicht war rot, sein Puls hämmerte in seiner Halsbeuge.

Jules bot eine Alternative. „Du wirst nur Einfluss auf die Omega nehmen können, wenn du ihr gibst, was sie will."

Eine Minute verstrich, eine Minute, in der Shepherd gegen jeden seiner Instinkte ankämpfen musste, die ihm sagten, dass er den Beta dafür vernichten sollte, dass er ihn in Frage stellte. „Erkläre es."

„Ihr psychologisches Profil ist das einer Märtyrerin. Wenn du ihr anbietest, die Omegas und ihre *Verbündeten* in Ruhe zu lassen, hast du ein Druckmittel – Einfluss auf Miss O'Donnell, den du nutzen kannst, um Gehorsam und das von dir bevorzugte Verhalten einzufordern. Wenn man es richtig angeht, erwarte ich, dass sie sich dazu bereit erklären wird freiwillig zurückzukehren, im Austausch gegen das Leben der anderen. Selbstmord wird kein Problem mehr sein, was dir die Zeit gibt, die Schwangerschaft fortschreiten zu lassen, die ihren Hass auf dich abmildern könnte."

Shepherd verabscheute das, was er hörte, aber es lag auch Weisheit in den Worten seines Stellvertreters. „Sonst noch etwas?"

Ausnahmsweise hatte Jules Stimme eine Intonation, Verbitterung. „Ich hatte nicht nur eine Frau. Ich hatte auch zwei Söhne."

Shepherds ließ mit einem Hauch von Reue vom Thema ab. Der Alpha ignorierte seine blutenden Knöchel, zog sich seinen Mantel an und verließ den Raum. „Ich werde die Überwachung des Betas persönlich leiten."

Jules funkte einen Untergebenen an, um das Chaos beseitigen und die Wand reparieren zu lassen, wie üblich drei Schritte voraus.

* * *

Wie befohlen hatte Corday Leslie Kantor zu seiner Wohnung begleitet. Der Weg war nicht einfach gewesen. Tatsächlich hatte es den Anschein, dass jeder Skyway, über den sie zu gehen versucht hatten, versperrt oder voller Anhänger gewesen war, was das Paar dazu gezwungen hatte, einen anderen Weg zu wählen.

Sie mussten stundenlang Umwege gehen, nur um ein paar Schritte voranzukommen. Es half nicht, dass Leslie Kantor keinen blassen Schimmer hatte, wie sie sich selbst verteidigen sollte. Die Frau war charmant, hatte aber auf den Straßen nichts zu suchen.

Corday konnte kaum glauben, dass sie überhaupt so lange überlebt hatte.

Er äußerte seine Meinung nicht, aber sie konnte es spüren. Als sie endlich in seiner Wohnung und in Sicherheit waren, gab sie zu: „Ich war seit dem Fall der Stadt nicht in Gefahr. Im Haus meiner Familie gibt es einen geheimen Panikraum, der mit genügend Essen und

Wasser ausgestattet war, dass ich ihn nicht verlassen musste."

Wenn doch nur jeder solchen Luxus hätte. Corday musterte die Frau und fragte: „Waren Sie allein in Ihrem Bunker?"

Leslie senkte den Blick und nickte.

„Das muss hart gewesen sein."

„Ich wusste nicht, dass mein Vater vor der Zitadelle gehängt worden war. Ich wusste nicht, dass meine Mutter neben ihm aufgeknüpft worden war." Tränen liefen ihr über ihre hohen Wangen. „Ich werde mir nie verzeihen, dass ich nicht versucht habe, sie zu finden … Ich hätte früher nach meinem Onkel suchen sollen."

Corday führte sie zu seinem verschlissenen Sofa, damit die weinende Frau sich wieder sammeln konnte, und sagte: „Ihre Eltern hätten gewollt, dass Sie in Sicherheit bleiben."

Leslie rieb sich die Augen und seufzte. „Ich werde alles tun, was ich kann, um dem Widerstand zu helfen. Shepherd muss aufgehalten werden."

Er schenkte ihr ein zustimmendes Lächeln. „Und wir werden ihn aufhalten, aber wir können erst dann etwas unternehmen, wenn wir den Aufenthaltsort der Seuche entdeckt haben. Das muss Ihre Priorität sein."

„Ich werde mein Bestes geben."

„Wir können noch heute Abend anfangen."

„Natürlich. Ich möchte mich nur zuerst frisch machen." Leslie blickte auf den feinen Mantel, der bei ihrer Durchquerung der Stadt schmutzig geworden war, auf den Schal, die Handschuhe, und begann, sich die Schichten auszuziehen. „Der Duft Ihrer Gefährtin lässt mich glauben, dass Sie frische Klamotten haben, die ich mir ausleihen kann."

Corday stand auf und ging zur Küchenzeile. „Ich habe keine Gefährtin."

Leslie grinste kokett und feminin. „Ich dachte nur … der Geruch einer Omega haftet Ihrem Mantel an … und diesem Raum. Aber ich kann sehen, dass es ein wunder Punkt ist. Vergessen Sie, dass ich es erwähnt habe."

„Nein, ist schon okay." Corday sammelte Lebensmittel zusammen, damit sie essen und sich direkt an die Arbeit machen konnten, und sagte: „Claire schläft nur manchmal hier."

Leslie biss sich auf die Lippe, ihre Augen funkelten. „Und sie schläft in Ihrem Mantel?"

Der Charme funktionierte, Corday war amüsiert. „Und manchmal in meinem Mantel, ja."

„Ich habe mir schon gedacht, dass Sie gerne kuscheln." Leslie legte ihren Arm auf die Rücklehne der Couch, blickte über ihre Schulter und scherzte mit ihm, als wären sie Freunde. „Sie hat Glück, dass sie die Aufmerksamkeit eines Mannes hat, der für das kämpft, was er liebt."

Corday schüttelte mit einem halbherzigen Grinsen den Kopf. „So ist das nicht. Sie könnte nicht, selbst wenn sie es wollte … oder wenn ich es wollte. Meine Freundin wurde an einen Fremden paargebunden, an jemanden, der sie schlecht behandelt hat. Jegliche Art von körperlicher Beziehung ist vorerst vom Tisch."

„Paargebunden?" Die Frau wurde ausdruckslos, kaltes Kalkül schlich sich in ihre Gesichtszüge. „Das ist undenkbar."

Corday zuckte entschuldigend mit den Schultern. „Sie sehen also, es ist nicht das, was Sie denken."

Leslie schüttelte den Kopf, dachte über etwas Monumentales nach. „Es kann nicht sein, dass dieser *Fremde* eine Paarbindung mit ihr eingegangen ist."

Corday trug ihre Rationen herbei und ließ sich neben seinem Gast aufs Sofa fallen. „Ich wünschte, dass es nicht so wäre. Sie ist ein wunderbares Mädchen, das ich sehr gern habe … auch wenn sie mich trotz ihrer süßen Art manchmal verzweifeln lässt."

Leslies Lächeln kehrte zurück, ihr Verhalten war wieder verspielt. „Wie ist sie, Ihre Omega?"

Corday lachte leise und sarkastisch. „Eigensinnig. Fest entschlossen, ein Ein-Frau-Widerstand zu sein."

Leslie tätschelte seinen Oberschenkel und warnte: „Eine Frau allein kann sich nicht Shepherds Macht entgegenstellen."

„Ich gebe es nur ungern zu, aber sie hat sich bisher ziemlich gut geschlagen. Sie hat mehr erreicht als wir."

Leslie rückte fasziniert näher. „Wie hat sie Shepherd die Stirn geboten?"

Es gab wenig, was Corday sagen konnte. „Indem sie einfach Claire ist."

Die Schönheit an seiner Seite war unzufrieden. „Nehmen Sie sich vor ihr in Acht, Corday. Gestatten Sie sich nicht, Gefühle zu entwickeln. Wenn sie paargebunden ist, wie Sie sagen, dann wird sie sich nie an Sie binden können."

„Nun ja … sie ist auch nicht gerade an ihren Gefährten gebunden. Das hat er ihr einfach genug gemacht, indem er irgendeiner Psychopathin erlaubt hat, die Paarbindung aus dem Gleichgewicht zu bringen." Corday schnaubte angesichts der Ironie. „Nun, jetzt hat es den Anschein, dass er die Bestie geweckt hat. Das Alpha-Monster und seine Geliebte haben einen Sturm ausgelöst."

Leslies Stimme wurde tiefer. „Wovon reden Sie?"

„Claire hat vor zwei Tagen die Omegas befreit, die Shepherd gefangen gehalten hat." Corday grinste, stolz bis ins Mark. „Ich glaube langsam, dass der Bastard keine Chance hat."

„Was ist mit der Frau? Shepherds Geliebter?"

Corday warf seinem Gast einen Blick zu und runzelte die Stirn. „Ich habe nicht gesagt, dass es Shepherd ist."

Leslie blinzelte, das Inbild von Naivität. „Nicht mit so vielen Worten …"

„Ich weiß nur, dass die Frau sich wie eine gewöhnliche Sexualstraftäterin verhalten hat." Corday griff nach seinem COMscreen, knirschte mit den Zähnen und knurrte. „Mir scheint, dass Shepherd und die Alpha-Schlampe wie füreinander geschaffen sind."

* * *

Obwohl der Kragen der Lederjacke, die Claire von Maryanne gestohlen hatte, hochgestellt war, fühlte es sich an, als ob die Kälte ständig direkt durch sie hindurch wehte.

Kälte war das Einzige, was sie fühlen konnte.

Die Omegas fingen an, sich zu rühren, die raschelnden Geräusche ihrer Bewegungen waren beruhigend. Claire war froh zu sehen, dass die Gruppe sich an ihre Freiheit gewöhnte, auch wenn sie sich in einer stinkenden Müllhalde befanden, auch wenn sie kein willkommener Bestandteil des Ganzen war. Die Frauen hatten eine respektvolle verbale Distanz gewahrt, sehr wenige Fragen gestellt und sie so gut wie möglich getröstet.

Das verhinderte jedoch nicht die besorgten Blicke. In ihren Augen war sie verseucht.

Sie hätten nicht richtiger liegen können.

Es war nicht überraschend, dass das Wissen, dass sie von dem größten Monster von allen in Anspruch genommen worden war, Skepsis verursachte.

Es gab nur eine Person, die an Claires Seite blieb.

„Haben sie herausgefunden, wer du wirklich bist, Nona?"

Die alte Frau runzelte die Stirn. „Ich glaube nicht. Selbst wenn sie das haben, hatten sie wenig Interesse an mir. Bei den Verhören ging es nur um dich."

„Das scheint ziemlich sinnlos." So wie es sich anhörte, hatten die Anhänger eine Akte mit zufälligen, ungenauen Informationen zusammengestellt. Die meisten dieser Frauen kannten sie kaum und hätten wahrscheinlich alles gesagt, von dem sie dachten, dass Shepherd es hören wollte. Claire starrte stumpf ins Feuer und murmelte: „Du musst unbedingt dafür sorgen, dass Corday es nicht herausfindet."

„Es ist ja nicht so, als könnte er mich ins Gefängnis stecken, Schatz", flüsterte die Frau und zog an Claire, damit sie ihren Kopf in ihrem Schoss ablegte.

„Aber wenn die Stadt frei ist …"

„Es gibt andere Dinge, um die wir uns jetzt Sorgen machen müssen."

Claire seufzte. „Ich frage mich, was mit den anderen passiert ist, mit den Omegas, die eine Bindung eingegangen sind?" Waren sie unter der Erde eingesperrt, so wie sie es gewesen war? Hatten sie Angst? „Ich habe nie jemand anderen gesehen. Ich weiß nicht, wo sie sind. Ich kann ihnen nicht helfen."

„Shepherd hat mir erzählt, dass sie sich alle in ihrem neuen Zuhause eingelebt haben. Du warst die Einzige, die Schwierigkeiten hatte." Es war ein Thema, das Nona ebenso sehr bekümmerte wie Claire. „Wusstest du, dass er vor etwas mehr als einer Woche zu mir kam, um mit mir zu sprechen? Dein Gefährte hat behauptet, du wärst verschlossen, und hat verlangt, dass ich ihm sage, wie man deine Depression beendet."

Als Claire das hörte, wurde sie grün und krümmte sich, um sich zu erbrechen. Das war das letzte Mal, dass Shepherd erwähnt wurde.

Nona bot ihr ein wenig Trost, aber Claire fühlte sich verloren und isoliert, selbst in Gesellschaft ihrer Artgenossen. Es ließ sie aufstehen, sich den Mund abwischen und den Zufluchtsort der Omegas ohne ein weiteres Wort verlassen.

Obwohl es offensichtlich war, dass sie es wollte, machte die alte Frau keine Anstalten, sie aufzuhalten.

Genau wie in den letzten zwei Tagen wanderte Claire von der Morgen- bis zur Abenddämmerung wie ein Geist durch Thólos.

Kaum jemand kommentierte ihre Abwesenheiten, aber Nona stand immer mit einer Portion der Rationen bereit, die sie Claire drängte zu essen. Sobald ihre dunkelhaarige Freundin am Feuer saß und sich wärmte, quasselte sie vor sich hin; sie zwang Claire dazu, zu kommunizieren, bis die erschöpfte Omega vergaß, weiter zu antworten.

Corday kehrte zwei Nächte hintereinander nicht zurück.

Falls Claire es bemerkte, falls sie erleichtert oder traurig war, sagte sie nichts.

Nona war sich nicht einmal sicher, ob ihre Freundin überhaupt noch merkte, wie die Zeit verging.

Claire war zu jenseitig, zu distanziert. Aber wenn sie wanderte, schien die Stadt sich ihr zu öffnen – jeder Pfad führte zu einer neuen schrecklichen Landschaft. Die Gebäude waren leer, weil die Toten sich in den Straßen stapelten. Überall waren Spuren von Gewalt, umherziehende Banden von Plünderern brandschatzten noch immer, als ob es in den Trümmern Schätze zu finden gab.

Das war die Realität – die nackte Realität.

Claire stellte bei halbem Bewusstsein fest, dass ihr Herumirren sie direkt zur Zitadelle geführt hatte.

Die Anhänger, schwarze Flecken in der Ferne, rissen sie aus ihrer Benommenheit. Sie wich so schnell zurück, dass sie auf unsichtbarem Glatteis ausrutschte. Claire fiel auf die Straße, das Herz schlug ihr bis zur Kehle, und sie kroch blindlings umher, bis sie durch die erste offene Tür huschte, auf die sie stieß.

Es dauerte fast eine Stunde, bis ihre Panik nachließ, als sie sich in den Ruinen des Zuhauses eines Fremden umschaute und realisierte, warum jeder eisige Luftzug den Raum mit Geflüster füllte.

Es war Papier, das im Wind wehte. Umgeworfene Regale und runtergefallene Bücher lagen auf dem Boden verstreut.

Unter ihrer Hand lagen die Worte:

Wer die Übel des Krieges nicht kennt, kann seine
Vorteile nicht ermessen.

Claire klappte das zerlesene Buch angewidert zu und
sah, dass es *Die Kunst des Krieges* von Sunzi war.

Sie wollte es wegwerfen, wollte jede einzelne Seite aus
dem Buchrücken reißen, aber stattdessen zogen die mit
Eselohren versehenen Seiten ihren Blick wieder auf sich.
Auf einem Haufen durchwühlter Sachen einer toten Person
ausgestreckt, las sie, bis es zu dunkel war, um
weiterzulesen. Dann schlief sie, verbrachte eine weitere
Nacht frei von Shepherd, total verloren und innerlich
gebrochen.

Als der Morgen anbrach und sie mit steifen Gliedern
aufwachte, verließ Claire ihr behelfsmäßiges Versteck und
ging aus der Tür, als wäre sie nie dort gewesen. Erst als sie
wieder am Zufluchtsort der Omegas ankam, bemerkte sie,
dass ihre blutleeren Finger das Meisterwerk von Sunzi
immer noch so fest umklammerten, dass sie weiß
geworden waren.

Sie starrte es an, als schuldete es ihr eine Erklärung
dafür, dass es immer noch da war.

Nona näherte sich langsam, um es sich anzuschauen.
„Was ist das?"

Die Augen auf das Buch gerichtet, murmelte die
grünäugige Streunerin: „Sunzi sagte, dass man schwach
erscheinen soll, wenn man stark ist, und stark, wenn man
schwach ist." Claire fing an, sich auszuziehen. „Hol den
COMscreen her. Du musst mich stark aussehen lassen."

* * *

In einem Gebäude gegenüber der unscheinbaren Wohnung, in der Enforcer Corday wohnte, saß ein brodelnder Alpha, der kurz davor war, die Beherrschung zu verlieren. Shepherd war stolz auf seine Standfestigkeit, seine Konzentration und seine Zielstrebigkeit, aber in diesem Moment, nach Bombardements, Anschuldigungen und Demütigungen, war er nicht in Bestform. Wo die Paarbindung verknüpft war, spürte Shepherd ein seltsames Pochen. Die Macht, die in ihm brannte und ihn ablenkte, verachtete seinen Zorn. Diese Empfindung hatte in den letzten Monaten oft ihr Missfallen über sein Vorgehen kundgetan und ging mit extremem Unbehagen einher. Es war ein Unbehagen, das er ertrug, weil er wusste, dass das Endergebnis die manchmal verwerflichen Taten für seine Gefährtin erforderlich machte.

Er konnte den Schmerz der Bindung tolerieren, ebenso wie er die Schmerzen einer schweren Da'rin-Infektion tolerierte. Zu tolerieren, von einem Untergebenen in Frage gestellt zu werden, selbst wenn es ein Mann war, den er respektierte, war nicht ganz so einfach.

Niemand stellte ihn in Frage. Er herrschte über den Undercroft, hatte die widerwärtige Regierung des Domes gestürzt und kontrollierte ein ganzes Volk von Marionetten. Seine Anhänger erkannten diese Großartigkeit und verneigten sich vor ihr. Kein jämmerlicher Beta hatte das Recht, ihm vorzuschreiben, was am besten war … als ob er Weisheiten kundtäte … als ob er sagen wollte, dass das, was er verlangte, unmöglich war!

Jules' Unterstellungen liefen Shepherd ohne Unterlass immer wieder durch den Kopf, der Alpha sezierte jedes Wort, fand die Fehler in der Argumentation des anderen Mannes … war entschlossen, zu beweisen, dass er recht hatte und Jules sich irrte.

100

Shepherd würde seine Claire zu seinen Bedingungen haben. Alles würde so sein, wie es von der Natur vorgesehen war, und Jules' Vorstellung von *Konsequenzen* konnte zur Hölle fahren.

Aber zwischen den Worten war eine tiefere Botschaft versteckt, eine heimliche Liste von Anschuldigungen, für die Jules zurechtgewiesen werden musste.

‚*Untreue ...*'

‚Du hast Svana erlaubt, dich so zu *manipulieren*, dass du deine schwangere Gefährtin *entehrt* hast ...'

All das bedeutete einen Verstoß gegen den Kodex: Eine Bestrafung. Jules hatte angedeutet, dass Shepherd korrumpierbar war und dass Svana seine Strippen zog. Die Unverfrorenheit seines Stellvertreters war unsäglich.

Obwohl er sich seines siedenden Zorns bewusst war, stand der blauäugige Beta wachsam an seiner Seite.

Shepherd begrub die bittere Wut, nicht willens, als etwas anderes als vollkommen ruhig zu erscheinen, und setzte seine Überwachung fort, hielt dabei sein Knurren auf ein Mindestmaß begrenzt. Er würde sich mit Jules' Unvermögen auseinandersetzen, sobald Claire zurückgekehrt war. Als Alpha – der Schöpfer der Bindung – würde Shepherd dem unbedeutenden Beta beweisen, dass seine Omega sich ihm ohne sinnlose Verhandlungen oder Bestechung fügen würde. Das war die natürliche Ordnung der Dinge.

Claire würde gefunden werden und sie würde sich ihm unterwerfen. Mit der Zeit würde sie ihn lieben.

Aber die Bindung flüsterte, dass sie sterben wollte, dass sie bald einen Weg finden würde. Und diese Möglichkeit war die winzige Saat des Zweifels, die Risse in seiner Starrköpfigkeit entstehen ließ.

Im Nachhinein erkannte Shepherd, dass er Claire nach ihrem Wutanfall vor all den Wochen hätte verhätscheln sollen. Aber er wollte, dass seine Gefährtin verstand, warum sie ausgerastet war. Sie musste zugeben, dass sie ihn begehrte, auf seine Anwesenheit reagierte, dass sich die Dinge verbessert hatten. Shepherd hatte ihr den Raum gegeben, über diese bedeutsame Erkenntnis nachzudenken – hatte sie allein gelassen, damit sie den Verlust des Gefährten spürte, den sie brauchte – damit sie die wahre Natur ihrer echten Gefühle ohne Zweifel erkennen würde.

Damit sie sich benehmen und ihn anbeten würde.

Selbst Shepherd musste zugeben, dass sein Versuch, sie zu konditionieren, und dass er sie des Raumes verwiesen hatte, seine Paarung mit Svana vorsätzlich hatte erscheinen lassen müssen – eine weitere Strafe.

Die Gefühle in Claire, als es anfing, die Erniedrigung, es hätte nicht schlimmer sein können.

Und es war mit der Zeit nicht besser geworden. Ihre entsetzliche Trostlosigkeit war durch ihre Freiheit oder ihren Erfolg nicht abgeklungen; Shepherd konnte spüren, wie sie wie endlos gurgelndes Gift aus ihr herausfloss. Claire war weit über den Punkt der Verzweiflung hinaus. Es war etwas, das er im Undercroft unzählige Male miterlebt hatte – ein Erlöschen der Seele. Aber die Omega hatte gesprochen; ihre Augen waren voller Feuer gewesen, als sie sich ihm auf der Straße gestellt hatte, eine deutliche Verbesserung gegenüber der leeren Gestalt, die von der Luft in seiner Unterkunft gelebt hatte.

Und es war der Beta, der Svana anlächelte, der sie aufgerüttelt hatte. Corday war derjenige, zu dem Claire gelaufen war, es war sein Essen, das sie akzeptiert hatte. Er war der Mann, den Claire ihm vorzog.

Shepherd dachte ausführlich über diese Ungeheuerlichkeit nach und wurde noch frustrierter, als er sah, wie Svana die feine Dame spielte – Corday berührte, ihn behutsam umgarnte, während sie auf nicht gerade subtile Weise nach Informationen fischte.

Was führte Svana im Schilde?

Svana hatte sehr viele Stärken, aber das Alpha-Weibchen neigte dazu, die Details zu übersehen. Aus diesem Grund war Shepherd sich sicher, dass sie keine Ahnung hatte, dass er sie beobachtete, dass die Wohnung des Enforcers bereits verwanzt worden war ... dass Anhänger ihre Möchtegern-Königin belauschten.

Während Corday und Svana sich weiter unterhielten, war die Anspannung seines Stellvertreters nicht zu übersehen. Jules war die ganze Angelegenheit zuwider.

Svana hatte keinen Grund, sich einzumischen, für Ablenkung zu sorgen. Ihre einzige Aufgabe war es, die Seuche versteckt zu halten und sie zu entfesseln, sobald der Exodus begann. Wenn dieser Plan darin endete, dass sie gefangen genommen oder getötet wurde, würde das Finale ihres großen Aufstands, ihres großen Rachefeldzugs, scheitern.

Noch schlimmer war, dass jede Minute, die Corday damit verbringen musste, sich um *Leslie Kantor* zu kümmern, bedeutete, dass er ihnen Claires Aufenthaltsort nicht verriet.

Ihre Einmischung war eine Enttäuschung.

Svanas anfänglicher Unmut darüber, dass er eine Gefährtin hatte, war thematisiert, gehandhabt und gelöst worden. Shepherd hatte den Preis für Claire bezahlt – ein weitaus höherer Preis, als er erwartet hatte –, was die wachsende Zuneigung der Omega zerstört hatte. Er hatte

Svana sogar in dem Bett gefickt, das er sich mit Claire teilte, hatte gesehen, wie der Geruch seiner Gefährtin das Alpha-Weibchen erregt hatte, hatte es gehasst, dies zuzulassen.

Svana hatte atemlos behauptet, dass ihre Paarung die bis dato wunderbarste gewesen war, war zufrieden gewesen, als Shepherd endlich zum Höhepunkt kam. Wie immer hatte er dafür gesorgt, dass sein Knoten sich außerhalb ihrer Fotze bildete; Svana war nicht dazu bereit, in einer Position an ihn gebunden zu sein, die sie beide angreifbar machte – eine langjährige sexuelle Regelung zwischen ihnen.

Er hatte sich grunzend ergossen und ihr die Antwort gegeben, die die Frau hören wollte. *„Wirklich wunderbar, Liebste."*

Shepherd hatte sich aus ihr zurückgezogen und sich neben sie gelegt, während sie seine breite Brust streichelte. Mit seidiger Stimme hatte Svana ihre Vergebung geschnurrt: *„Ich verzeihe dir."*

Die Worte schienen ungerecht zu sein. Hatte nicht Svana selbst herumgehurt und versucht, mit ihrem Feind eine Schwangerschaft herbeizuführen, die bei ihrem Alpha-Körper höchst unwahrscheinlich war? Waren nicht ihre eigenen Worte die Idealisierung gewesen, dass ihre Liebe über das Fleischliche hinausging … dass es etwas Spirituelles, dass es Schicksal war?

Shepherd hatte sie noch zweimal gefickt, einmal fast sofort im Anschluss, nur um zu verhindern, dass Svana über das Thema sprach, und dann noch einmal, um sicherzustellen, dass er sie erschöpft hatte. Es hatte kein weiteres Bettgeflüster gegeben. Am Ende hatte es überhaupt keine Forderungen gegeben, was Claire betraf. Als ob die versteckte Omega nicht von Bedeutung wäre, hatte Svana sich einfach angezogen und war gegangen. Alles, was zurückblieb, war der Duft des Alpha-Weibchens, der schwer in der Luft seines Unterschlupfes hing und sich auf seltsame Weise mit dem süßeren Geruch der Omega vermischte.

Nein, das war nicht alles, was verblieb. Die Omega, die nur wenige Tage zuvor angefangen hatte, zu reagieren, die endlich erpicht darauf gewesen war, zumindest in seiner Nähe zu sein, hatte zusammengebrochen auf dem Boden im Badezimmer gelegen. Alles, was zwischen ihnen war, lag in Trümmern, all seine Bemühungen waren niedergerissen und zerstört worden.

Er hatte Svana seitdem nicht gesehen und jetzt war er gezwungen, sich ihre subtilen Manipulationen anzuhören, während sie neben dem verhassten Beta saß.

„Ich dachte nur ... der Geruch einer Omega haftet Ihrem Mantel an."

Die Unverschämtheit ließ Shepherd so heftig knurren, dass Jules den anderen Anhängern befahl, den Raum zu verlassen.

„So ist das nicht. Sie könnte nicht, selbst wenn sie es wollte ... oder wenn ich es wollte."

Shepherd packte den Tisch, das Holz begann sich zu verbiegen.

Wollte Claire Geschlechtsverkehr mit diesem Mann haben?

„Meine Freundin wurde an einen Fremden paargebunden, an jemanden, der sie schlecht behandelt hat. Jegliche Art von körperlicher Beziehung ist vorerst vom Tisch."

Und als ob es nicht noch schlimmer werden könnte, tat es genau das, wie von Zauberhand. Svanas Reaktion auf Cordays Worte war authentisch. Shepherd sah ihr Gesicht durch die Videoübertragung, wie der Schönheit ihrer exotischen Züge die Leslie Kantor-Maske entglitt. Svana zeigte ihr wahres Gesicht. *„Paargebunden? Das ist undenkbar."*

Die Abscheu war echt.

Shepherd war empört, als er gezwungenermaßen zu dem Schluss kam, dass Svana geglaubt hatte, er hätte eine Frau in seinem Quartier hinter Schloss und Riegel gehalten, die sich nicht in seinem rechtmäßigen Besitz befand. Vergewaltigung war unter seiner Würde, wie Svana sehr wohl wusste, in Anbetracht der traurigen Geschichte seiner Mutter, und Shepherd verstieß nicht gegen seinen Kodex, niemals!

Shepherd vibrierte vor Empörung und spürte, wie Energie sich anstaute, aufwogte, Jahre des Zorns, die drohten, sich als tiefes, endloses Wutgeheul zu entladen. Nur eine Sache stoppte den Gefühlsausbruch, ein Satz, der ihn an einer Explosion vorbei und direkt in regungslosen Schock katapultierte.

„Ich weiß nur, dass die Frau sich wie eine gewöhnliche Sexualstraftäterin verhalten hat."

Blut pulsierte in seinem Schädel. War das Claires Eindruck von Svana? Von ihm? Sie hatte ihn einst als Vergewaltiger bezeichnet und er hatte sie genommen, als sie widerstrebend war ... aber sie war seine an ihn gebundene Gefährtin. Claire wurde willig, nachdem sie gelernt hatte, dass er sich Zeit nahm, um ihr Lust zu bereiten; die Omega genoss ihre Kopulation, sobald sie sich erlaubte, Gefallen daran zu finden. Selbst beim ersten Mal hatte er sie nicht ohne ihre Zustimmung berührt. Das

106

eine Mal, als er sie körperlich bestraft hatte, hatte er ihr nicht wehgetan. Als sie danach so erbärmlich geweint hatte, konnte er sich nicht dazu überwinden, es wieder zu tun, obwohl es sein Recht als Alpha war, ihr schlechtes Verhalten zu korrigieren und seine Dominanz zu etablieren. Nie hatte er sie vergewaltigt. Ihre Hemmungen waren nur auf ihr Unverständnis ihrer Position als Omega und ihre Angst vor ihrem unbekannten Alpha zurückzuführen. Nach ihrer gemeinsam verbrachten Zeit hatte sie angefangen, einzulenken … er hatte dieses Eis mühevoll geschmolzen.

Er würde Claire nicht entehren und auch Svana würde dies nicht tun. Seine Geliebte hatte Claire nie angefasst, davon hatte er sich selbst überzeugt!

Aber als er eingetroffen war, war Svana dabei gewesen, seine Gefährtin zu würgen … hatte die Omega, deren Lippe aufgesprungen und blutig war, auf das Bett gedrückt.

Ein neues Gefühl, eine Art magenumdrehende Übelkeit, raubte ihm den Atem. Seine Perspektive verschob sich. Svana *war* in seinen Raum gekommen und hatte eine schwangere Omega angegriffen, die eindeutig unter seinem Schutz stand … aber sie hätte sie nicht sexuell genötigt. Das verstieß gegen alles, wofür sie standen.

Aber Claire hatte sehr viel Angst; das war es, was dich dazu gebracht hat, aus der Zitadelle und zu deiner Gefährtin zu eilen.

Nein! Etwas Derartiges war unmöglich. Seine Geliebte würde sich nie derart erniedrigen. Vielleicht basierte dies auf Svanas Vorschlag, dass Claire mit ihnen intim werden sollte – die Aussage, die den Zerfall der Bindung abrupt ausgelöst hatte. Shepherd war keine Nuance von Claires

Reaktion auf diese Worte entgangen, er hatte ihre Abscheu gespürt, wie ihr Ekel durch die Verbindung pulsiert war.

Sie hatte ihn angesehen, als wäre er ein Monster.

Damit beschäftigt, die gegnerischen Elemente voneinander zu trennen, und viel zu entschlossen, den Status quo aufrechtzuerhalten, hatte Shepherd der niederträchtigeren Bedeutung des Austausches keine Beachtung geschenkt. Wie hatte er es nicht sehen können? Svana hatte die Omega so makellos zum Opfer gemacht … jedes ihrer Worte hatte ihrer Beschämung und Erniedrigung gedient. Wenn er jetzt darüber nachdachte, schienen Svanas Worthülsen unter ihrer Würde zu sein, mit Kalkül schrecklich.

Je mehr Shepherd darüber nachdachte, desto mehr Hass sammelte sich in ihm: Er hasste Jules, weil es es wagte, weniger zu tun, als ihm befohlen wurde. Er hasste den gutaussehenden Enforcer Corday, der die Frechheit besaß, in seine Omega verliebt zu sein – ein Mann, der so von Claire sprach, als würde er sie auf intime Weise kennen. Corday konnte sie nicht *kennen*. Ein niederer Beta konnte nie die Bindung zu ihr haben, die ihrem Alpha-Gefährten Claires Seele und Perfektion offenbarte.

Shepherd *kannte* sie. Jeden Atemzug, den sie machte, die Musikalität ihres Summens, ihre Reinheit, ihr Licht. Das gehörte ihm allein.

Der Hass wuchs und für den Bruchteil einer Sekunde hasste er Svana dafür, dass sie ihm Claire quasi genommen hatte. Das flüchtige Gefühl von etwas anderem als Ehrfurcht für seine Geliebte verwirrte ihn. Shepherd sah mechanisch die einzige andere Person im Raum an, als ob der Mann die Antwort haben könnte.

Alles stand dem kleineren Mann ins ausdruckslose Gesicht geschrieben. Kein einziges Wort, das gefallen war, hatte Jules überrascht.

Shepherd, trotz des Sturms in seinem Inneren ruhig, erhob sich. „Hol Svana her, sobald der Enforcer schläft. Ich will ein privates Treffen."

„Ja, Sir."

Shepherd verengte die Augen. „Was? Keine unbegründeten Meinungen?"

Es gab kein Zögern oder Angst vor einer drohenden Vergeltung. Jules sagte offen: „Ich habe nur Fakten genannt. Meine Meinung habe ich dir nicht mitgeteilt."

„Bitte, Jules, SPRICH DICH AUS!"

Die Schärfe in dem toten Blick des Mannes sagte mehr als genug. „Wähle einen stellvertretenden Alpha für Miss O'Donnell aus."

Shepherd erhob sich von seinem Stuhl und all die Wellen der Provokation und Gewalt, die er zurückgehalten hatte, flossen in einem einfachen Satz aus ihm heraus. „Ich würde jeden töten, der es wagt, sie zu berühren."

Jules widersprach unerschrocken. „Nicht jeden."

Kapitel 6

Die anderen Omegas dachten wahrscheinlich, dass sie verrückt war, und vielleicht war sie das auch. Zu diesem Zeitpunkt spielte es keine Rolle mehr. Claire wusste, dass ihre Zeit fast abgelaufen war, dass die Gruppe anfing, sich an ihrer Anwesenheit zu stören, dass ihr Verhalten eine Bedrohung für sie war.

Claire verstand genau, was passierte; das war auch der Grund, warum es so wichtig war, dass sie sich beeilte.

Da die Geschäfte in der Stadt all ihrer *Kostbarkeiten* beraubt worden waren, war es nicht schwer, die ‚unwichtigen' Dinge für ihr Vorhaben zu finden. Mit Shepherd an der Macht hatte Claire keinen Zugang zu COMscreens und Netzwerken, aber Papier hatte Macht, so wie das Buch in ihrer Gesäßtasche.

Ein mit ihrem Bild bedrucktes Flugblatt starrte sie an; eine Kopie nach der anderen, bis kein Papier mehr gefunden werden konnte.

Nona war mutig genug gewesen, sich ihr anzuschließen. Um Maschinen zu finden und Kopien zu machen … Die alte Frau war ihr während der wahnsinnigen Aktion nicht von der Seite gewichen, nicht einmal. Ihre Freundin hatte Claire sogar geholfen, als sie das kreierte, was sie in den Augen der Welt ruinieren würde.

Senator Kantor hatte Claire vor den Konsequenzen gewarnt, sollte jemand erfahren, in welcher Beziehung sie zu Shepherd stand – vor den möglichen Folgen, sollte der Widerstand sie in die Finger bekommen. Das Gespräch hatte sich in ihr Gedächtnis eingebrannt, hatte sie immer wieder losziehen lassen, in den stillen Stunden, in denen sie durch die Stadt wanderte.

Es gab keinen großen Helden, der für das eintrat, was Claire O'Donnell einst gewesen war; selbst ihre eigenen Leute sahen in ihr nur den Wert einer Ware.

So sei es denn. Wenn es das war, was sie sein sollte, würde sie ihnen den Rachen damit stopfen. Sie würde sich selbst verkaufen, selbst entscheiden, wie sie das Produkt manipulierte, bevor ihr die Luft ausging.

Claire war weder eine Anführerin noch eine gewandte Rednerin. Sie war eine Omega, die gerne Bilder für Kinder malte, die einst geglaubt hatte, dass eine vielversprechende Zukunft vor ihr lag. Jetzt wusste sie, dass es nie einen liebevollen Gefährten oder lächelnde Kinder geben würde. Entstellt und ruiniert, war sie nur eine gesichtslose Statistik in einer Stadt voller Albträume und Teilnahmslosigkeit. Nun, damit war jetzt Schluss. Sie hatte nichts zu verlieren und nichts zu verstecken. Also schuf Claire die Stimme, die sie verloren hatte, das letzte Stück Widerstand, das sie bewerkstelligen konnte – etwas Entsetzliches, geboren aus ihrer Schwäche, das anderen Kraft geben könnte.

Nona hatte die Brutalität des Bildes perfekt eingefangen.

Obwohl das Flugblatt schwarz-weiß war, hatten diese großen, fesselnden Augen des Mädchens, das aus dem Flugblatt heraus starrte, etwas durchdringend Brillantes an sich. Es war der tiefsitzende Ausdruck von Schmerz, die Tränenspuren, der Trotz, alles abgerundet durch den Zug um ihren Mund und den deutlichen Schnitt an ihrer Unterlippe. Claire starrte den Betrachter über ihre Schulter hinweg an, hob die Gewaltsamkeit der verschorften Wunde hervor, mit der er sie für sich beansprucht hatte –

die groteske Verletzung, die immer noch wie eine verrottende Blume aussah. Ihr Kinn war in die Höhe gereckt, ihre schwarzen Haare nach hinten gezogen, um den Schaden an ihrer Kehle freizulegen. Sie war komplett nackt, die Rundung einer Brust über dünnen Rippen sichtbar, die Brustwarze knapp von dem Arm verdeckt, der ihre Haare festhielt. Die Welt würde sie so sehen, wie sie war: Fesselnd und schön in ihrer Tragik.

Es war ihre Handschrift, das feminine Manuskript ihre letzte Botschaft an Thólos:

Ich bin Claire O'Donnell.

Ich bin eure Mutter, ich bin eure Schwester, ich bin eure Tochter.

Seht mich an.

Ich bin das, was ihr euch selbst angetan habt.

Ich wurde gegen meinen Willen zu einer Paarbindung mit Shepherd gezwungen. Ich bin mit seinem Kind schwanger.

Ich habe mich gewehrt.

Ich habe mich für euch gewehrt.

Jeder Thólossianer, der nichts tut, steht hinter dem Bösen. Es gibt keine Ausreden. Bekämpft die Gewalt auf den Straßen, widersetzt euch Vergewaltigungen und Brutalität.

Verschließt nicht wieder die Augen.

Lasst mich nicht alleine stehen.

Claire floh aus der Lagerhalle, sobald die Dunkelheit ihr Deckung bot, und lief mit ihrem eigenen Schatten um die Wette, wild und ungezähmt. Dafür, dass ihr Körper seltsam apathisch war, flog sie förmlich durch die Straßen, Rollen von Papier an ihre Brust gedrückt.

Es dauerte die ganze Nacht und sie musste mehrfach hin- und herlaufen, um noch mehr Papierstapel einzusammeln, die Nona ihr überreichte. Die Flugblätter wurden auf Gebäudedächer gelegt, um vom eisigen Wind wie Müll durch die Straßen gepustet zu werden, um ohne Unterlass auf die öffentlichen Bereiche hinunter zu regnen, wo die Bürger sich in nur wenigen Stunden versammeln würden.

Ihr Porträt war wie ein Virus, infizierte fast unbemerkt Shepherds System, während ihr Bild wie Laub durch die Gegend wehte.

Als ihr Körper den Dienst aufgab und ihre Sicht zu verschwimmen begann, ließ Claire den letzten Armvoll Flugblätter vom höchsten Skyway fallen, den sie erreichen konnte. Nachdem es erledigt war, kroch sie wie ein verwundetes Tier in das nächstgelegene Gebäude. In einer dunklen Ecke brach sie zusammen, ohne zu wissen, wo sie war, und ohne sich darum zu scheren.

* * *

Für einen Mann mit Jules' Fähigkeiten war es sehr einfach, sich Zugang zu der Wohnung des schlafenden Enforcers zu verschaffen. Svana wurde abgeholt und auf dem Monitor in Shepherds Hand war zu erkennen, dass Jules' Auftauchen sie ziemlich überrascht hatte. Als er den Finger krümmte, rauschte sie mit ihrem gewohnten Ausdruck von Überlegenheit aus dem Zimmer, den Kopf hoch erhoben wie die Adelige, die sie war.

Shepherd ließ sie warten und betrat Cordays Zuhause, das ihm typisch, klein und voll von den Anzeichen eines Lebens in der Stadt vorkam. Der Beta lag schlafend im Bett und schnarchte gerade laut genug, um ohne Probleme sicherzustellen, ob er weiterhin schlummerte. Der Enforcer war sich nicht im Geringsten bewusst, dass der Schrecken von Thólos wie ein Dämon durch die Dunkelheit schlich, bis er über ihm stand.

Claires Geruch war überall im Raum. Er stieg sogar, zu Shepherds extremem Missfallen, von den Bettlaken auf. Als er den gutaussehenden Beta betrachtete, dessen Lippen im Schlaf geöffnet waren, erwachte das Raubtier in ihm. Die Bestie leckte sich die Lefzen, bereit, ihrer Beute die Kehle rauszureißen. Aber der naive, junge Enforcer musste lange genug am Leben bleiben, damit der Narr den Riesen zu Claire führen konnte. Sobald diese Mission erfüllt war, würde er Corday höchstpersönlich in Stücke reißen und jeden Schrei auskosten. Als Shepherd den Beta anstarrte, konnte er sich das fühlbare Vergnügen bereits vorstellen … das warme Blut spüren, das durch seine Finger rann.

Bevor er der Versuchung nachgeben konnte, eine derartige Bestrafung auszuführen, bevor es an der Zeit dafür war, bewegte Shepherd sich weiter und zwang sich dazu, die anderen Spuren von Claire zu ignorieren, die auf dem Bett zu sehen waren: Die langen dunklen Haare auf dem Kissen und die Blutflecken auf den Laken.

Im Badezimmer fand Shepherd das Kleid, das sie getragen hatte, als Claire sich geweigert hatte zu essen, zerfetzt und ruiniert, befleckt von Wunden, die durch einen extrem gefährlichen Sturz entstanden waren – einen Sturz, der sie leicht hätte töten können.

Shepherd wusste nicht, wie lange er in diesem dunklen, unordentlichen Raum stand und das Kleid umklammerte, den Stoff genauso sehr zerreißen wollte, wie er ihn

114

mitnehmen wollte. Aber er durfte kein Zeichen seines Besuchs hinterlassen. Als er es wieder in den Wäschekorb stopfte, bemerkte er, dass der Mülleimer bis zum Rand mit Verpackungen und dem weißen Stoff gebrauchter Verbände sowie blutgetränkten Wattebäuschen gefüllt war, den Anzeichen dafür, dass der Beta ihre Wunden verarztet hatte.

Er wollte dem Mann den Hals zudrücken, bis er fühlte, wie die Wirbel auseinanderbrachen.

Selbst die Luft in der Wohnung war eine Beleidigung.

Sein Weibchen hatte schon einmal nach Corday gerochen. Es war eindeutig seine verschwitzte Kleidung gewesen, die sie getragen hatte, als die Omegas sie verraten hatten. Noch schlimmer war der Geruch von Svanas Moschus, der Claires Süße zersetzte und eine widerliche Erinnerung an das war, was in seinem Unterschlupf passiert war, als all seine Wochen hingebungsvoller Anstrengungen, um seine Omega aus der Reserve zu locken, von etwas so Primitivem wie Sex ruiniert worden waren.

Seine Inspektion ließ seinen Zorn nur noch größer werden und Shepherd wusste, dass er gehen musste, bevor der Gestank seiner Empörung seinem sorgfältig zugeknöpften Mantel und dem hohen Kragen entwich. Er verschwand wie ein Phantom und ging schließlich dazu über, seine Geliebte zur Rede zu stellen, die nicht bemerkte, wie er das dunkle Apartment betrat, das für ihr privates Treffen ausgesucht worden war.

Shepherd schloss die Tür, um den Grund für seine Wut zu konfrontieren, und sprach sie mit ausdrucksloser Miene an. „Sei gegrüßt, Svana."

Svana schnurrte über ihre Schulter, ihre Stimme erfüllt von der Komplexität ihrer gemeinsamen Geschichte.

„Muss ich dich daran erinnern, Shepherd, dass du mich nicht zu dir bestellst und dann warten lässt."

Shepherd ignorierte die mangelnde Subtilität ihrer Rüge und trat näher an sie heran. „Wie schön du heute Abend aussiehst."

Sie lächelte, ihre Lippen kräuselten sich wie die einer Milch aufschleckenden Katze. „Bin ich nicht jeden Abend schön?"

Die Wärme seiner Hand legte sich auf ihre Schulter. „Die Akquisition von Enforcer Corday ist ein Glücksfall. Wann genau hast du den Widerstand infiltriert?"

„Mein Geliebter?" Svanas Hände glitten bereits nach oben, um sich um seinen Nacken zu legen, um den kleinen Fleck warmer Haut zu berühren, so dass nichts sie voneinander trennte. „Freut es dich nicht, wie leichtfertig sie mir vertrauen? Ich kann sie kontrollieren … sie in die Irre führen."

Das Gefühl ihres Körpers unter Shepherds Händen war vertraut. „Nur wir selbst könnten unserem Erfolg noch im Weg stehen."

Der sanfte, verführerische Blick in Svanas blauen Augen wurde sofort scharf und stechend. „Es sieht dir nicht ähnlich, eine derartige Bemerkung zu machen, vor allem nicht mir gegenüber."

Shepherd fauchte: „Dein unbesprochenes Auftauchen inmitten des Widerstands war nicht genehmigt."

Svana entzog sich sofort der Geborgenheit seiner Berührung. „Ich bin kein Kind, das gemaßregelt werden muss, Shepherd. Vergiss nicht, mit wem du sprichst."

Svana in der Dunkelheit zu betrachten, das Schimmern des Mondlichts auf ihrem perfekten Gesicht, brachte ihm keinen Frieden. Stattdessen stellte er fest, dass er immer ungehaltener darüber wurde, dass sie Claire immer noch nicht erwähnt hatte. Dachte sie, er wüsste es nicht? Dass sie ihm wieder absichtlich Wissen vorenthalten würde … dass sie sich anmaßen würde, sich nicht zu ihren Taten zu bekennen … es hinterließ einen üblen Geschmack in seinem Mund. „Zweideutigkeiten passen nicht zu dir. Lass uns offen über das Thema sprechen und es abhaken."

Die Art und Weise, wie sie stand, wie die Stadt als Hintergrundbeleuchtung für ihre Silhouette diente, der seidige Tonfall ihrer Stimme – alles diente dazu, zu verführen. „Kann es sein, dass du unzufrieden mit mir bist?"

Seine großen Hände bewegten sich zum Kragen seines schweren Mantels, schlossen sich fest darum, als er sagte: „Die Anhänger haben jedes Wort deines Gesprächs mit Corday gehört und du hast noch nicht einmal etwas weiterverfolgt, das für unsere Mission relevant wäre. Was versuchst du mit diesem Spielchen zu erreichen? Du riskierst, deine Identität und deine Bestimmung preiszugeben, um dem Duft meiner Gefährtin nachzujagen."

„Gefährtin." Sie spuckte das Wort angewidert aus. „Als ich zunächst von deinem Spielzeug hörte, dachte ich, es wäre lediglich eine vorübergehende Laune, um die Stunden zu füllen, die du nicht mit mir verbringen konntest. Herauszufinden, dass sie schwanger ist, war erschütternd genug, aber ich kann kaum glauben, was dieser Narr ein paar Stockwerke tiefer erzählt hat. Du bist eine *Paarbindung* mit etwas eingegangen, das so unfassbar unter deiner Würde ist!"

„Du hattest viele Liebhaber, um deinen Körper zu befriedigen. Ich entschied mich dafür, nur einen zu haben. Ich konnte Claire nicht rechtmäßig behalten, ohne eine

Bindung einzugehen. Sie als meine Gefährtin anzuerkennen, verleiht mir Macht über sie und ist im Einklang mit dem Plan der Götter." Shepherd sog einen wütenden Atemzug ein und trat einen Schritt näher an sie heran. „Außerdem solltest du vorsichtig sein, auf wen du mit diesem Finger zeigst. *Du* hast versucht, mit Premier Callas einen Erben zu zeugen!"

Es kam selten vor, dass Svana sich überrascht zeigte, aber es schlich sich in ihren Gesichtsausdruck.

Shepherd wartete nicht darauf, dass sie etwas sagte. „Hast du wirklich geglaubt, dass ich von deinem Zeugungsversuch nichts wusste? Ich habe die Auswirkung der Medikamente auf deinen Körper gerochen. Auch meinen Anhängern ist es nicht entgangen."

„Es war notwendig, Shepherd", behauptete sie sofort, packte sein Hemd mit zu Fäusten geballten Händen. „Seine Gene sind eine Schatzgrube, die nicht verloren gehen darf – Immunitäten, Resistenzen gegen Krankheiten. Warum hätte man das verschwenden sollen? Welch bessere Rache, als unser Volk eines Tages von Premier Callas' Kind anführen zu lassen?"

Shepherd streckte die Hand aus, um mit den Fingern durch Svanas Haare zu fahren, und beobachtete, wie die braunen Strähnen seiner Berührung entglitten. „Du hättest es vorgezogen, mit dem Nachkommen des Mannes schwanger zu sein, der für die Verderbtheit von Thólos verantwortlich ist. Er hat meine Mutter in den Undercroft geworfen. Ich würde ein Kind dieses Monsters nie als mein eigenes aufziehen. Was aus dir herausgekrochen wäre, hätte nie die Herrschaft übernommen."

Svanas Gesicht verzog sich, füllte sich mit Ekel. „Also hast du aus Rache einen Schwächling gezeugt? Ich bin sowohl geehrt als auch enttäuscht, dass kleinkarierte

Eifersucht dich zu solchen Taten getrieben hat, mein Geliebter."

Seine eigene große Wut verschwand hinter einem alarmierend ruhigen Gesichtsausdruck. „War es nicht deine Erklärung, dass unsere Liebe über das Körperliche hinausgeht? Mein Verlangen nach einer körperlichen Gefährtin sollte dich nicht im Geringsten stören."

Die Frau umkreiste Shepherd in der Dunkelheit, kalkulierte ihren nächsten Zug. Etwas schien ihr klar zu werden und Svanas Augen wurden warm und verführerisch; sie leckte sich über die Unterlippe. „Es ist nicht zu spät, solltest du mich begatten wollen. Stell dir die Großartigkeit unserer vereinten Kräfte vor. Die notwendigen Medikamente könnten aufgetrieben werden und wir könnten sofort beginnen."

„So glorreich du auch bist, die Chancen, dass ein Alpha-Weibchen von einem Alpha-Männchen erfolgreich besamt wird, sind sehr gering – dass die Schwangerschaft bis zum Ende ausgetragen wird noch geringer." Shepherd legte ihr seine großen Hände auf die Schultern und umriss, was unveränderlich war. „Claire wird meinen Nachwuchs gebären und als meine Gefährtin dienen, und du wirst an meiner Seite regieren, sobald Thólos in Trümmern liegt und meine Armee Greth Dome von denen befreit hat, die den Thronanspruch deiner Familie an sich gerissen haben."

„Die Omega ist untauglich. Eine widerwärtige Kreatur dieser Stadt ist einer solchen Ehre nicht würdig!"

Shepherd war verärgert, dass sie ihn bei diesem Thema immer noch in Frage stellte, und fauchte: „Claire war unberührt, ihr Körper rein und aufnahmefähig. Ich war ihr erster Liebhaber. Das ist nur ein Beispiel dafür, wie Thólos sie nicht verdorben hat."

Svana lachte spöttisch. „Eine Omega ihres Alters …
Nein, Liebster, so etwas ist nicht möglich. Du wurdest
reingelegt."

„Sie kann durch die Bindung nichts vor mir geheim
halten." Wo der makellose Rhythmus seiner Worte
herkam, er wusste es nicht. Ihm entging auch nicht die
winzige Veränderung in Svanas Gesichtsausdruck, als er
sagte: „Ich habe vollstes Vertrauen in Claires damaliges
Zölibat und ihre gegenwärtige Treue."

„*Treue*. Ich verstehe … du hinterfragst mein
Verhalten." Svana verstand seine tiefere Bedeutung. Sie
arrangierte ihr Gesicht zu einer schmerzerfüllten Miene
und fragte: „Versuchst du, mich zu verletzen?"

„Nein, meine Liebe." Shepherd senkte seine Stirn auf
ihre und mühte sich, den Malstrom der Wut zu
besänftigen, bevor er ihn hinfort riss.

Ihr Körper wurde weich, fügte sich seiner Stärke,
versuchte, ihn zu beschwichtigen. „Wenn du dir ein
Schoßhündchen hältst, dann erwarte ich, dass du es mit
mir teilst."

Bei der Vorstellung drehte sich ihm der Magen um, es
fühlte sich unfassbar falsch an. „Ich bin mir in Anbetracht
eures ersten Kennenlernens sicher, dass sie nicht dazu
bereit wäre, sich mit dir zu paaren, wenn sie darum
gebeten würde. Es ist unmöglich."

Svana schnaubte verächtlich und sagte: „Es würde
nicht lange dauern, bis die Omega lernt, wo ihr Platz ist …
unter mir. Sie hat sich vielleicht gegen meine anfängliche
Berührung gewehrt, aber du bist ihr Alpha; ihre Meinung
spielt nicht wirklich eine Rolle. Sie ist nicht mehr als ein
körperliches Gefäß für deine Bedürfnisse."

„Anfängliche Berührung?" Es war der Funke, der einen Waldbrand entzündete, Cordays Anschuldigung, *Sexualstraftäterin*, zerstörte die letzten Überbleibsel von Shepherds Ruhe. Es kostete ihn einen Teil seiner Seele, ihr vorzuwerfen: „Du hast versucht, sie auf sexuelle Weise zu berühren, und sie hat sich widersetzt. Deshalb hast du sie geschlagen ..."

Svana wirkte nicht beunruhigt, zuckte mit den Schultern. „Sie weigerte sich, die Beine breitzumachen, damit ich sie lecken konnte ... ich wollte nur den Geruch ihrer Schwangerschaft bestätigen – was ich tat."

Eine Woge der Gewalt entriss ihm fast die Kontrolle. Er bebte, fühlte, wie der Dolch der Verbindung sich brutal in seiner Brust drehte. Die weibliche Alpha hatte es gewagt, seine Gefährtin auf unangemessene Weise zu berühren! Svana hatte Claire wehgetan, bloß weil sie sich verteidigt hatte und nur ihm sexuell gefügig war. Shepherd blinzelte und musste mit sich kämpfen, um nicht nach ihr zu greifen und Knochen zu brechen. „Das ist inakzeptabel, Svana! Abgesehen von deinem unnötigen Angriff auf eine schwache und schwangere Frau ist ein solches Verhalten derart gegen deine Natur, dass ich mich frage, ob du von deinem Weg abgekommen bist. Wie sonst würdest du das, was du getan hast, als angemessen betrachten?"

Ihre Augen verengten sich; sie bleckte die Zähne. „Du hältst sie dir, um sie zu ficken. Was dir gehört, hat auch immer mir gehört."

„Ich habe sie als meine Gefährtin beansprucht!" Er brüllte es fast, aber so leise, dass es seltsam erschien, als eine unsichtbare Kraft an den Fenstern rüttelte.

„Und mich dann widerspruchslos direkt vor ihr gefickt und bewiesen, dass sie nicht mehr als ein trauriger Ersatz ist. Weil ich diejenige bin, die du vergötterst. Die dürre

Omega ist nur eine Ablenkung, die du für wichtiger hältst, als sie ist, weil du dummerweise in einem Moment der Schwäche eine Paarbindung mit ihr eingegangen bist." Ein Schnurren drang aus Svanas Brust. „Ich verstehe jetzt, dass ich dich vernachlässigt habe. Die Situation wird bereinigt werden, von nun an werde ich mich um deine körperlichen Bedürfnisse kümmern. Es muss keine Feindseligkeit zwischen uns geben."

Shepherd blinzelte und biss die Zähne zusammen, als er nach unten schaute. Seine Geliebte hatte die Hand ausgestreckt, um seinen Reißverschluss nach unten zu ziehen, und ihre eleganten Finger zogen Shepherds schlaffen Schwanz heraus. Svana fing an, ihn zu streicheln. Es war Wut, die sein Blut in Wallung brachte und ihn in ihrem Griff steif werden ließ, Zorn, der das tiefe, animalische Knurren ertönen ließ, als er sich an die Empfindungen klammerte, um der unerträglichen Erkenntnis dessen zu entkommen, was seine Geliebte getan hatte.

Sie ließ ihren Daumen sanft über die Spitze seines Schwanzes kreisen, gurrte und sah ihn mit einem hungrigen Blick an. Gefangen in ihrem Griff, in der Art und Weise, wie Svana genau wusste, wie sie ihm eine Reaktion entlocken konnte, zerrte Shepherd an ihrer Hose und drängte sich bereits ihrer Hand entgegen, wollte in seiner Verzweiflung all das, was so falsch war, in etwas Richtiges umlenken.

Das Apartment, in dem sie sich befanden, war das reinste Schlachtfeld und die fleckige Matratze, auf die er sie drückte, war genauso widerlich wie die verrottende Kette in seiner Brust. Er schloss seine Faust um seinen Schaft, sah ihr in die Augen, positionierte sich an der Spalte ihrer Alpha-Pussy und schob sich unerbittlich hart in sie hinein.

Das augenblickliche Siegesgefühl, das er in ihren glänzenden Augen sehen konnte, war entsetzlich. Er packte ihre Beine und richtete seine Aufmerksamkeit auf das dunkle Fenster, um auf die Stadt zu schauen, die er erobert hatte, und rammte sie hart und schnell, genau wie er es in Claires Nest getan hatte, um das Leben der Omega zu retten.

Genau wie zuvor fand Shepherd weniger Befriedigung daran, eine Frau zu besteigen, die nicht die kleinere Figur und die engere Fotze hatte, die ihn melken würde, wenn sie kam, die seine Essenz aus ihm saugen würde, bis auf den letzten Tropfen. Keine musikalische Stimme seufzte seinen Namen, als wäre es das schönste Wort der Welt. Alpha-Weibchen reagierten nicht auf diese Weise; sie waren dazu geschaffen, sich mit Omegas zu paaren, dominant zu sein ... sie wurden noch nicht einmal wirklich feucht.

Shepherd spürte nicht das Summen der Verbindung, keine geistige Tiefe, nur aggressiven, wütenden Sex ... und es fraß ihn innerlich auf. Svana performte gut, stieß ihre Rufe und ihre hellen Laute aus, spreizte ihre Beine weit, um die Schönheit ihres Körpers zur Schau zu stellen. Es reichte nicht. Seine bittere Wut nahm nicht ab, sie wurde nur verformt, zerstörte ihn, und Shepherd begann zu spüren, wie die verstörende Falschheit mit jedem Stoß zunahm.

Er tat das Undenkbare und drehte Svana um, um seine Geliebte von hinten zu besteigen, damit er sie nicht mehr ansehen musste. Sie keuchte, seine Intensität ließ sie ihr Becken neigen, und sie schien die grobe Behandlung zu genießen. Damit ihr Kopf nach vorne gerichtet blieb, schloss Shepherd seine Faust um ihre Haare und bemerkte sofort, wie falsch sie sich anfühlten. Sie waren nicht seidig schwarz, sondern gröber und braun, und sein Knurren löste keinen Schwall an Feuchtigkeit aus, der sich über seinen Schwanz ergoss und die Luft wunderbar duften ließ.

Die Frau, die er ritt, war nicht seine Gefährtin.

Selbst mit geschlossenen Augen, selbst wenn er an eine andere dachte, konnte er nur Svana sehen … verändert, scheinbar besudelt von dem, was sie getan hatte, von dem, was er wusste und nicht vergessen konnte. Als sie kam, während ihre Finger leicht an ihrer Klit zupften, konnte Shepherd keine Sekunde weitermachen. Er zog sich aus ihr heraus und steckte seinen bereits schlaff werdenden Schwanz in seine Hose.

Sie drehte sich um und starrte ihn mit offenem Mund an. „Liebster … alles wird so sein, wie es war. Komm, lass mich dir Erleichterung verschaffen. Ich weiß, was du brauchst."

Sie griff bereits wieder nach seinem Reißverschluss, beugte sich vor, um ihn in den Mund zu nehmen.

Er schob ihre Hand beiseite und fuhr damit fort, seine Klamotten zu richten. „Nein, Svana." Shepherd spürte einen schmutzigen Film auf seiner Haut, jede Stelle, über die Svanas Hände gekrochen waren, war unrein. „Es war falsch von mir, dich jetzt zu nehmen. Deine Einschätzung war richtig, wir haben jegliche Körperlichkeit hinter uns gelassen und ich werde unsere Körper nicht entehren, indem ich erneut versuche, mich mit dir zu paaren. Die Dinge haben sich geändert, das müssen wir beide akzeptieren."

Ihre Stimme brach. „Du kannst unmöglich eine andere *mir* vorziehen." Svana stand vor ihm, verlangte, dass er zur Vernunft kam. „Insbesondere eine Frau, die sich dir widersetzt, die den hübschen Beta ein paar Stockwerke unter uns bevorzugt."

Shepherd senkte das Kinn auf die Brust, die tiefe Furche zwischen seinen Augenbrauen unheilvoll. „Claire ist ahnungslos und versteht meine Absichten falsch. Die bloße Tatsache, dass sie verabscheut, was ich ihrem Volk angetan habe, stellt ihren Wert unter Beweis."

„Ich bin diejenige, die dich liebt", flehte die Schönheit. „Siehst du nicht, dass sie dich *hasst*? Sie ist abgehauen … Die Omega könnte *nie* einen gebrandmarkten Mann aus dem Undercroft lieben. Du ekelst sie an."

Der stechende Schmerz, der von Shepherds ramponierter Bindung ausging, pflichtete ihrer Aussage bei. „Aber sie gehört immer noch mir, ist mit meinem Erben schwanger und steht unter meinem Schutz." Er wurde größer und seine Knochen knackten, als er sich in Pose warf. „Du wirst sie nicht wieder berühren, Svana. Hast du mich verstanden?"

„Du wirst jammernd angerannt kommen, wenn alles, was du dir auf so unüberlegte Weise erbaut hast, zusammenbricht." Svana nickte, starrte geradeaus, als könnte sie in die Zukunft schauen. „Und ich liebe dich so sehr, dass ich dir den Trost spenden werde, den du nicht verdient hast."

Shepherd konnte eine derartige Gehässigkeit keinen Moment länger ertragen. Nach dem, was er zuvor gehört hatte, der Lüge, die von ihren Lippen fiel, war es schmerzhaft offensichtlich, dass Svana nie beabsichtigt hatte, ihn das behalten zu lassen, was ihm zustand. Sie hatte erwartet, dass er die Omega ausrangieren würde. Nichts, was er getan hatte, hatte sie zufriedengestellt – und wie das Monster, für das Claire ihn hielt, hatte er zugesehen und zugelassen, dass Svana seine Gefährtin erniedrigte … hatte sogar bereitwillig mitgemacht.

Er schloss fest die Augen und hörte Jules' Worte, die zum gefühlten hundertsten Mal in ihm widerhallten: *Du hast Svana erlaubt, dich so zu manipulieren, dass du deine schwangere Gefährtin entehrt hast.*

Shepherd hatte die Affären seiner Geliebten hingenommen, obwohl die Enthüllung ihn fassungslos gemacht hatte. Er hatte Svana sogar trotz ihrer verdorbenen Liaison mit Premier Callas angebetet. Der gleiche Respekt wurde ihm nicht entgegengebracht, ihre Erwartungen waren widersprüchlich, kindisch.

Jedes Wort, das Svana gesprochen hatte, als sie sich wegen Premier Callas gestritten hatten, war sorgfältig gewählt worden, um sich von ihrer Schuld freizusprechen, um ihre eigenen Taten zu rechtfertigen. Jetzt verstand er es – sie hatte nie erwartet, dass er bei einer anderen nach sexueller Erfüllung suchen würde.

Seine Geliebte war sich seiner sicher gewesen, hatte seine Hingabe ordinär gemacht.

Die Erkenntnis hatte etwas sehr Niederschmetterndes. Schließlich hatten ihre Handlungen zu seiner Reaktion geführt ... seine Bedürfnisse waren offenbar weniger wichtig als ihre.

Svana hatte sich nie wirklich Gedanken um Shepherds Gefühle bezüglich dieser Angelegenheit gemacht, und jetzt stand sie vor ihm und log ihn unverhohlen an.

Shepherds Glaube war erschüttert und er nickte traurig. Die Frau, die er nicht mehr ansehen konnte, war nicht die Jugendliche, die einst bei der ersten Anbahnung ihrer Triebe auf ihn gestiegen und sich mit ihm gepaart hatte, die geschworen hatte, für immer die Seine zu sein.

Shepherd verließ die Wohnung in angewidertem Schweigen.

Zurück in seinem Raum duschte er sich mit Wasser, das so heiß war, dass es auf seiner Haut brannte. Er empfand das Unbehagen als bereinigend, spürte aber immer noch den Makel dessen, was er getan hatte – das Zurückschrecken der Verbindung, der brutale Schmerz, waren eine willkommene Buße dafür, sich auf eine Weise gepaart zu haben, die sie alle erniedrigte. Leid war ihm nicht fremd und er begrüßte es als seine wohlverdiente Strafe, so wie er es jedes Mal getan hatte, wenn er Claire zu ihrem eigenen Wohl absichtlich wehgetan hatte.

Es klopfte an der Tür. Einer seiner Leutnants trat ein, um ihm etwas zu reichen, das weitaus beunruhigender war als alles andere, womit er in den letzten zermürbenden 24 Stunden konfrontiert worden war.

Shepherd hielt ein elendiges Stück Papier in der Hand, konnte den Blick nicht davon abwenden.

Trotz der überwältigenden Traurigkeit in Claires Gesichtsausdruck, trotz der arroganten Haltung ihres Kinns und der Verachtung in ihren Augen, war sie schön. Aber es waren die Flecken an ihrem Hals, die aufgesprungene Lippe … die Wunden, die entstanden waren, als Svana Claire dazu gezwungen hatte, die Beine zu spreizen, die Shepherds Aufmerksamkeit fesselten.

Seht mich an. Ich bin das, was ihr euch selbst angetan habt.

„Sir", begann der Anhänger, „die wehen in ganz Thólos herum. Berichten zufolge wurden sie bisher an sechs Orten verstreut entdeckt. Sie wurden bereits von den Bürgern gesehen, die sich für ihre Rationen anstellen."

Shepherds unbewältigte Wut, die langen Stunden des giftigen Zorns, lösten sich in Luft auf, als er realisierte, was ihre Aktion bedeuten könnte. Seine silbernen Augen flogen über das Blatt, nahmen jede Kurve eines Körpers auf, der nur für seine Augen bestimmt war … er las ihre Worte … und konnte den Blick nicht von dem komplexen Schmerz abwenden.

Es gab nichts auf der Welt, was er mehr wollte, als sie zu halten, ihre nackte Haut zu berühren, alles zu tun, was nötig war, damit dieser Ausdruck von ihrem Gesicht verschwand.

Ich wurde gegen meinen Willen zu einer Paarbindung mit Shepherd gezwungen. Ich bin mit seinem Kind schwanger.

Ihre Botschaft an die Welt, die offene Zurschaustellung ihrer Seele – es war die letzte Rebellion. Der Tod war ihr auf den Fersen und sie würde sich der Stadt zum Fraß vorwerfen, um ihnen die Wahrheit darüber zu zeigen, was aus ihnen geworden war. Die törichte, mutige, kleine Omega.

Lasst mich nicht alleine stehen.

Nach dieser Aktion würde es für Claire keinen Zufluchtsort mehr geben. Sie würde nicht lange genug leben, um den Schmerz der Roten Tuberkulose kennenzulernen. Thólos würde sie abschlachten, sie zerreißen wie Hunde, die sich um einen Knochen prügelten, wenn er sie nicht zuerst fand.

Er wusste, dass der Beta Corday den ganzen Abend über bei Svana gewesen war und unter Beobachtung gestanden hatte, was bedeutete, dass der Mann nicht hatte wissen können, was die Omega getan hatte. Wenn sie dem Enforcer wichtig war, wenigstens ein bisschen, würde auch er genau wissen, was dieses Flugblatt bedeutete. Shepherd baute darauf, dass Corday impulsiv direkt zu Claire laufen würde, sobald er das Bild sah. Er nahm sich seinen Mantel und organisierte ein Team, um sicherzustellen, dass der Beta über eben dieses Flugblatt stolperte, sobald er aus der Tür trat.

Der Hüne wandte sich an seine Soldaten, entschlossen und unerschütterlich, sein Geist so still wie ein zugefrorener Fluss. „Ein Team muss Sichtkontakt zu Svana halten. Sollte sie versuchen, sich einzumischen, oder das Domizil des Enforcers verlassen, autorisiere ich, dass sie abgefangen und festgehalten wird."

„Ja, Sir."

Kein einziger Mann stellte ihn in Frage.

* * *

Wie konnte eine Frau so viel Verwüstung anrichten? Corday war wutentbrannt, starrte mit finsterem Blick auf das anzügliche Bild. Zunächst sah er nur Müll auf dem Boden, der Großteil von Schlamm durchnässt, und dann sah er vertraute Augen.

Sie schaute ihn nackt von dem Blatt Papier aus an, ruiniert und verletzt, aber so verdammt stolz. Dann war da noch ihre Botschaft … ihre gottverdammte Botschaft! Was zum Teufel dachte sie sich dabei?

Als er sich auf den Weg zu ihr machte, kam Corday an Leuten auf der Straße vorbei, die ihre eigenen Kopien in den Händen hielten und sich den Namen ,Claire' zuflüsterten.

Corday bewegte sich so vorsichtig wie möglich durch die Stadt, bis die Nebenstraßen der mittleren Ebene vor ihm lagen. Mit dem Flugblatt in der Hand zusammengeknüllt und mehr als nur verärgert, fand er die Müllverbrennungsanlage verschlossen vor, trostlos und leblos, so wie die Omegas es beabsichtigten. Aber ein aufmerksames Auge konnte den Wachposten sehen, der mit einem der von den Omegas erbeuteten automatischen Gewehren an der Luke des Schachts Wache stand. Er wurde durchgelassen und ging hinein, rauschte durch den Raum, um Claire zu finden und sie zur Besinnung zu bringen.

„Corday hat Kontakt zu den Omegas aufgenommen. Keine Sichtkontakt zu O'Donnell."

Shepherd und ein Team von zwanzig Männern hatten das clevere Zuhause bereits umzingelt, das Claire für ihr Rudel gefunden hatte. Die Sicht ins Innere war schlecht. Trotzdem konnten Shepherd und Jules von ihrem unsichtbaren Standpunkt auf dem gegenüberliegenden Gebäude aus beobachten, wie die Frauen sich in dem dämmrigen Raum bewegten … aber so wie der Beta Enforcer, der den Raum durchsuchte, sahen auch sie keine Spur von Claires rabenschwarzen Haaren in dem Rudel.

Kapitel 7

Nona hatte den jungen Enforcer erwartet und ging auf ihn zu, um ihn zu begrüßen. „Als du nicht zurückgekehrt bist, hatte ich Angst, du wärst getötet worden. Claire versicherte mir, dass das nicht der Fall sei – dass sie spüren konnte, dass du noch am Leben bist."

Er hatte nicht die Gelegenheit gehabt, sich davonzuschleichen, da Leslie so viel seiner Zeit in Anspruch nahm. Drei Tage lang hatte er daran gearbeitet, die Schriftsprache der Anhänger zu übersetzen. Mit jeder Stunde lernten sie mehr, aber auch wenn es ihn Zeit kostete, musste er bei Claire sein. Wäre er hier gewesen, hätte er Claires Wahnsinn Einhalt gebieten können. „Weißt du, was sie getan hat?"

Nona nickte und lächelte müde. „Ja."

Corday hielt das zerknitterte Flugblatt hoch. „Wie konntest du das zulassen, Nona?"

„Das Mädchen ist jetzt nicht mehr aufzuhalten." Nona packte ihn am Arm und versuchte, den Jungen dazu zu bringen, zu sehen, was direkt vor ihm war. „Das, was auf uns zukommt, ist nicht mehr aufzuhalten."

Corday legte den Kopf schief und musste ihr zustimmen. „Du hast recht. Claire hat mit dieser Scheiße einen Sturm an Schwierigkeiten entfesselt."

„Corday—"

Er wollte sich nicht mit einer alten Frau streiten. Corday wollte sich mit Claire streiten. „Sag mir wenigstens, dass sie hier ist."

„Sie ist bei dem Jungen."

Corday verengte die Augen und biss die Zähne zusammen. „Welcher Junge?"

„Ihr toter Junge."

„Oh …"

„Sie hat ihn hinten in dem Komposthaufen begraben." Als Corday sich wegbewegte, packte Nona ihn wieder am Arm und hielt den Beta auf, um ihm ihre Meinung zu sagen. „Claire ist gerade erst zurückgekommen. Sie ist müde, erwarte nicht zu viel."

Corday war nicht daran interessiert, noch mehr Zeit zu verschwenden, hielt seine Zunge im Zaum und marschierte direkt durch die Omegas, die nicht gerade eben erfreut darüber waren, dass er wieder vorbeigekommen war. Eine verstärkte Tür schwang nach innen, Sonnenlicht brach herein, und da war sie, mit dem Kopf über einen frisch umgegrabenen Haufen Erde gebeugt.

* * *

Die Winkel des Gebäudes verbargen sie vor seinen Augen und zwangen Shepherd dazu, seinen Sitzplatz zu verlassen und sich wie ein Schatten über das Dach zu bewegen. Und dann war sie da, still wie eine Statue, weniger als 10 Meter entfernt, und starrte auf einen kleinen Hügel schneebedeckter Erde hinunter. Wie gebannt stieß Shepherd einen Atemzug aus, während er beobachtete, wie der Beta sich ihr näherte.

Es war, als würde sie Corday nicht bemerken – nicht, bis der Enforcer ihr das Flugblatt unter die Nase hielt. „Was ist das?"

Die Omega strich sich die Haare aus dem Gesicht und rieb sich den Schädel, als hätte sie Kopfschmerzen. „Ein Nacktbild von mir."

„Findest du das lustig?", schnauzte Corday, während er sich Mühe gab, die Stimme nicht zu erheben. „Ist dir klar, was du getan hast, Claire? Jeder wird es wissen. Du wirst nie wieder anonym und in Sicherheit sein, NIE!"

Sie würde die Anonymität nicht brauchen, aber Corday musste sich bewegen. „Du stehst auf meinem Jungen."

Corday stieß einen kurzen Atemzug aus, trat vom Hügel und zog sie zu sich heran. Er umarmte sie zu hart und seine Stimme brach. „Deine Botschaft … sie wird dich jegliche Form von Leben kosten. Du wirst bis zu deinem Tod gejagt werden."

Die Omega drückte sich von ihm weg, schniefte und wischte sich mit dem Handballen die Tränen weg. „Ich weiß, was ich getan habe. Ich weiß, dass du es nicht verstehen kannst, dass unsere Ziele nicht übereinstimmen, aber ich kann nicht darauf warten, dass der Widerstand aufhört herumzutrödeln. Es gibt keinen Helden, Corday. Es gibt keinen Retter. Thólos ist zu einer Hölle geworden und ich kann die Schuld dafür nicht einmal Shepherd zuschieben. Was hier passiert ist, haben wir uns selbst angetan. Entweder erkennen die Bürger, was ihre Gleichgültigkeit im Angesicht des Bösen sie gekostet hat, oder sie werden alle sterben."

Corday vergrub das Gesicht in den Händen, um seine Frustration unter Kontrolle zu halten. „Versuchst du, eine Revolution loszutreten? Du hast mir versprochen, dass du Shepherds Männer nicht angreifen würdest."

Claire nahm seine Hände und zog sie nach unten, damit er sie anschauen würde. Sie sah wie der Tod aus, erschöpft, mit dunklen Ringen unter den Augen. „Es ist kein Angriff auf Shepherd. Es ist ein Angriff auf das Gewissen. Es ist ein Angriff auf die Bürger von Thólos."

Warum konnte sie es nicht verstehen? „Sie werden dich hassen ..."

„Das ist mir egal." Claire trat einen Schritt zurück, ihr Gemüt erhitzte sich. „Ich habe dir gesagt, dass es nichts mehr für mich gibt. Verstehst du es immer noch nicht? Das ist alles, was ich tun kann, also lass es mich tun und hör auf, so verdammt egoistisch zu sein!"

Er steckte ihr eine lose Haarsträhne hinters Ohr und sagte: „Überleben ist nicht egoistisch. Bürger, die den Bastard hassen, werden dich einfach nur zum Vergnügen umbringen. Diese Aktion war Selbstmord."

Claires Stimme war monoton und ruhig, als sie das Offensichtliche bestätigte. „Ich weiß."

„Hast du den Verstand verloren?"

Sie leckte sich ihre aufgesprungenen Lippen. „Sieh mich an, Corday. Mir geht die Luft aus, ich erbreche alles, was ich esse; selbst im Schlaf finde ich keine Ruhe ... ich bin bereits dabei, zu sterben."

„Du stirbst nicht, du bringst dich um!", rief der Beta und umklammerte ihre Schultern, als könnte er sie zur Vernunft bringen, wenn er sie nur hart genug schüttelte. „Wenn du dich einfach ausruhen würdest ... Wenn du mit mir nach Hause kommen würdest, könnte ich mich um dich kümmern."

„Nein."

„Bis auf Nona tolerieren die Omegas deine Anwesenheit hier kaum. Es ist nur eine Frage der Zeit, bis du vertrieben wirst." Warum konnte sie nicht sehen, dass er sie liebevoll umsorgen würde? „Warum kommst du nicht zur Vernunft?"

„ICH ENTSCHEIDE, WIE ICH MEIN LEBEN LEBE! NICHT DU, NICHT SHEPHERD, NICHT SENATOR KANTOR, NICHT DIE VERDAMMTEN EINWOHNER VON THÓLOS. HAST DU MICH VERSTANDEN, BETA?"

Er hatte noch nie ein derartiges Feuer in ihren Augen gesehen. „Du bist verärgert."

Claire warf die Hände in die Luft und pflichtete ihm bei: „Natürlich bin ich verdammt noch mal verärgert! Ich könnte nur noch schreien. Ich verabscheue mich selbst, weil alles, was ich Thólos zu bieten habe, ein Nacktbild auf einem Flugblatt ist. Wie KANNST DU ES WAGEN, mich dafür zu tadeln, dass ich wenigstens versuche, etwas zu tun, solange ich es noch kann? Dein geliebter Widerstand tut nichts!"

„Claire." Er streckte die Hand aus, um sie zu umarmen, um zu lindern, was sie zittern und weinen ließ. „Bitte …"

„Ich kann nicht so sein, wie du mich gerne hättest", schluchzte sie gegen seine Brust. „Ich schaffe es kaum, ich selbst zu sein."

„Es tut mir leid", flüsterte Corday und ihm brach das Herz, als er sah, wie traurig sie war. „Weine nicht. Ich werde für dich schnurren und du kannst dich ausruhen. Okay? Ich hätte nicht schreien sollen."

Die tiefen Vibrationen ertönten und Claire weinte wie ein Kind in seinen Armen. Ihre Arme schlossen sich um ihn, ihre gebrochenen Entschuldigungen verloren sich in ihrem Elend.

Corday murmelte Belanglosigkeiten und strich ihr über die Haare. „Wir gehen rein, wir essen etwas und du wirst dich nicht übergeben … ich werde bleiben, damit du schlafen kannst."

Er musste sie tragen und sie ließ ihn, klammerte sich an seinem Hals fest, als würde er sonst verschwinden.

In der Ferne kämpfte Shepherd gegen jeden seiner Instinkte an, die ihm sagten, er solle reinstürmen und sie dem Mann entreißen, der tröstete, was ihm gehörte. Er merkte kaum, wie Jules' Hand sich um seinen Unterarm schloss, die leise Erinnerung daran, still zu bleiben und die Konsequenzen abzuwägen. Weil es jetzt klar war, dass sein Stellvertreter recht hatte. Selbst wenn er sie zurück schleppen würde, würde sie in diesem Zustand nicht überleben.

Claire hatte ihren Lebenswillen verloren.

* * *

Shepherd beobachtete den ganzen Tag über ihre Bewegungen in der stinkenden Anlage. Corday lag mit seiner Einschätzung richtig. Die Omegas mieden sie und Claire schien es nicht im Geringsten zu kümmern, sie blieb in ihrer Ecke und distanzierte sich absichtlich von ihnen. Bis auf die alte Frau hatten sich alle gegen den Katalysator ihrer Freiheit gewandt.

Shepherd stellte sich eine lange Reihe von Frauen vor, deren aufgeknüpfte Leichen hin und her schwangen, zur Schau gestellt für alle, die seiner Gefährtin die kalte Schulter zeigten, und katalogisierte jeden misstrauischen Blick, den sie Claire zuwarfen, hasste die Frauen, die das leidende, dunkelhaarige Mädchen leise ignorierten.

Sie alle waren ihrer unwürdig, jede einzelne von ihnen, genau wie diese Stadt der Lügen und des Bösen.

Der Beta kümmerte sich um sie, zwang sie dazu, etwas zu essen, und hielt ihr die Haare aus dem Gesicht, als alles zwanzig Minuten später wieder hochkam. Er fütterte sie wieder, drängte das kleine Ding dazu, Wasser zu trinken, während er sie die ganze Zeit über auf seinem Schoß festhielt, Brust an Brust, ihre Beine um seine Taille gewickelt, als wäre sie ein Kind oder seine Liebhaberin. Die zweite Portion schien unten zu bleiben und Claire war innerhalb weniger Minuten fest eingeschlafen und schnarchte auf seiner Schulter.

Es war nicht möglich, den Austausch zwischen Nona French und dem Enforcer zu hören, vor allem weil die Lippen des Mannes gegen Claires Haare gedrückt waren. Irgendwann legte der Beta sich hin und die alte Frau deckte die beiden mit dem langen Mantel des Mannes zu.

Es wurde dunkel und Claire schrie im Schlaf auf. Als Cordays entsetzte Augen zu Nona aufsahen, deren Gesichtsausdruck mitleidig war, konzentrierte Shepherd sich auf die Bewegungen des Mundes des Enforcers und sah, wie seine Lippen die Worte formten.

„Sie hat gerade nach Shepherd gerufen."

Der zutiefst niedergeschlagene Ausdruck auf dem Gesicht des gehassten Enforcers brachte Shepherds Lippen zum Kräuseln. Der Beta war vielleicht derjenige, der sie in seinen Armen hielt, aber obwohl die Verbindung zwischen ihnen stark beschädigt war, war der Kopf seiner Omega gefüllt mit Gedanken an ihren rechtmäßigen Gefährten. Ein Zeichen der Götter, eine Erinnerung an sie alle, dass Claire ihm gehörte.

* * *

Claire wachte weniger verhärmt auf. „Ich fühle mich besser. Danke."

Corday drückte seine Lippen an ihr Ohr und flüsterte mit einer Stimme, die so leise war, dass keiner der spionierenden Anhänger sie hören konnte: „Claire, es wird bald vorbei sein, wir haben jetzt Zugang zu ihrer Kommunikation. Halte also durch. Halte durch, bis ich ihn töten kann. Ich schwöre dir, dass ich es tun werde."

Claire tat ihr Bestes, um so zu tun, als wäre ihr nicht übel, nickte und küsste ihn auf die Wange. „Ich habe großes Vertrauen in dich, Corday. Du bist ein Wunder."

„Und du wirst frei sein."

„Das werde ich", bestätigte sie mit weichen Augen.

Schlanke Finger zogen vorsichtig den Ehering ihrer Mutter ab. Unter ihrer provisorischen Decke nahm sie Cordays Hand und steckte ihm den Ring an den Finger.

„Was machst du da?"

„Ich möchte, dass du ihn für mich aufbewahrst." Claire lächelte, als sie ihm ihr Andenken gab. „Eine Erinnerung, damit du nicht vergisst, dass ich dir die Daumen drücke."

Sie beunruhigte ihn. „Ich kann ihn nicht behalten."

„Ich leihe ihn dir nur", korrigierte sie ihn und drückte seine Hand. „Du wirst ihn mir zurückgeben, wenn Thólos frei ist."

Er umarmte sie, fühlte sein Herz jubilieren. „Claire. Ich habe auch Vertrauen in dich."

„Du bist mein Held, weißt du."

138

Corday wollte sie küssen, war so sehr versucht, mit seinen Fingern durch ihre Haare zu gleiten und ihre Lippen auf seine zu ziehen. Aber das waren sie nicht; das konnte sie nicht sein …

Zumindest noch nicht.

„Okay", unterbrach Claire den Moment schüchtern. „Du musst von hier verschwinden, bevor die Sonne aufgeht. Wenn ich nicht das Gefühl habe, dass du in Sicherheit bist, werde ich mir Sorgen machen."

Sie löste sich bereits von ihm, schlüpfte aus seiner Umarmung. Claire erlaubte Corday nicht, zu trödeln, drängte ihn dazu, zu gehen, bevor das Licht seinen Weg gefährlich machen konnte. Es war offensichtlich, dass er nicht gehen wollte, aber es schien ihr so viel besser zu gehen, ihre Augen waren lebendiger und ein Lächeln lag auf ihren Lippen, wenn sie sprach.

Der Beta gab nach. In der Sekunde, in der er weit genug den Skyway entlang gegangen war, dass er sie nicht mehr hören konnte, krümmte Claire sich und erbrach leise ihren gesamten Mageninhalt über den Frost neben dem Schacht.

Corday hörte weder, wie sie sich übergab, noch hatte er die geringste Ahnung, dass Anhänger ihn nahtlos umzingelt hatten, als er sich aus ihrem Blickfeld entfernte. Er stellte den Kragen auf, um seinen Hals zu wärmen, und schlurfte davon, die Hände tief in den Taschen vergraben – lächelnd.

Shepherd überließ Corday Jules' Team, seine Aufmerksamkeit galt seiner kranken Omega und der Veränderung, die Claire durchmachte, sobald der Knabe verschwunden war. Das falsche Lächeln verblasste und sie entfernte sich von der Gruppe und ihren Feuerstellen, um allein zu sitzen, als ob etwas sie auf unsichtbare Weise näher an den Ort heranführte, an dem Shepherd sich in der Dunkelheit versteckte.

Er konnte fast die Hand ausstrecken und sie berühren.

Sobald sie es sich bequem gemacht hatte, zog die Frau ein zerlesenes Buch aus ihrer Tasche und lehnte sich zurück, um es zu lesen. Shepherd zog eine Augenbraue hoch. Seine kleine Gefährtin las ein Buch, das er in- und auswendig kannte, *Die Kunst des Krieges*. Es war irgendwie reizend, und der Mann stellte sich vor, wie sie sich in Zukunft über den Text unterhalten würden.

Welche Passage gefiel ihr am besten?

Claire las, während die meisten Frauen immer noch schliefen; sie las das gleiche Buch, das sie jeden Tag gelesen hatte, seit sie es gefunden hatte, und ließ ihren Blick auf den Zitaten verweilen, die sie sich eingeprägt hatte. Manchmal bildete sie sich ein, einen Teil von Shepherds Seele zu lesen. Sie konnte seine Denkweise in dem Buch erkennen, seine Taktiken, und versuchte vergeblich, es zu verstehen – war so sehr darauf fixiert, dass sie nicht bemerkte, wie Nona sich regte.

Die alte Frau kochte Instantkaffee und bereitete eine Tasse für Claire zu.

„Welche Weisheit hast du heute für mich?", fragte Nona und drückte der jungen Frau einen dampfenden Becher des Gebräus in die Hände.

Claire warf das Buch auf den Boden, so wie sie es immer tat, wenn sie damit fertig war, ging achtlos damit um. „Laut Sunzi können großartige Ergebnisse mit kleinen Streitkräften erzielt werden … Aber ich interpretiere das folgendermaßen: Einen Haufen Frauen zu verärgern, ist eine wirklich schlechte Idee."

Die alte Omega kicherte leise und ihre Augen tanzten, als sie beobachtete, wie Claire an dem Kaffee nippte und das Gesicht verzog.

Nona strich Claire ihre dunklen Haare zurück und neckte: „Du warst schon immer süchtig nach Cappuccinos, aber ich fürchte, das ist das Beste, was ich zu bieten habe."

Claire blickte auf das miese, verwässerte Getränk runter und versuchte, zu scherzen. „Ich habe viele Gründe, Shepherd zu hassen, aber der Hauptgrund ist, dass ich keinen anständigen Becher Kaffee hatte, seit ich aus meinem Zuhause vertrieben wurde … der Arsch."

Ihre Freundin reagierte mit einem leisen Lachen.

Claire nahm noch einen Schluck von dem dampfenden braunen Wasser. Mit Nona an ihrer Seite saß sie trübselig und regungslos da, während ihre blutunterlaufenen Augen entschlossen wurden. Sie wusste nicht, woran es lag, aber ihre Apathie begann zu verblassen. Sie wurde durch etwas äußerst Schmerzhaftes ersetzt.

Sie hatte sich verändert … erdrückende Gleichgültigkeit kämpfte gegen ein unerträgliches Gefühl des Verlustes an.

Sie hätte sich siegreich fühlen sollen – sie tat es nicht. Sie hätte stolz sein sollen; sie hatte vergessen, dass sie dieses Gefühl je gekannt hatte.

Nona redete irgendeinen Unsinn über den bevorstehenden Sonnenaufgang und Claire trank roboterhaft das fade Getränk. Als das Gebräu ausgetrunken war, stellte sie den Becher beiseite.

Es war Zeit.

Claire stand auf und ging einfach weg, verließ ihre Freundin ohne Verabschiedung.

Sie würde sich den Himmel selbst anschauen, würde den Sonnenaufgang allein betrachten. Aber er würde sie nicht berühren. Der Himmel hatte seinen Zauber verloren.

Die alte Frau sah zu, wie sie sich entfernte, sah zu, wie die dunklen Haare verschwanden ... und wusste, dass Claire ihre Wahl getroffen hatte.

Draußen war es kalt, mit jedem Tag kälter. Claire wickelte die Arme um ihren Körper und stolperte vom Zufluchtsort der Omegas weg. Ihr Todesmarsch war in keine bestimmte Richtung gegangen, aber irgendwie stand sie irgendwann am Rande des Wasserreservoirs von Thólos. Die Oberfläche war mit Eis verkrustet, von einem Weiß bedeckt, das so blass und farblos war, wie sie im Inneren geworden war. Aber wenn sie blinzelte, konnte sie durch das Eis in eine Welt des Wassers schauen, in der alles sauber gewaschen wurde.

Sie steckte sich eine lose Strähne hinters Ohr, zitterte und wartete darauf, dass der wolkenverhangene Himmel außerhalb der Kuppel anfing zu leuchten. Genau in dem Moment, als er einen rosa Farbton annahm, fühlte es sich für Claire so an, als würden Schmerzen in sie hinein sickern, sollte sie zulassen, sich an diesem Augenblick zu erfreuen. Die einzige Möglichkeit, weiterzumachen, war, bis in alle Ewigkeit nichts zu fühlen. Also machte sie einen Schritt nach vorne, dann noch einen, und Claire ging, allein im ersten düsteren Licht des Morgens, auf das Eis hinaus.

Es gab keine Zweifel und kein Zögern; ihre Arbeit war getan. Sie hatte ihre Mission erfüllt, hatte alles getan, was sie konnte. Sie hatte es sich verdient, aus ihrem Gefängnis freigelassen zu werden. Die frische Luft auf ihrem Gesicht, der unverwechselbare Geruch nach Kälte, brachten Linderung dort, wo salzige Tränen auf ihren Wangen brannten.

Bereits nach den ersten Schritten begann das Eis, seine Beschwerden zu flüstern. Die nächsten zehn Schritte wurden von irreführendem Schweigen begleitet. Claire beschloss, die Stille mit dem traditionellen Omega-Gebet zu füllen, und wisperte es in den Wind:

„Geliebte Göttin der Omegas, große Mutter, die umsorgt und beschützt, ich danke dir für das Leben, das du mir gewährt hast."

Erst als sie in der Nähe der Mitte des Stausees stand, ertönte das Geräusch, das sie erwartete – die krachende Androhung von Rissen und unmittelbar bevorstehendem Tod.

„Ich bin dein Ebenbild. Ich bin deine Freude. Denn du hältst mich in deiner Obhut. Wache über die Welt—"

„Beweg dich nicht, Kleine."

Ihr erster Gedanke beim Klang dieser gebieterischen Stimme war, dass sie hätte wissen müssen, dass er hier sein würde. Der Teufel musste ihre letzten Momente miterleben. Es hätte nicht anders sein können.

Ihr Fokus verlagerte sich vom Horizont nach unten auf ihre Füße, auf das Muster aus Rissen, das sich unter ihren gestohlenen Stiefeln erstreckte. Claire sog einen langsamen Atemzug ein, spürte, wie er ihre Brust dehnte, und blickte über ihre Schulter. „Die Stadt ist eine Horrorshow und es ist nichts mehr von mir übrig. Du hast gewonnen, Shepherd."

„Du verstehst es mutwillig falsch." Die dringliche Rauheit seiner Stimme war unnachgiebig … nervös. „Svana hätte dich umgebracht, wenn ich nicht—"

Claire spürte, wie ihr Mund sich zu einem kleinen Lächeln verzog. „Wenigstens weiß ich jetzt, was dich zu dem gemacht hat, was du bist. Es war nicht nur dein Leben im Undercroft. Es war sie."

Shepherd streckte die Hand aus, seine weit geöffneten Augen starr. „Es war der einzige Weg, sie zu beschwichtigen und dich zu behalten."

Ein Blick voller Mitleid – und es war Mitleid, das sie empfand – ließ Claires Gesicht traurig aussehen. „Du erzählst diese Lüge beinahe so, als würdest du sie wirklich glauben. Die Wahl, die du getroffen hast, war nicht der einzige Weg; es war der Weg, für den *du* dich entschieden hast. Du hast entschieden, diese schreckliche Sache zu tun … viele schreckliche Dinge zu tun … für sie."

Shepherds Lippen bebten, er sah verwirrt aus. Als er das nächste Mal sprach, wirkte es so, als wären ihm die Worte fremd. „Wenn ich mich entschuldigen würde, würde das einen Unterschied machen?"

„Nein."

„Dann biete ich dir stattdessen Folgendes an." Er streckte seine Hand noch weiter aus. „Wenn du zu mir zurückkehrst, werde ich dir geben, was du willst. Ich werde die Omegas in Frieden lassen und dafür sorgen, dass sie unangetastet bleiben. Du hast mein Wort."

Claire summte und ihre Aufmerksamkeit verlagerte sich wieder auf das knackende Eis unter ihren Füßen.

Er versuchte es wieder, war entschlossen. „Svana wird sich dir nicht nähern dürfen; und ich werde sie nie wieder auf diese Weise berühren."

Claire ignorierte ihn.

Gereizt presste er zwischen zusammengebissenen Zähnen hervor: „Ich werde dir sogar erlauben, deinen Himmel zu sehen."

144

Sie formte die Worte, als ob das Konzept ihr nichts mehr bedeutete. „Meinen Himmel ...“

„Ich werde für dich sorgen.“

Wasser lief aus ihren Augen, rollte über ihre Wangen. Ihre Stimme war so traurig. „Es klingt fast so, als würdest du es ernst meinen ... wie lustig.“

Es kostete Shepherd viel Mühe, den letzten Anreiz auszusprechen. „Ich werde den Beta, Enforcer Corday, verschonen, dessen Tod andernfalls sehr langsam und schmerzhaft sein wird.“

Das war der Wendepunkt. Ihre trüben grünen Augen wurden scharf und ihre weichen Lippen zu einem harten Strich. Sie hörte aufmerksam zu.

„Ich biete dir das Leben von 42 Menschen an, Kleine.“ Shepherd sprach mit der Stimme der Vernunft, grollte es schnurrend, um seine Aufrichtigkeit zu zeigen.

Claire sah die mit der Handfläche nach oben ausgestreckte Hand an, wie groß sie war, die Linien und Schwielen. Sie dachte an Corday, an sein Gelübde, die Stadt zu befreien ... an alles, was sie sich in der Dunkelheit zugeflüstert hatten. Sie dachte an das Kind, für das sie nichts als Gleichgültigkeit empfand, und legte sich eine Hand auf den Bauch.

„So ist es richtig, Kleine, denk an unser Baby.“

Sie würde niemals zulassen, dass das Böse in Shepherd oder diese schreckliche Frau das Kind in die Finger bekamen, aber sie konnte Corday Zeit verschaffen. Wenn er scheiterte, würde sie sich selbst und das Leben, das in ihr heranwuchs, umbringen, bevor es geboren werden konnte; das konnte sie tun, und sie würde es tun. Die ruhigen Schritte, mit denen sie sich umdrehte, die kleine Bewegung, die nötig war, um sich dem Riesen

145

zuzuwenden, ließ das Eis noch mehr knacken, aber sie stand immer noch über dem, was ihr wässriges Grab hätte sein sollen.

Shepherd wusste, dass sie Ja sagen würde, dass sie sich ihm unterwerfen würde, um all die Leben zu retten, die er erwähnt hatte. Claire konnte es bereits durch eine Verbindung spüren, die nicht hätte existieren sollen; ein brennender Stachel, der dort saß, wo ihre Lunge darum kämpfte, sich zu weiten. Ihr stockte schmerzhaft der Atem und sie ballte ihre Hand in dem Leder ihrer Jacke über ihrem Herz zu einer Faust zusammen. „Es gibt noch ein weiteres Leben, das ich haben will."

„Wen?"

Trotz der Invasion des sich in sie krallenden Wurms grinste Claire den Alpha höhnisch an. „Ich werde es dir nur sagen, wenn du mir dein unwiderrufliches Wort gibst, dass diese Person *nie* zu Schaden kommen wird."

„Und wenn ich das tue, wirst du zu mir zurückkehren und ein erfülltes Leben als meine Gefährtin führen?" Es war das, was er wollte, sie konnte es sehen, konnte es ein klein wenig durch die Verbindung spüren, und er bremste das bösartige, gierige Unheil nicht, das hinter seinem Grinsen steckte.

Sie fühlte seine Genugtuung, blickte in räuberische Augen und sah jedes bisschen seiner verzweifelten Euphorie. „Ja."

Shepherd nickte und krümmte seine Finger. „Du hast mein Wort."

„Maryanne Cauley."

Erkenntnis flackerte in seinen Augen auf und sie verengten sich leicht. Der Alpha nickte, als er verstand – die gerissene Verräterin … Maryanne Cauley, eine

Gefangene, die ihm im Austausch für einen sicheren Rückzugsort im Undercroft einst ihre Treue geschworen hatte, war diejenige, die Claire geholfen hatte, ihre Omegas zu befreien.

Claire machte einen Schritt auf ihre vollkommene Erniedrigung zu und verfluchte die Götter, als ihr Marsch in Richtung Shepherd das Eis nicht zersplittern ließ und sie in die Tiefe riss. Das Gewicht ihrer kalten Finger legte sich in seine und sie erwiderte sein Lächeln nicht, als die Hand des Teufels sich um ihre schloss. Shepherd berührte ihr Gesicht und sie zuckte instinktiv zurück, als die Hitze seiner Handfläche sich an ihre Wange legte.

Sein großer Daumen strich die Tränenspuren weg. Er wusste, dass die Bürde der intensiver werdenden Bindung, die sich ihren Weg durch ihren Widerstand grub, ihr Schmerzen bereitete.

Er griff nach ihr, heftig, übereifrig und nicht willens, noch einen Moment länger damit zu warten, sie nach Hause zu bringen. Claire wehrte sich immer noch gegen die Beanspruchung, fasste sich ans Herz und kämpfte darum, das Gefühl der endlosen Leere zu erhalten, das sie aufs Eis geführt hatte. Sie wollte nicht mehr Claire sein, Besinnungslosigkeit war zu ihrer Rüstung geworden. Wenn es Claire nicht gab, gab es auch keine Schmerzen. Die Leere war ihr Stolz … dann fiel ihr wieder ein, dass sie keinen Stolz hatte. Sie hatte ihn an dem Tag verloren, als sie angefangen hatte, etwas für den Mann zu empfinden, der sie in seinen Armen hielt.

Als könnte er ihre Gedanken lesen, drückte er sie etwas fester an seine Brust und freute sich hämisch. „43 Leben, Claire."

Ihre Augen schlossen sich, als er ihren Namen benutzte, und die unerwünschten Qualen bei der

Erinnerung an das einzige andere Mal, als er ihn ausgesprochen hatte, waren ihr Ruin. Sie verlor den Krieg – Claire spürte etwas: Den Schmerz und die Trauer, die sie an dem Tag nicht hatte spüren können, und alles zersplitterte.

* * *

Ihre Abholung war mit militärischer Präzision organisiert worden. Shepherd hielt seine zurückeroberte Beute in den Armen und schnurrte laut voll arrogantem Triumph, während er sie durch die unterirdischen Korridore zu seiner Unterkunft trug.

Der Laut schien eine Verschwendung zu sein. Das Schnurren besänftigte Claire nicht. Sie war untröstlich, als der Wurm in ihr anschwoll, als jeder Atemzug wehtat, verdorben und verhasst.

Das Geräusch des Riegels, die Endgültigkeit des Moments, sie bemerkte es nicht, während sie so hart darum kämpfte, nicht zu zeigen, was sie fühlte – um ihm nicht die Genugtuung zu geben, einzugestehen, dass er wieder die Macht hatte sie zu verletzen. Aber er hörte nicht auf, sie zu berühren. Er zog sogar ihre Finger von der Stelle weg, wo sie sich an ihre Brust klammerte, damit er mit seiner warmen Handfläche über den Fleck reiben konnte, der ihr so offensichtlich Schmerzen bereitete.

Shepherd befeuerte den Zusammenbruch, weil er wusste, was sie innerlich zerriss. „Wir fangen von vorne an", sagte er sanft und seine riesigen Hände zerrten an den Schichten, in die sie gekleidet war, beraubten sie ihrer Kleidung, so wie er sie ihrer Freiheit beraubte. „Meine kleine Gefährtin."

Grüne Augen flogen auf, grüne Augen voller Empörung, voll von der brodelnden Vehemenz, mit der sie ihn vor zwei Wochen hätte anschreien sollen. „Gefährtin? GEFÄHRTIN? Du bedeutest mir weniger als nichts! Du bist ein betrügerisches Monster, das ich verabscheue. Du bist verdorben; du widerst mich an! Was du getan hast, war unverzeihlich. ICH HASSE DICH!"

Selbst als sie ihn anschrie, selbst als sie auf ihn einschlug, streichelte er sie, beschwichtigte er sie.

Claire schimpfte, der Strom der Abscheulichkeiten hallte von den grauen Wänden wider, bis ihre Schreie zu seelenzerreißenden Schluchzern wurden. Sie weinte so sehr, dass sie kaum noch Luft holen konnte. Sie flehte ihn an, sie zu töten, verfluchte ihn dafür, dass er sie dazu verleitet hatte, das Eis zu verlassen, und bekam als Antwort auf ihr Flehen nur die Weichheit der Matratze unter ihrem Rücken. Die großen Hände waren überall, fuhren über die Kratzer, die Nähte an ihrem Knie, erkundeten jeden blauen Fleck, bis Shepherd mit einem langen, besitzergreifenden Strich seiner Fingerspitzen die Umrisse der immer noch verheilenden Wunde inspizierte, die er ihr zugefügt hatte, um sie für sich zu beanspruchen.

Die Qualen des krebsartigen Stricks in ihrem Inneren schienen kein Ende zu nehmen. Er wand sich wie ein wütender Alligator, zerfetzte ihre Organe. Sie hatte die Augen fest geschlossen und versuchte, alles wegzuwünschen, bis nackte Lippen sich auf ihre Brust legten, auf genau die Stelle, die so zerstört worden war. Claire fing an, sich zu wehren, schrie wie am Spieß. Nichts konnte sein Eindringen verhindern, oder das kehlige Stöhnen, das ihm entwich, als er spürte, wie ihre enge Hitze sich um seinen Schwanz schloss. Shepherd saugte an ihren Brüsten, fuhr sanft mit seinen Zähnen über ihren Hals, versuchte, sie auf den Mund zu küssen, während er

149

zwischendurch ihre Tränen aufleckte, und hielt sie fest, damit sie nicht wild um sich schlagen konnte.

Die Laute, die das Untier von sich gab, die leisen Geräusche, die sich über ihre steinerweichenden, herzzerreißenden Klagelaute legten, waren die eines durstigen Mannes, dem endlich Wasser gereicht worden war. Jeder Stoß in ihrem engen, samtigen Kanal, wenn er seinen Schwanz in sie schob, brachte ihn diesem unerreichbaren Himmel näher: Der Freiheit. Sie gehörte wieder ihm, war gefangen und gebunden, und er würde sie auf jede Weise nehmen, auf die er sie nehmen konnte – selbst wenn sie ihn hasste, selbst wenn sie nur eine Sklavin der Verbindung war. Weil er sie brauchte.

Er knurrte so grollend und tief, dass sie um ihn herum zuckte und troff, dass sie vor lauter entsetztem Hass kreischte, und er stöhnte ihn ihren Mund, als er ihre Feuchtigkeit spürte und ihren Duft roch. Er nahm sich, was er brauchte, und ritt sie sanft, spreizte ihre Beine weit auseinander, um zu sehen, wie der Schaft, der aus seiner Leiste herausragte, wieder und wieder in sie eindrang. Er ließ seine Hüften kreisen und spielte mit ihrer Knospe, stahl, wonach ihm verlangte, und die Welle krachte durch ihren Widerstand, bis Claire einen zerschmetternden, unangenehmen Höhepunkt erreichte, der sie den Rücken wölben ließ und ihr die Kehle zuschnürte.

Er presste ihren Rücken mit aller Macht auf das Bett und sein Knoten schwoll so tief wie möglich in ihr an. Er schloss sich ihrer Erfüllung an, füllte sie mit Hitze, mit seiner Essenz, und atmete ihr schwer ins Ohr, während er die Worte stöhnte: „Ich liebe dich, Kleine."

Es linderte ihre Schmerzen nicht. Es verletzte sie nur noch mehr.

Claire stieß einen Klagelaut aus, während Shepherd sie festhielt, immer noch abspritzte, immer noch durch seinen Knoten mit ihr verbunden war, und schwor, dass er sie nie wieder gehen lassen würde.

Kapitel 8

Shepherd hatte sie in seinem Eifer verletzt, in seinem Bedürfnis, sie zu besteigen, während die Bindung sich neu formierte … um sicherzustellen, dass sie ihr nicht entkommen konnte. Zwischen ihren Beinen war etwas Blut zu sehen, da sie bei seinem ersten Stoß trocken und aggressiv abwehrend gewesen war. Selbst ihr Mund war durch seine unwillkommenen Küsse geschwollen. Um ihre Handgelenke herum und zwischen ihren Oberschenkeln bildeten sich neue blaue Flecken.

Shepherd fand großen Gefallen an jedem der stechenden Kratzer, die seine eigene Haut verunstalteten, seine Erinnerung daran, dass sie wieder ihm gehörte – jede Wunde eine Trophäe und ein Zeugnis dessen, was zwischen ihnen war.

Seine Kleine hatte sich tapfer gewehrt, aber Claire war im Laufe der Stunden friedlicher geworden, wenn auch nicht komplett ruhig. Die Schnur in ihrer Brust war zerfetzt. Es tat weh, also hielt Shepherd sie fest und legte seine warme Handfläche auf die Stelle, an der ihre Fingernägel versuchten, durch ihre Haut zu kratzen. Die Tränen waren versiegt und stattdessen befand sie sich in einer Trance, kämpfte gegen den Schlaf an, obwohl sie offensichtlich erschöpft war.

Das Schnurren ertönte unaufhörlich, und obwohl sie ihm den Rücken zuwandte, streichelte und beruhigte Shepherd sie und ließ ihren kleinen, aber offenen Ungehorsam zu. Sie brauchte Nahrung und etwas zu trinken, aber er zügelte seine immense Unzufriedenheit über den Zustand ihres Körpers, um ihr nach ihrem Kampf eine Pause zu gönnen – um sie denken zu lassen, dass sie sich einen Moment lang zu ihren Bedingungen ausruhen konnte.

Nicht bereit, sie allein zu lassen, gab er den Befehl, medizinische Vorräte herbeibringen zu lassen, und verdeckte Claire, so dass man sie nicht sehen konnte. Er hielt sie mit eisernem Griff fest und erlaubte Jules, die benötigten Gegenstände auf den kleinen Tisch neben dem Bett zu stellen. Als die Tür wieder verriegelt war, stellte er fest, dass sie sich immer noch weigerte, ihn anzusehen. Es spielte keine Rolle.

Shepherd hatte gesehen, wie sie auf Essen reagierte, war sich sicher, dass sie nichts im Magen behalten würde, so verstört wie sie war, und nahm ihren Arm. Als die Nadel in eine Vene stach, leistete sie keinen Widerstand. Intravenöse Flüssigkeiten wurden verabreicht. Während der Infusionsbeutel sich leerte, säuberte er sie mit weichen Handtüchern, behandelte und verband jede Wunde. Die Nähte ließen ihn grunzen und ihre Füße, die das Untier unverhohlen wütend machten, wurden in weiche Stoffstreifen gehüllt.

Als der Prozess beendet war, nahm er sie wieder in die Arme.

„Ich werde dir eine neue Welt bauen, Kleine – ein Königreich, das deiner und unseres Sohnes würdig ist." Er flüsterte ihr seine verzerrten Ideale zu, fuhr ihr mit den Fingern durch ihre verknoteten Haare. Shepherd redete immer weiter, sprach über all das, was er erreichen würde, wie er zu einer Legende werden würde, wie er es für sie tun würde.

Claire verstand ihn nur verschwommen und es kam ihr so vor, als hätte Shepherd noch nie so viel gesprochen und so wenig gesagt.

Sie lag auf dem Bauch, mit dem Rücken zu ihm, und hörte den Hirngespinsten eines Verrückten zu, bis sie es keinen Moment länger aushalten konnte. Sie drehte sich um, unterbrach sein Gespiele mit ihren Haaren und hielt mit dem gleichen leidenschaftlichen Trotz dagegen, mit der gleichen deplatzierten Güte, die immer noch nicht verschwunden war, egal was mit dem Rest von ihr passiert war. „Benutz mich nicht als Entschuldigung für die schrecklichen Dinge, die du tust. Damit will ich nichts zu tun haben!"

Er grinste, ihre heiseren Einwände ließen ihn dunkel lächeln. Seine Hand legte sich auf ihren Bauch und Shepherd tätschelte die Stelle, an der ihr Kind heranwuchs. „Allein die Tatsache, dass ich dich wiederhabe, beweist, dass die Götter auf meiner Seite sind."

Claire hatte sich ausgeweint, ihre Brust war mit verfaultem Matsch gefüllt. „Du hast mich, weil ich lieber 43 Menschen das Leben retten würde, als mich selbst umzubringen."

„Schhh." Sein Atem strich über ihre Brust. Er küsste die Stelle, an der ihre Bindung sich entfaltete. „Alles verheilt und deine Traurigkeit wird mit der Zeit verblassen."

Es verheilte nicht, es vernarbte.

Seine Augen glänzten, waren voller Selbstvertrauen. „Wir *werden* wieder neu anfangen."

Claire kräuselte die Lippe und zählte seine Sünden auf. „Du hast mich zu einer Paarbindung gezwungen, hast mich unter Drogen gesetzt und geschwängert, hast deine verrückte Alpha-*Geliebte* in meinem Nest gefickt …" Sie redete nicht zu Ende. Stattdessen wallte der Schmerz wieder auf und Claire stellte fest, dass doch noch mehr Tränen aus ihren Augen sickern konnten. „Ich verstehe,

Shepherd, dass ich nur hier bin, um dein Spielzeug zu sein. Ich bin eine Sklavin, eine Gefangene. Ich habe mich ihretwegen verkauft."

Sie war vorhersehbar, die stürmische Wut in seinen Augen. Was überraschend war, war der kleine Hauch Bedauern. Die Hand, die über ihre Haut gerieben hatte, bewegte sie sich zu einer Brust und fing an, den Nippel zu zwirbeln und zu kneifen, bis das helle Rosa dunkler und die Knospe unter seinen Fingern länger wurde.

Natürlich würde er sie wieder ficken, egal wie unerfreulich Claire die Vorstellung fand. Das war immer seine Lösung für ihren frechen Mund. Das war jedes Mal seine Antwort, wenn sie sich widersetzte oder unglücklich war.

Sie lag still da, war nach stundenlangem Ringen zu müde, um Theater zu machen, blieb schlaff … bereit, es hinter sich zu bringen.

Der anderen Brustwarze widerfuhr die gleiche Behandlung; die ganze Zeit über beobachtete Shepherd sie mit diesem berechnenden Blick. Ein Daumen glitt über ihre Lippen und tauchte nur leicht dazwischen, um die Spitze ihrer Zunge zu umspielen. Er stieß das Knurren aus, der Duft ihrer Feuchtigkeit erfüllte die Luft und seine freie Hand begann mit ihrer Pussy zu spielen.

Shepherd drückte seine Brust gegen ihre, knurrte noch einmal tief und leise, beobachtete sie mit Argusaugen.

Sie machte die Augen zu und beschloss, ihn zu ignorieren.

Seine Finger waren mit ihrer glitschigen Flüssigkeit getränkt, als er zu sprechen begann. „Im Undercroft hatte ich meine Mutter für so kurze Zeit, dass ich mich kaum an ihr Gesicht erinnern kann. Sie starb an dem brutalen

Missbrauch vieler Männer." Ein schlüpfriger Finger glitt zu ihrem runzligen Anus und Claire zuckte. Als Shepherd langsam Druck auf ihr Rektum ausübte, stockte ihr der Atem, und die Dehnung dieser Stelle löste einen unbehaglichen Krampf aus. Große Augen spiegelten ihre Bestürzung wider. Claire streckte die Hand aus, um sie um das Handgelenk der angreifenden Extremität zu legen, ihre Beschwerde verlor sich um den Daumen herum, der immer noch ihre Zunge neckte.

Als sie sich nicht mehr rührte, weil sie realisiert hatte, dass er sich nicht bewegte, nicht weiter in sie eindrang, beobachtete Claire ihn mit uneingeschränkter Aufmerksamkeit.

„Da Frauen nie lange durchhielten, fanden die Gefangenen auf diese Weise Befriedigung bei anderen Männern." Der bohrende Finger glitt durch Claires zusammengekniffenen Ring. „Oder indem sie den Mund eines anderen benutzten. Die Tiere in diesem Loch heulten in der Dunkelheit, während sie ihre Körper an den Kleinen und Schwachen befriedigten. Der Klang der Schreie, das gequälte Flehen – selbst das Stöhnen derer, die Lust an solchen Dingen empfanden – das ist das Wiegenlied, das mich jede einzelne Nacht in den Schlaf gewiegt hat."

Das Gefühl, das er hervorrief, war unangenehm, als er mit der Spitze seines Fingers wackelte. Claire versuchte, sich zu winden, aber sein Gewicht lag auf ihr und Shepherd knurrte wieder, bis noch mehr Feuchtigkeit aus ihr tropfte, um das zu benetzen, was ihren Anus penetrierte.

Sie wimmerte.

„Ich war kleiner als du es jetzt bist, als ich zum ersten Mal in die Enge getrieben wurde. Ich stand mit dem Rücken zur Wand, ein Mann mit Geschwüren im Gesicht zog sein Glied heraus und griff nach meiner Kehle. Was er nicht wusste, was niemand wusste, war, dass meine Mutter sich für ein Messer prostituiert hatte. Ich erstach meinen Angreifer. Während des Kampfes erhielt ich die Narbe auf meinen Lippen, die du in deiner Brunft als schön bezeichnet hast."

Hatte sie das?

Ein Schnurren ertönte, eine kurze Beschwichtigung, als er seinen Finger tiefer in ihren Arsch drückte. Er wusste, dass die Dehnung unerwünscht war, nutzte sie aber, um sicherzustellen, dass sie jedes verdammte Wort hörte, das er sagte.

„Ich hängte seine Leiche vor meiner Zelle auf, ließ seinen Schwanz von seinem Mund baumeln als Warnung für andere. Er war nur der erste und ich war umgeben von Monstern mit schwarzen Herzen. Als ich größer wurde, stärker wurde, kamen die Kleinen und Schwachen zu mir, boten mir ihren Mund oder ihren Körper an als Gegenleistung für Schutz vor diesen Männern, die Jagd auf sie machten. Ich fand sie widerwärtig, schwach und unter meiner Würde. Ich tötete mehrere von ihnen, nur um meine Gefühle diesbezüglich klarzustellen."

Der Daumen in Claires Mund streichelte ihre Zunge in kleinen Kreisen, während er sprach. „Eines Tages fand etwas aus dem Licht mich in der Dunkelheit, eine junge Frau, die selbst ein Messer hatte. Es war bereits blutig."

Svana.

„Sie hatte von mir gehört, war in die Hölle gekrochen, um mich zu finden. Sie gab mir die Mittel, um zu herrschen, und verlangte nichts. Sie besuchte mich oft, verteilte großzügig ihre Zuneigung. So wie meine Mutter war auch ihre vor ihren Augen getötet worden. So wie meine Zukunft war auch ihre ihr genommen worden.

Ihr Verstand, die Dinge, die sie wusste, gingen über alles hinaus, was mir beigebracht worden war. Sie bot mir an, dieses Wissen mit mir zu teilen, brachte mir Bücher, sah etwas in dem Monster, vor dem sich die Insassen fürchteten. Der Engel brachte mir sogar die Akte mit dem Namen meiner Mutter." Shepherd schmiegte sich an ihre Wange. „In dem Dossier dieser vermissten Person war ein Foto. Meine Beta-Mutter war, bevor der Undercroft ihre Zähne verrotten ließ, sehr schön gewesen, so wie du. Ich hasste es, ihre Schreie zu hören."

Claire legte ihre Hand auf seine Flanke, spürte, wie sein Schmerz gegen sie brandete.

Der Alpha sprach weiter. „Ich konnte sie nicht retten und könnte dir bis heute nicht sagen, welcher der Dämonen unter der Erde mein Vater war."

Claire wollte nicht, dass seine Geschichte sie berührte, aber sie war so bedauernswert, dass sie nicht anders konnte, als Mitleid zu haben.

„Ich war nicht der einzige Mann, der durch die Korruption über uns in der Dunkelheit gefangen war. Wie meine Mutter waren mehr als die Hälfte der Männer, die in den Untergrund gezwungen worden waren, unschuldig, aber unbequem für die Obrigkeit. Ich habe Geheimnisse von ihnen gelernt, Dinge, die du dir nicht vorstellen kannst … wenn du nur wüsstest, womit die Herzen dieser Stadt infiziert sind, Kleine, wenn du nur die Geschichten lesen könntest, die in die Felsen unter uns gekratzt sind."

Warum erzählte er ihr das? Sie fing an, sich zu wehren, und zuckte zusammen, als der Finger in ihrem Inneren sich tiefer bohrte und sie dehnte, bis sie aufhörte, sich zu bewegen.

„Mach die Augen auf, Kleine." Das Knurren war bedrohlich, kehlig. „Du wirst mich ansehen, wenn ich es sage."

Sie wollte ihn nicht anschauen, fühlte sich überwältigt von diesem einen, überdimensionalen Finger und der Art und Weise, wie er ihre Zunge immer noch mit seinem Daumen umspielte. Sie zuckte vor der Penetration zurück und sah ihm in die Augen.

„Diese Männer, diese verdorbene Gesellschaft – in deiner Güte siehst du die Makel nicht. Ich könnte dir Dinge erzählen, die dich nachts nicht einschlafen lassen würden. Jeder, ob Mann oder Frau, der vor der Zitadelle aufgehängt wurde, war an Gräueltaten beteiligt oder hat sie bewusst ignoriert. Wie die Inhaftierung meiner Mutter.

Und ja, Svana wurde vor vielen Jahren zu meiner Geliebten und ich dachte, sie wäre im Gegenzug auch meine Gefährtin. Ich habe gelernt, dass ich mich geirrt habe. Sie ist eine ehrgeizige Frau, mächtig, aber du bist die Gefährtin, die die Götter für mich geschaffen haben. Hätte man dich in den Undercroft geworfen, hätte ich dich nur einmal gerochen, ich hätte jeden Mann getötet, der versucht hätte, dich anzufassen. Ich hätte dich für mich beansprucht und in meine Zelle geschleppt, hätte dich über meine Pritsche gebeugt und dich gefickt, so dass jeder Sträfling es durch die Gitterstäbe hätte sehen können … damit sie alle gewusst hätten, dass du *mir* gehörst. Hast du verstanden?"

Auf eine solch barbarische Aussage gab es keine Antwort.

Shepherd schnüffelte an ihr und knurrte. Sein Finger steckte immer noch in ihrem Arsch, als er seinen Schwanz tief in sie hineinschob, wo sie feucht und bereit war. Sie schrie leise auf, gedämpft von seinem Daumen, als er

159

anfing, sie zu stoßen. Es hatte nichts Zärtliches an sich, es war reine Aggression, aber es befriedigte sie auf seltsame Weise. Das übervolle Gefühl, die Art und Weise, wie er keine Stelle unberührt ließ, während der unerwünschte Finger sich krümmte und wand. Sie kam so schnell zum Höhepunkt, dass es erschreckend war, und spürte, wie sein Knoten gegen ihren bebenden Kanal drückte, als er seinen Finger aus ihrem Anus zog.

Claire schrie, als ihr Orgasmus zu einer klanglosen Vibration wurde, die ihre Knochen durchschüttelte.

Als sein Sperma gegen ihre Gebärmutter schoss, wurde jeder Spritzer von einem Brüllen begleitet. Seinen Kopf an ihrer Schulter vergraben, seine Lippen an ihrem Hals, drückte Shepherd seine Brust gegen ihre, auf die Stelle, an der sie verbunden waren. Die Schnur sang, brannte, schmerzte, beglückte und verzehrte.

Shepherd zog seinen Daumen aus ihrem Mund und war erfreut, als er seinen Knoten tiefer in sie drückte und seine Kleine erneut kam.

Die Omega, unter ihm eingeklemmt, stöhnte, senkte die Wimpern und schlief in den klammernden Armen von jemandem ein, der unter anderen Umständen ein guter Mann hätte sein können.

* * *

„Was meinst du damit, sie ist nicht hier?", fragte Corday nach.

„Ich meine, Enforcer Corday", Nona seufzte müde, „dass sie nicht hier ist. Claire ist vor Tagen verschwunden und nicht wieder zurückgekehrt."

Hinter verengten Augen rasten eine Millionen Gedanken durch Cordays Kopf. Die Sorge drehte ihm den Magen um, und wenn man nach dem Blick in Nonas Augen ging, war es offensichtlich, dass sie genauso bestürzt war, es aber besser verbarg.

Als ob sie versuchte, dem jungen Mann eine Erklärung zu bieten, sagte Nona: „Ich glaube, sie hat einfach beschlossen, nach Hause zu gehen."

„Zu Shepherd?", blaffte er, Wut stand ihm ins Gesicht geschrieben. „Das würde Claire nie tun."

„Sie war niedergeschlagen, Enforcer. Ich versuche, dir zu sagen, dass sie höchstwahrscheinlich nach *Hause* gegangen ist."

„Du irrst dich." Corday spuckte die Worte aus. Er hatte erst vor drei Tagen mit Claire gesprochen. Die Omega hatte ihm ihren Ring gegeben … sie hatte ein Gelübde abgelegt. „Haben diese Frauen sie vertrieben?"

„Nein, aber sie hätten es in ein paar Tagen getan. Das wusste sie auch."

Der aufgewühlte Beta sah die alte Frau an, als wäre sie dumm. „Also hat sie irgendwo anders Unterschlupf gesucht."

„Vielleicht", gab Nona zu und fragte sich, ob es das Beste für den jungen Mann wäre, etwas zu haben, an dem er sich festhalten konnte.

„Wann genau ist sie verschwunden?"

„Am Morgen deines letzten Besuchs."

Corday warf die Hände in die Luft und knurrte die Decke an. „Verdammt, Claire!"

Nona nahm ihn wieder bei der Schulter, drückte seinen Mantel und zog ihn von der sich versammelnden Menge

Omegas weg. „Setz dich!" Der Beta gehorchte anstandshalber, während Nona ihn finster anstarrte. „Claire wollte nicht, dass ich dir sage, wer ich wirklich bin. Aber ich werde es trotzdem tun, weil du ein Beta bist und ich weiß, dass sie dir wichtig ist, aber du verstehst es nicht."

Nona bedeutete ihm, still zu sein, und sammelte sich neben ihm. „Als ich sechszehn Jahre alt war, wurde ich aus meinem Zuhause entführt und tagelang hinter Schloss und Riegel gehalten, bis ich wie Vieh verkauft wurde. Ich wurde von einem Mann namens David Aller gekauft und während meiner nächsten Brunft von einem Fremden, der doppelt so alt war wie ich, zu einer Paarbindung gezwungen.

Nachdem die Bindung hergestellt war, präsentierte er mich wieder der Öffentlichkeit und meine Familie akzeptierte, was nicht geändert werden konnte, obwohl ich sie anflehte, mir zu helfen. Es gab niemanden, der für mich eintrat; ich war lediglich eine paargebundene Omega ohne Rechte. Als ich das erste Mal wegrannte, dauerte es weniger als zwei Wochen, bevor ich anfing, den Bezug zur Realität zu verlieren. Man fand mich verwirrt durch die Straßen wandernd. Der Enforcer, der mich einsammelte, brachte mich zurück zu David, als wäre ich ein streunendes Haustier.

Er schlug mich, eine gängige Praxis, um abtrünnige Omegas zu bestrafen. Die Prügeleinheiten wurden schlimmer und ein paar Monate später lief ich wieder weg. Es war immer dasselbe, die unerschütterliche Paarbindung an einen Mann, den ich hasste, konnte nicht gebrochen werden und kontrollierte mich. Ich versuchte alles, jede noch so kleine Möglichkeit, aber es war immer derselbe Albtraum. Ich brauchte zehn Jahre, bevor ich ihn vergiftete und mir eine neue Identität zulegte. Ich träume immer noch von ihm, manchmal denke ich, dass ich ihn höre … und David ist seit fast vierzig Jahren tot."

Corday sah die sanftmütige alte Frau mit hängender Kinnlade an und wusste, dass sie die Wahrheit sagte.

„Es gibt keinen Ausweg aus einer Paarbindung, kein Entkommen für Claire. Einer von ihnen muss sterben, damit sie auch nur ein bisschen frei ist. Shepherd zu töten, hätte sie vielleicht gerettet, aber die Zeit lief ihr davon und das wusste sie auch. Sie wollte einfach nicht, dass du dir Sorgen machst … weil sie wusste, dass du ihr zugeneigt bist."

„Claire ist stärker als du."

Nona stimmte ihm zu. „Das ist absolut wahr."

„Sie hat mir selbst gesagt, dass die Verbindung beschädigt sei. Warum hört keiner von euch ihr zu, wenn sie spricht? Warum stellt ihr alle Vermutungen an?"

„Corday." Nona nahm die Hand des Jungen und drehte den Ring an seinem Finger. „Claire ist weg. Sie hat dir ihren Ring gegeben, damit du sie nicht vergisst, weil sie dir auch zugeneigt war."

Der Mann stritt es vehement ab. „Sie hat mir geschworen, dass sie überleben würde. Ich beschließe zu glauben, dass sie einen Plan hat. Wir alle haben gesehen, wozu sie fähig ist. Ich glaube an Claire."

„Ich liebe Claire, als wäre sie meine eigene Tochter. Ich wusste, wie sehr sie litt, welche Opfer sie für uns erbracht hatte, und ich hoffe, dass du recht hast. Aber wenn du recht hast, wäre die einzige Möglichkeit, dass sie absichtlich zu Shepherd zurückgekehrt ist."

Corday knirschte mit den Zähnen, starrte sie finster an und knurrte: „Sie wäre nicht zu Shepherd zurückgekehrt."

„Das sehe ich auch so."

Mehr als nur frustriert drehte Corday sich um und ging, wütend auf die alte Frau.

* * *

Eine warme, große Hand strich ihr sanft lose Haarsträhnen aus dem Gesicht und weckte Claire aus einem tiefen Schlaf. Das Schnurren war leise, verlockte sie dazu, sich zu rühren, und an der Art und Weise, wie die Matratze einsank, konnte sie erkennen, dass Shepherd auf der Bettkante saß.

Es war der Geruch, der sie dazu brachte, sich zu fügen, das Aroma von gerösteten Kaffeebohnen und etwas Süßem. Sie blinzelte durch mit Salz verkrustete Wimpern und blickte direkt zum Nachttisch. In einer weißen Tasse, die auf einer Untertasse stand, war ein dampfender Cappuccino, der von jemandem gemacht worden war, der die Fähigkeit besaß, die kleinen Bilder im Schaum zu kreieren.

Man musste kein Genie sein, um zu realisieren, dass er sie in der Aufbereitungsanlage beobachtet hatte. Shepherd hatte ihr Gespräch mit Nona belauscht und dies war seine Reaktion darauf.

„Bitte sag mir nicht, dass du einen Barista entführt hast", stöhnte Claire schläfrig und beugte sich vor, um an dem Getränk zu riechen.

„Der Koch, den ich vor Monaten entführt habe, um deine Mahlzeiten zubereiten zu lassen, brauchte Gesellschaft."

Claire konnte nicht sagen, ob Shepherd versuchte, einen Witz zu machen. Sie starrte finster zu dem Mann auf, der immer noch ihren Rücken streichelte, und schürzte die Lippen. Der Blick in seinen Augen machte klar, dass der Rohling es absolut ernst meinte.

Er hob die Untertasse hoch, um sie ihr zu reichen, und benutzte seine andere Hand, um sie hochzuheben und zu drehen, so dass sie mit dem Rücken gegen die Kissen gelehnt war. Sie nippte an dem Getränk in ihrer Hand und seufzte, nicht überrascht, als Shepherd ihr den Vorhang ihrer Haare über die Schulter schob, um ihre Brüste seinem Blick zu enthüllen.

„Magst du deinen Kaffee?"

Shepherd hatte sie nie geweckt, außer für Sex, und schon gar nicht mit Kaffee im Bett. Claire vertraute ihm keine Sekunde lang. „Ich werde dir nicht danken." Aber sie nahm noch einen Schluck und schmolz … gab nur ungern zu, dass das Getränk wirklich verdammt gut war.

Obwohl sein Gesichtsausdruck sich nicht veränderte, war Claire sich sicher, dass er mit ihrer Reaktion auf seine Gabe zufrieden war.

Mit einem Ellenbogen auf dem Knie abgestützt beobachtete Shepherd, wie sie ihren Kaffee genoss. „Maryanne Cauley ist in diesem Moment in der Zitadelle."

Die Tasse klapperte gegen die Untertasse und der durch Kaffee verursachte Moment der Behaglichkeit war vorbei. „Du hast mir versprochen, dass du ihr nicht wehtun würdest."

„Und das habe ich auch nicht." Shepherd wölbte eine Augenbraue. „Aber das werde ich, wenn sie hier ist, um dich mir zu klauen."

„Wenn man bedenkt, wie du mich eingesammelt hast, bezweifle ich, dass überhaupt jemand weiß, dass ich hier bin." Claire wurde kämpferisch. „Ich bin freiwillig mit dir gekommen, um meinen Teil der Abmachung einzuhalten, und ich werde nicht versuchen zu fliehen, solange du deinen Teil der Abmachung einhältst."

Das Schnurren ertönte und er strich ihr über die Haare. „Das ist alles, was ich hören wollte."

Claire wandte den Blick ab und überlegte. „Könnte ich mit ihr sprechen?"

Natürlich würde Shepherd ihr die Bitte ausschlagen und er wusste, dass sie das wusste. Mit einem tiefen Seufzer nahm er ihre leere Tasse und die Untertasse weg. „Ich will mich nicht mit dir streiten."

„Dann kannst du genauso gut wieder dazu übergehen, Thólos zu foltern, und ich werde wie eine brave Gefangene hier sitzen und die Wände anstarren."

Er bewegte sich, lehnte sich näher an sie heran, während Claire sich tiefer in die Kissen drückte. Seine Lippen strichen über ihre, als er sie fragte: „Was ist deine Verbindung zu Miss Cauley?"

Er war so nah und Claire fühlte sich … hin- und hergerissen. „Maryanne war meine beste Freundin, als wir noch klein waren."

Er streichelte ihren Arm, als ob er gutes Verhalten belohnen wollte. „Das fällt mir schwer zu glauben. Die Frau ist eine Diebin und eine Prostituierte."

„Wie du", sagte Claire stirnrunzelnd, „war auch sie einst unschuldig … Obwohl ich glaube, dass sie jetzt versucht, gut zu sein, im Gegensatz zu dir. Sie hat nur nicht viel Vertrauen in die Sache."

„Du bist die, die alles Gute in sich trägt, und ich werde der sein, der die Macht in sich trägt", schnurrte Shepherd und drückte einen langen und ignorierten Kuss auf ihre schlaffen Lippen.

„Wie du meinst", antwortete Claire, ihre Stimme monoton, nachdem er sich von ihr gelöst hatte.

„Bist du wund"—seine Finger glitten unter die Decke, um über ihren Venushügel zu streichen—„hier?"

Jeden Moment würde er das Knurren ausstoßen und sie würde mit gespreizten Beinen unter seinem kopulierenden Körper liegen. „Spielt es eine Rolle?"

Die Hand verschwand. Shepherd strich über ihren Schmollmund. „Du wirst dich heute ausruhen. Jemand wird dir Essen bringen. Wenn ich herausfinde, dass du nicht gegessen hast, wird einer deiner 43 dafür bezahlen."

„Du musst sie nicht bedrohen." Claire wollte derartige Spielchen nicht spielen. „Ich habe dir mein Wort gegeben."

„Das freut mich, Kleine." Shepherd war so verdammt selbstsicher, als er vom Bett aufstand.

Er warf ihr einen langen Blick zu, während sie wieder unter die Decken schlüpfte, um sich weiter auszuruhen, ging dann schweigend und schaltete das Licht aus.

Als sie das nächste Mal aufwachte, wartete Essen auf dem Tisch. Sie duschte sich und zog eines der femininen Kleider an, von denen Shepherd anscheinend fand, dass sie sie tragen sollte, und sah sich das Omelett an. Er hatte irgendwo auf dem Gelände einen Koch, nur um ihr Essen zubereiten zu lassen. Sie wollte die Augen über die Merkwürdigkeit dieser lang ignorierten Geste verdrehen, aber sie hatte es fast von Anfang an bemerkt. Gemüsekonserven und industriell hergestellte

Fleischprodukte waren nur etwa eine Woche nach ihrer Ankunft zu sättigender Kulinarik geworden. Die Bestätigung hätte nicht wichtig sein sollen, aber es störte sie, dass er es erwähnt hatte und es jetzt thematisiert werden musste.

Was sie noch mehr störte, war, dass der Koch hier unten wahrscheinlich sicherer war als über der Erde. Claire vermutete sogar, dass er oder sie aus der Villa des Premiers entführt worden war. Shepherd war ein gründlicher Mann. Er würde nur jemanden nehmen, der bekannt war ... eine Berühmtheit. Und er hatte es getan, um ihr zu gefallen.

Claire aß jeden Bissen der Mahlzeit, obwohl sie zu reichhaltig war und ihren Magen zwangsläufig dazu bringen würde, zu rebellieren. Das Vitamin folgte und sie trank die Milch aus. Natürlich erbrach sie alles etwa dreißig Minuten später wieder, aber das ließ sich nicht verhindern.

Anschließend folgte ihr übliches Hin- und Hergehen, ihre einzige Form der Bewegung. Angelegenheiten mussten geklärt werden, jetzt, wo sie wieder klarer denken konnte. Shepherd wusste über die Omegas Bescheid, über Corday und Maryanne – das Alpha-Weibchen war die einzige auf ihrer Liste gewesen, von der er vorher nicht gewusst hatte. Die eigentliche Frage war, wie hatte Shepherd sie gefunden, welcher Teil des Astes war zuerst beobachtet worden? Wenn man berücksichtigte, wann er erschienen war, schien die Antwort Corday zu sein. Was bedeutete, dass Shepherd jeden Zug des Widerstands untergraben würde.

Die höchste Kunst des Krieges ist es, den Feind ohne Kampfabhandlung zu besiegen. – Sunzi

Shepherd hatte die Enforcer infiltriert ... aber es musste erst vor Kurzem passiert sein. Andernfalls wäre sie bereits in der ersten Nacht eingesammelt worden.

Claires nackte Füße stellten ihr humpelndes Schlurfen ein und sie blieb stehen, knabberte an ihrer Lippe. Das Scharren des Riegels erregte ihre Aufmerksamkeit. Die Tür schwang auf und Jules kam mit einem Tablett in der Hand herein.

Der blauäugige Beta schien nicht daran interessiert zu sein, ihre Anwesenheit zur Kenntnis zu nehmen, also sprach sie stattdessen. „Hallo, Jules."

Die Tabletts wurden ausgetauscht und er grunzte: „Sie haben sich außerhalb des Undercroft gut geschlagen."

Sie war überrascht, dass er auf ihre Begrüßung einging, auch wenn er sie nicht ansah, und murrte: „Nicht gut genug, wenn ich wieder hier bin."

Der Mann antwortete nicht, sondern ging einfach zurück zur Tür.

Von ihren Lippen fiel ein Name, der in ihrem Kopf gleichbedeutend mit Satan war. „Svana. Diese Frau wird euch alle ruinieren ... Das weißt du."

Der Mann hielt inne und drehte den Kopf so weit, dass sie sein Profil sehen konnte. „Es wäre klug, wenn Sie Ihre Gesprächsthemen mit größerer Zurückhaltung wählen würden."

Claire schnaubte und sah den plötzlich so reglosen Beta an. „Du folgst einer Verrückten."

„Ich folge Shepherd."

Claire lächelte leicht boshaft und lachte den Mann aus. „Und er liebt sie. Dein Argument ist nichtig."

„Die Zukunft ist das, was wichtig ist, und Ihre ignorante Meinung spielt keine Rolle."

„Eine Tatsache, die mir sehr wohl bewusst ist."

An der Tür angekommen, sprach er über seine Schulter. „Messen Sie Ihren Wert nicht an einem kleinen Erfolg, Miss O'Donnell."

„Ich bin ganz deiner Meinung. Ich messe ihn stattdessen an meinen zahlreichen Misserfolgen."

„Sie kämpfen für das, woran Sie glauben, aber als Sie labil wurden, war Ihre Antwort das Anstreben eines bedeutungslosen Todes. Meine ist es, die Jahre, die mir noch verbleiben, damit zu verbringen, auf ein größeres Ziel hinzuarbeiten. Ich werde dafür sorgen, dass die Welt sich verändert, sich verbessert. Sie und ich sind nicht so verschieden. Ich habe mich lediglich entschieden, stärker zu sein, und war bereit, den Preis zu bezahlen, um Veränderungen bewirken zu können."

Sie hatte keine Ahnung, woher die Worte kamen oder warum sie so wichtig schienen. „Deine Logik ist fehlerhaft. Ich würde lieber sterben, also so zu werden wie du. Das macht mich stärker als dich."

Der Mann drehte sich ein letztes Mal zu ihr um, mit seinen auffälligen, verstörenden Augen. „Es macht Sie nicht stärker. Es macht Sie zu einem Feigling."

Claire fühlte sich, als hätte er sie geschlagen, der Sturm in ihren Worten hatte nicht mehr als eine sinnlose, flüsternde Brise entfesselt ... weil in seinen Worten ein unleugbares Stück Wahrheit lag.

Es gab nichts mehr, was sie sich noch zu sagen hatten, und der Mann wandte sich von ihr ab, als wäre sie nichts. Die Tür fiel mit einem dumpfen Geräusch ins Schloss. Sie musste eine Ewigkeit lang dagestanden haben, starrte wie betäubt auf das Metall. Irgendwann ging sie zu dem Essen, kaute und schluckte, hatte weder eine Ahnung davon, was sie aß, noch bemerkte sie, dass ihr nicht übel wurde.

Claire dachte an das dumme Buch, *Die Kunst des Krieges* von Sunzi, und an alles, was er offenbar erreicht hatte, und erinnerte sich: *Folglich bewegt der Experte in Kriegsführung den Feind und lässt sich nicht von ihm bewegen.*

Jules hatte gerade genau das mit ihr gemacht.

Wie versetzt man also einen Berg? Ihre Worte bedeuteten Shepherd nichts, Streitigkeiten endeten in Sex, aber ihre Handlungen hatten ihn mehr als einmal beeinflusst. Gelegentlich musste sie ihn von seinen Aktivitäten abgelenkt haben. Das Monster hatte sogar gesagt, dass es sie liebte, auf seine eigene perverse Art und Weise. Das verlieh ihr einen gewissen Einfluss, jetzt musste sie nur noch lernen, wie sie ihn nutzen konnte.

Ihre grünen Augen wanderten zu dem Aquarellbild der Mohnblumen, das immer noch an der Wand lehnte – ein sinnloses Projekt, das ihre Zelle einst etwas erträglicher gemacht hatte. Die unerwünschte Schnur in ihrer Brust pulsierte. Sie brauchte eine Reaktion, etwas Kleines, eine Stelle, an der sie anfangen konnte.

Sie bereitete geistesabwesend ihre Farben vor, ihre Gedanken erfüllt von einem Bild, einer harten Wahrheit. Sie brauchte nicht viele Farben, die Welt war nichts als Schattierungen von Grau unter einem blutigen Himmel.

Kapitel 9

Während sie noch immer in ihre Arbeit vertieft war, quietschten die Scharniere der Tür. Claire ignorierte das Eintreten und Näherkommen des Riesen, selbst als seine große Hand sich neben ihrem Gemälde auf den Tisch legte.

Die Bestie beugte sich runter und knurrte leise und ungehalten. „Wirf es weg."

Claire konzentrierte sich darauf, die letzten Details fertigzustellen, die kleinen Striche ihres Pinsels hoben die Risse in der Kuppel hervor. „Warum sollte ich es wegwerfen?"

Sie hatte ihren letzten Morgen in Freiheit gemalt; der Moment, der ihr auf dem Eis verweigert worden war.

Die Implikation war schonungslos und entsetzlich.

Seine Lippen waren an ihrem Ohr, sein Atem ließ ihre Haare flattern. „Hast du das getan, um mich zu verärgern, Kleine?"

Die Pinselspitze wurde wieder eingetunkt, bis sie mit schwarzer Farbe durchtränkt war. „Nein."

Sie fühlte, wie seine Hand sich um ihre Haare legte, um ihren Kopf nach hinten zu ziehen, damit er nicht mehr über ihr Projekt gebeugt war. Shepherd tat ihr nicht weh, zerrte nicht an ihr, sondern richtete die Omega einfach auf, um sie dazu zu zwingen, ihm in seine verengten Augen zu schauen.

Er sah ernst aus, als sein prüfender Blick über ihren Gesichtsausdruck glitt. „Du wirst etwas anderes malen."

Claire legte den Pinsel auf den Tisch und runzelte die Stirn. „Das Bild gefällt mir."

„*Mir* gefällt nicht, was es nahelegt." Er ließ ihre Haare los, um das unverschämte Stück Papier in die Hand zu nehmen, und starrte voller Groll auf die Szene, die Claire von ihren letzten Momenten in Freiheit gemalt hatte ... nur, dass sie die Geschichte geändert hatte, um zu zeigen, wie das Eis zu einem klaffenden Loch auseinandergebrochen war – darauf anspielte, dass sie durch dieses Loch in ihren Tod gefallen war.

„Na gut", forderte Claire ihn heraus. „Ich werde stattdessen dich malen."

Shepherd zerdrückte das nasse Papier in seinen Händen und schnaubte. Nachdem er das Bild gründlich zusammengeknüllt und ruiniert hatte, warf er es in den Mülleimer, und stellte fest, dass sie ihm immer noch bereitwillig in die Augen sah, also nahm er langsam gegenüber von seiner Gefährtin Platz.

Er hatte seinen Mantel und seine Rüstung noch nicht ausgezogen und sah genauso aus, wie er ausgesehen hatte, als Claire ihn zum ersten Mal in der Zitadelle gesehen hatte – also einschüchternd und wütend.

Der verschwommene, traumähnliche Rausch der Brunft hatte dazu geführt, dass sie ihn attraktiv gefunden hatte. Shepherd jetzt zu sehen, ihn durch die Linse ihrer Wut, ihrer Abscheu und der Folgen der wiederhergestellten Verbindung zu sehen ... es war in jeder Hinsicht anders. Claire griff bereits nach einem neuen Blatt Papier, betrachtete den Gegenstand ihrer Albträume objektiv. Ihre Augen huschten über die Da'rin-Male, die seinen Hals emporkrochen, und die Narben, die er während seines Lebens gesammelt hatte.

Das Silber seiner Augen flackerte kein einziges Mal, als er ihr dabei zusah, wie sie ihn betrachtete, obwohl es etwas härter wurde, als sie die Augen verengte und sich vorbeugte. Dann verlagerte ihre Aufmerksamkeit sich auf das Papier und wie von Zauberhand erschienen die Konturen seines Gesichts.

Alle paar Sekunden blickten suchende Augen kurz zu dem regungslosen Alpha auf, glitten über den Teil seiner Gesichtszüge, den sie verändern musste, und senkten sich dann wieder auf das Papier. Die Kante seines Kiefers, seine kurz geschorenen Haare, wurden schnell in Schattierungen von Schwarz eingefangen. Claire konzentrierte sich auf ihre Arbeit und fing an, seinen Mund zu malen, über den die Narbe verlief, die sie einst als schön bezeichnet hatte. Wären sie nicht verunstaltet gewesen, hätte Claire sogar zugegeben, dass Shepherds Lippen als schön gegolten hätten – sie waren in ihrer Fülle fast hübsch. Seine Nase war nicht gerade, jetzt, wo sie genauer hinsah; es gab Stellen, kleine Abweichungen, an denen sie mehrfach gebrochen und wieder gerichtet worden war.

Winzige Narben lagen unter seinen Bartstoppeln, entlang seines Haaransatzes und auf seiner Stirn.

Das Bild war fast fertig, nur ein wichtiges Merkmal war bisher vernachlässigt worden. Claire atmete tief durch und zwang sich dazu, Shepherd in die Augen zu schauen. Das Silber war ihr so vertraut, dass sie es ohne hinzuschauen tausendmal hätte malen können, aber jeder Versuch hätte zu Augen geführt, die auf Einschüchterung fokussiert waren, auf das Hervorrufen von Angst. In diesem Moment waren seine Augen fast selbstgefällig und die animalische Aggression, der Fokus eines Raubtiers, hielt sich in Grenzen.

Es schien ewig zu dauern, ihn so wie er gerade war, mit einem solchen Gesichtsausdruck, aufs Papier zu bringen. Sie versuchte es, aber ihre Interpretation war nie ganz richtig.

Wie konnte irgendwer derartige Augen einfangen?

„Du wirst unruhig", merkte Shepherd an, war nicht erfreut, als sie anfing, das Bild finster anzustarren.

Wieder versuchte sie, seinen Ausdruck einzufangen. „Ich bekomme die Augen einfach nicht hin."

Er streckte langsam die Hand aus und nahm ihr den Pinsel aus den mit Farbe befleckten Fingern. Shepherd drehte das Porträt um und fragte: „So siehst du mich?"

Es schien eine merkwürdige Frage zu sein. Natürlich sah sie ihn so, deshalb hatte sie ihn so gemalt. „Ich bin besser darin, Landschaften zu malen."

Seine Stimme klang seltsam. „Du hast mich anders gemacht."

„Die Augen sind falsch." Sie sammelte ihre Materialien ein, stand auf und ging um den Tisch herum, um ihre Pinsel zu waschen. Eine große Hand hielt sie auf und zog sie dichter heran. Die Farben wurden ihr abgenommen und wieder auf den Tisch gestellt, sein Arm legte sich um ihre Mitte.

Shepherd sah sie einfach an, betrachtete die dunkelhaarige Frau, die ihn gemalt hatte.

Sie hielt ihre schmutzigen Hände an den Seiten hoch, um seinen Mantel nicht zu beschmieren, und stand unbeholfen da, nicht sicher, warum er sie mit einem derartigen Gesichtsausdruck ansah. Sie hatte nicht versucht, ihn auf dem Bild weicher aussehen zu lassen;

jeder Makel, jede Narbe, jeder Teil von ihm war auf diesem Papier.

Shepherd zog sie auf seinen Schoß.

Claire beobachtete ihn so, wie man eine Schlange beobachten würde, saß steif da. Er fing an, ihr Gesicht zu berühren, mit seinen Fingern durch ihre Haare zu fahren, und dann senkten sich diese Lippen, die vollen Lippen, die sie perfekt eingefangen hatte, auf ihre.

Selbst bei einem langsamen, verführerischen Kuss war er beharrlich, sogar als sie gegen seinen Mund protestierte: „Du wirst Farbflecken bekommen."

Seine Antwort wurde von einem Lächeln begleitet und er strich mit seinen Lippen über ihre, als er flüsterte: „Dann bekomme ich eben Farbflecken."

Eine warme Zunge glitt in ihren Mund und Shepherd drückte sie eng an sich … aber sie erwiderte seinen Kuss nicht.

Seine Lippen fuhren über ihren Kiefer, liebkosten ihren Hals, knabberten an ihrem Ohr, während ihre Augen auf das Porträt auf dem Tisch gerichtet blieben.

„Küss mich, Kleine", murmelte er gegen ihre Haut, grinsend und schnurrend.

„Nein."

Das Monster lachte leise und eroberte wieder voller Leidenschaft ihren Mund, bog ihren Körper nach hinten, bis ihr Rücken auf den Tisch traf. Die Farben lagen unter ihr, sickerten in ihr Kleid. Shepherd war es egal; alles, was er wollte, war sein Mund auf ihrem Körper.

Stoff zerfetzte unter seinen Händen, ihr Kleid riss in der Mitte entzwei.

„Die Farben", keuchte Claire, besorgt, dass sie kaputtgehen würden, und versuchte, sich von ihren Sachen zu winden.

„Sind bedeutungslos im Vergleich zu dem hier." Der Mann fummelte an seinem Reißverschluss und stöhnte, während er mit seiner Nase über ihre Brust fuhr.

Lippen schlossen sich um ihren Nippel, seine Zunge schnippte über die Knospe, bevor er sich weiter nach unten bewegte und seinen Mund auf ihren Venushügel drückte. Er attackierte sie, kostete von einer Stelle, an der er sich nicht gütlich getan hatte, seit er sie von den Omegas zurückgeholt hatte. Claire versuchte, ihn wegzuschieben, und quietschte, während sie mit den Beinen um sich trat, aber Shepherd hielt sie fest.

Claire stützte sich auf ihre Ellbogen auf, ihre Kinnlade hing herunter. Ihre Hüften zuckten, um sich diesem intimen Akt zu entziehen. Er beobachtete jeden ihrer Gesichtsausdrücke, während er seine Zunge wild in ihrer Pussy bewegte und seinen Schwanz aus seiner Hose holte.

Als ihre Beine anfingen, zu zittern, und jeder ihrer Atemzüge ein ersticktes Schnappen nach Luft war, trank er von ihr, schien genau zu wissen, wohin er seine Zunge bewegen musste, bis Claire mit schmerzverzerrtem Gesicht anfing, zu kommen. Ein spitzer Schrei, kurz und stotternd, entwich ihren Lippen, als die intensive Spannung, die der Mann aufgebaut hatte, sich entlud. Shepherd grunzte, schob seine Zunge tief in sie hinein und holte sich unter dem Tisch wie verrückt einen runter.

Ihr Stöhnen wurde wild und seine Faust schloss sich eng um seinen anschwellenden Knoten, bis sein Samen auf den Boden spritzte. Die Luft war durchdrungen von dem Geruch seines Spermas und er kostete seinen Höhepunkt aus, küsste zärtlich die Innenseiten von Claires Oberschenkeln und murmelte, dass sie köstlich schmeckte.

Claire ließ sich auf den Tisch sinken und starrte ausdruckslos an die graue Decke, die sie in- und auswendig kannte, versuchte zu ignorieren, dass ihre Schenkel auf seinen Schultern lagen, dass er sie sauber leckte, und dass er wieder einmal meisterhaft die Reaktionen ihres Körpers kontrolliert hatte … so wie Svana und er es mit anderen Omegas getan hatten, wie die Alpha behauptet hatte.

Bei dem Gedanken breitete sich glühende Hitze in ihrer Brust aus, das schmerzhafte Wissen löste sofort qualvollen Kummer aus.

„Was ist los, Kleine?" Shepherd nahm seine Zunge aus ihrer Spalte. „Ich habe dich nicht bestiegen. Das hätte dir keine Schmerzen bereiten sollen."

Claire antwortete roboterhaft. „Es tat nicht weh."

Noch mehr Küsse auf die Innenseite ihres Oberschenkels, ein lautes Schnurren und dann das Versprechen: „Ich werde deine Farben ersetzen. Du musst nicht betrübt sein."

Um den Krieg zu gewinnen, würde sie in die Schlacht ziehen müssen. Sie schloss fest die Augen und sagte sich, dass sie es schaffen konnte. „Es geht nicht um die Farben. Ich habe an die Omegas gedacht."

„Sie sind sicher, so wie wir es vereinbart haben. Meine Männer bewachen sie aus der Ferne." Wieder leckte er ihre Mitte und genoss, wie selbst ein einfacher Kuss auf ihre kecke Knospe sie dazu bringen konnte, den Rücken durchzudrücken.

Claire antwortete keuchend: „Nicht diese Omegas. Die, die du dir mit Svana geteilt hast."

Der Mann erstarrte und zögerte, bevor er sprach. „Warum würdest du an sie denken?"

Claire zwang sich dazu, die Augen zu öffnen, hob den Kopf und sah, dass Shepherd sie sehr genau beobachtete. „Ich frage mich, ob sie Angst hatten oder sich geschämt haben."

Jedes Wort wurde geknurrt. „Sie haben alle bereitwillig mitgemacht."

„Irgendwie glaube ich, dass du die Bedeutung dieses Wortes missverstehst. Die Brunft ist wie eine Gehirnwäsche." Sie wusste das besser als jeder andere. „Hast du davor oder danach mit ihnen gesprochen?"

„Nein."

Dann waren sie wahrscheinlich tot. „Das macht mich traurig."

Große Hände wurden von einem beinahe unsteten Schnurren begleitet, als Shepherd von ihrem Knie bis zu ihrer Hüfte strich. „Sei nicht traurig, Kleine."

Claire lehnte sich zurück, richtete den Blick wieder auf die Decke. „Ich weiß nicht mehr, wie man glücklich ist."

* * *

Leslie saß auf seiner Couch und arbeitete an einem COMscreen, als Corday zurückkehrte.

Ihr Mund war grimmig und sie war offensichtlich ungehalten. „Noch ein Rendezvous mit deiner Claire?"

„Nein." Corday zog seinen Mantel aus, stand mit dem Rücken zu dem Alpha-Weibchen.

„Aber du riechst nach ihr." Leslie rutschte näher heran, ihr Tonfall sofort milde. „Wie geht es der Omega?"

Corday, die Augen müde und das Gesicht von Enttäuschung gezeichnet, konnte keinerlei Enthusiasmus für Leslie aufbringen. „Claire hat—"

Ein Klopfen ertönte an der Tür, nicht Claires schüchternes Kratzen, sondern ein arrogantes Hämmern. Corday hatte seine Waffe bereits in der Hand, als er Leslie bedeutete, außer Sicht zu verschwinden.

„Ich höre dich auf der anderen Seite von diesem Ding atmen, Enforcer." Der winzige Ausblick durch das Guckloch enthüllte eine unwillkommene Frau. „Mach auf oder ich drehe einfach den Knauf der Tür, die ich bereits entriegelt habe." Maryanne grinste süffisant. „Ich versuche, höflich zu sein."

Corday drehte den Knauf, stellte dabei fest, dass er tatsächlich entriegelt war, und öffnete die Tür gerade weit genug, um seine Waffe auf Maryannes Gesicht zu richten.

Seine kleinliche Drohung entlockte Maryanne ein Schniefen und sie wedelte mit der Hand. „Ich habe gesehen, wie du um den Müllhaufen der Omegas herumgeschlichen bist. Siehe da, es *war* der Gestank eines Enforcers, in den sie gehüllt war, als sie zu mir kam. Jetzt, wo ich sie an dir rieche, sehe ich, dass ich wie immer recht hatte. Lass mich rein, ich will mit Claire reden."

Corday zischte zwischen zusammengebissenen Zähnen hervor: „Sie ist nicht hier."

„Bullshit", fauchte die Frau und blickte über Cordays Schulter, um in die Wohnung zu schauen.

„Sie haben drei Sekunden, um mir zu sagen, wer Sie sind, bevor ich Sie erschieße."

„Oh, halt die Klappe." Die Blondine schob sich an ihm vorbei. „Ich bin hier, um meine Freundin zu sehen."

„Claire O'Donnell ist nicht Ihre Freundin." Aber er verspürte einen Funken Hoffnung, dass sie vielleicht doch befreundet waren … weil er Spuren der Omega an der Kleidung der fremden Frau riechen konnte.

Er schloss die Tür und beobachtete, wie die Frau sich umschaute und die Stirn runzelte, als sie keine Spur von Claire sah.

Maryanne ließ das Bündel in ihren Händen auf den Boden fallen. „Sie hat diese Klamotten bei mir zu Hause liegen lassen. Du darfst mir gerne dafür danken, dass ich dir deinen Scheiß zurückbringe." Sie ging weiter in das Apartment hinein und ihre schokoladenbraunen Augen landeten auf der hübschen Alpha, die in der Ecke stand und sie wie ein Adler beobachtete. „Und was haben wir hier?"

Corday fuhr sich mit einer Hand durch die Haare und sagte: „Das ist meine Freundin Monica."

„Netter Versuch, Enforcer." Maryanne verdrehte die Augen. „Aber jeder, der ein bisschen aufpasst, weiß, dass Leslie Kantors Herz für Premier Callas schlägt." Die Blondine grinste gemein, sah die Frau an und stichelte: „Ich habe zweimal mit ihm geschlafen, um aus dem Gefängnis zu kommen. Er war schrecklich … Du hast echt Glück gehabt, als er deinen Heiratsantrag abgelehnt hat."

Leslies Gesichtsausdruck wurde finster. „Wer sind Sie?"

Maryanne richtete ihre Aufmerksamkeit wieder auf Corday, ignorierte die verwöhnte Nichte von Senator Kantor und knurrte: „Ich habe dich in ihrer Wohnung gerochen, ich habe dich an ihren Klamotten gerochen, dieser Raum ist von ihrem Geruch erfüllt, aber sie ist nicht hier oder bei ihrem Rudel … wo ist Claire also?"

Corday bleckte die Zähne. „Was weißt du über die Omegas?"

„Wer, glaubst du, hat den Standort ihres gemütlichen neuen Zuhauses ausgesucht? Claire?" Maryanne verdrehte die Augen, als der Mann sie finster anstarrte. „Möge die Göttin uns retten, du hast wirklich geglaubt, sie hätte sie ganz allein da rausgeholt …"

Aggressive Alpha-Weibchen und dominante Beta-Männchen vertrugen sich nicht gut, Spannung und Misstrauen lagen in der Luft.

Maryanne war nicht den ganzen Weg gekommen, um enttäuscht zu werden. „Ich will mit der verrückten Kuh reden. Ein letztes Mal, *Enforcer Corday* – ganz recht, ich weiß, wer du bist – wo ist Claire?"

Mit gekräuselter Lippe und verspannten Schultern fauchte Corday: „Claire ist verschwunden, okay? Ich weiß nicht, wo sie ist!"

Maryanne sah einen Moment lang besorgt aus und betrachtete ihn, als ob noch mehr hinter dem Ausbruch des Mannes steckte. „Ich glaube nicht, dass du lügst." Damit blieb nur noch der wahrscheinlichste Ausgang. „Dann ist sie vermutlich tot … oder Shepherd hat sie wieder."

Und das war genau der Grund, warum Corday sich so trostlos fühlte. „Ich glaube nicht, dass Shepherd sie hat." Wenn Shepherd sie hätte, dann wüsste der Tyrann über seinen Standort Bescheid, die Omegas wären verschwunden und Leslie hätte keinen Zugang mehr zu ihrer Kommunikation.

„Das ist ein guter Einwand"—Maryanne überdeckte ihre Zweifel mit einem arroganten Grinsen—„denn wenn

182

er sie hätte, würden wir beide vor der Zitadelle hängen ...
Es sei denn, er hat ihr uns und ihr kleines Rudel Omegas
im Gegenzug für fügsames Verhalten angeboten. Die
kleine Idiotin ist dumm genug, darauf reinzufallen, weißt
du."

„Sie würde nicht zu ihm zurückkehren." Auf keinen
Fall. Jede Faser in Corday wusste es besser. Er hatte
gesehen, was das Monster ihr angetan hatte ... was sie
gezwungen gewesen war, durchzumachen. Er berührte die
Stelle, an der ihr Ring seinen kleinen Finger umkreiste,
ging zurück zur Tür und öffnete sie, damit sein *Gast* den
Wink mit dem Zaunpfahl verstand.

Bevor sie ging, wandte Maryanne sich ein letztes Mal
an Corday. „Ich kenne sie besser als jeder andere auf der
Welt. Ich weiß auch, dass sie sich umbringen wollte ...
Deshalb werde ich beten, dass sie es getan hat, anstatt die
schreckliche Alternative in Betracht zu ziehen. Danke für
nichts, Enforcer Corday."

Er schlug die Tür zu.

Corday drehte sich zu Leslie um, der forschen Frau, die
jetzt sehr schweigsam war.

Die Warnung der fremden Frau kratzte an seiner
Gelassenheit. „Wenn Claire in Shepherds Fängen ist, wenn
sie einen leichtsinnigen Tausch für unser Leben
ausgehandelt hat, dann weiß er über dich Bescheid. Wenn
all das wahr ist, dann sind alle Informationen, die du
aufgedeckt hast, kompromittiert ... nutzlos."

Leslie sah so aus, als wollte sie jemanden umbringen.

Kapitel 10

Claire schlief immer noch, bewegte sich unruhig unter der Decke auf dem Bett neben ihm. Es hatte ihn viel Mühe gekostet, sie wieder zu beruhigen, nachdem Shepherd sie bei seiner Rückkehr im Badezimmer gefunden hatte, wo sie sich verkrochen hatte, um sich zu erbrechen. Nach stundenlangen sanften Berührungen und fader Brühe wurde ihr verstörtes Knurren irgendwann zu einem Schnarchen. Nachdem Claire endlich das Bewusstsein verloren hatte, schien die Schnur sich zu harmonisieren, und Shepherd konnte arbeiten, während er neben ihr lag.

Die Berichte über die Bewegungen von Enforcer Corday waren wenig erfreulich. Svana war immer noch in seiner Wohnung versteckt und die lästige Maryanne Cauley war vorbeigekommen, auf der Suche nach Claire.

Die Absichten der beiden Frauen waren nicht eindeutig. Svana spielte mit dem Widerstand und Shepherd war sich nicht sicher, aus welchem Grund, aber sie führte etwas im Schilde.

In all den Jahren ihrer Beziehung hatte es keine Geheimnisse gegeben, keine Grenze zwischen den beiden. Jules zu befehlen, sie weiterhin rund um die Uhr überwachen zu lassen, war … schwierig gewesen. Ihre Motive zu studieren, so wie er die Senatoren, ihre Familien und ihre Arbeit jahrelang studiert hatte, bekümmerte Shepherd sehr.

Diese Frau war nicht die gleiche Revolutionärin, die er mit jeder Faser seines Seins geliebt hatte. Schlimmer noch war, nicht zu wissen, wo sie die Seuche versteckt hatte, auch nachdem er all die üblichen Orte hatte durchsuchen lassen. Es beunruhigte ihn.

184

Sie wollte Shepherd daran erinnern, dass sie die Macht in den Händen hielt. In dem Wissen, dass er zuschaute, durch die Wohnung des Betas zu schwirren, war ihre nicht gerade subtile Art, ihn daran zu erinnern, dass sie die Kontrolle hatte.

Sie spielte ihre Spielchen mit dem Widerstand. Leslie Kantor wollte, dass sie sie nützlich fanden, teilte ihnen sogar fragmentierte Informationen mit, die Shepherds Kontrolle möglicherweise untergraben könnten.

Svana verhöhnte ihn.

Warum?

Es steckte mehr dahinter als nur ihre Wut auf Claire.

Bisher war nur Maryanne Cauley ihren Plänen in die Quere gekommen.

... als er deinen Heiratsantrag abgelehnt hat.

Woher hatte eine Frau wie Maryanne Informationen, von denen selbst Shepherd noch nie gehört hatte? Warum hatte Svana fast nach ihr gegriffen und der Blondine den Hals gebrochen?

Noch wichtiger, warum hatte Svana nicht den misstrauischen Blick bemerkt, den der Beta Enforcer ihr sofort zugeworfen hatte, nachdem diese Worte gefallen waren?

Schwierig war nicht das richtige Wort, um die Gefühle zu beschreiben, die mit dem Problem verbunden waren. Tief im Inneren wollte Shepherd Svana vertrauen, so wie er es immer getan hatte. Aber die kleine schwarzhaarige Omega, die an seiner Seite zusammengerollt war ... Shepherd musste nur einen Blick auf sie werfen, um sofort verunsichert zu sein.

Er würde Svana nie vertrauen, was Claire betraf. Diese Tatsache bereitete ihm Schmerzen.

Und das war im Wesentlichen der Grund, warum Svana bei dem Enforcer blieb. Sie wusste, dass Shepherds beständige Loyalität ins Wanken geraten war, und sie verhöhnte ihn, indem sie sich einen neuen Verfechter heranzüchtete, den Beta bei jeder Gelegenheit leicht berührte, sich in einem schönen und fesselnden Licht präsentierte.

Versuchte sie, Corday zu verführen, mit ihrer Eroberung zu prahlen?

Nie zuvor in seinem Leben hatte Shepherd mit so vielen Fragen zu kämpfen gehabt. Antworten waren immer offensichtlich gewesen, sein Kurs unverrückbar.

Jetzt wusste er, dass er den Plan erheblich ändern musste. Er musste die Seuche finden und sicherstellen, dass sie nicht wieder in Svanas Kontrolle geriet. Wenn sie ihres größten Vorteils beraubt war, konnte er seine Geliebte zur Vernunft bringen, ihr vielleicht ein Omega-Männchen finden, damit auch sie Erleuchtung finden konnte.

Ihre Partnerschaft, ihre lange Geschichte, musste nicht durch seine natürliche Hingabe an eine so reizende Gefährtin getrübt werden.

Dementsprechend beruhigt las Shepherd sich erneut das neueste Update durch. Das Protokoll enthielt etwas, das faszinierend war. Wie Claire bereits erklärt hatte, *mochte* Maryanne Cauley, die einst entbehrliche Untergebene, seine Gefährtin.

Nach Shepherds Erfahrung war Maryanne Cauley sehr leicht zu kontrollieren, eine Kreatur, der es nur um Selbsterhaltung ging. Shepherd konnte sie wieder benutzen und Jules' ursprünglichen Plan ausbauen, um Claire mehr als nur Gleichgültigkeit abzuringen. Sie könnte ein wertvolles Werkzeug sein und die egoistische Alpha-Frau wäre sogar dazu bereit, wenn der Preis stimmte.

Während Shepherd an seinem Komplott feilte, wurden Claires Träume unruhig. Shepherd begann geistesabwesend zu schnurren, fuhr leicht über die Furche zwischen den Augenbrauen der Omega, bis sie verschwand.

Bevor alles wieder in Ordnung gebracht werden konnte, gab es eine Reihe von Problemen, die behoben werden mussten. Die Omega zeigte keine Anzeichen der Zuneigung, die sie vor ihrer kürzlichen … Komplikation an den Tag gelegt hatte. Ihre wachen Stunden waren nicht wie zuvor mit Aktivitäten wie Nisten gefüllt. Die normalen Gewohnheiten einer schwangeren Omega mussten unterstützt werden, aber sie berührte ihren Bauch nicht mehr so, wie sie es sollte – nahm das Kind, mit dem er sie geschwängert hatte, nie zur Kenntnis, obwohl es die Ursache für ihre nahezu konstante Übelkeit war. Nur im Schlaf ruhte ihre Hand auf dem Baby und selbst dann sah sie … bekümmert aus.

Claire hatte auch nicht das geringste Interesse daran, berührt zu werden, aber wenn er Sex initiierte, war sie extrem empfänglich.

Sie waren wieder bei null.

Shepherd sorgte dafür, dass sie sich permanent in einem Zustand des Paarungsrausches befand, nahm sie so oft, dass ihre Augen leicht geweitet blieben, fast wie in den ersten Phasen der Brunft. Es war notwendig, damit sie weiter heilte, um die Verbindung frisch und unangefochten zu halten, und es besänftigte sie. Aber sie flüsterte seinen

Namen nicht mehr, schrie ihn nicht mehr, schien nur halb beteiligt, aber gierig nach Vergnügen zu sein.

Der reinste Eskapismus …

Als die schlafende Frau sich beruhigt hatte, wandte Shepherd sich wieder den neuesten Berichten zu. In nur acht Wochen würde ein Transporter all diejenigen, die seinem Anliegen die Treue geschworen hatten, zum Greth Dome bringen, um ihn anzugreifen, der Beginn seines neuen Lebens. Svanas Abstammung und ihr Titel würden sie zu der erlösenden Königin dessen machen, was allen Informationen zufolge eine stark unterdrückte Bevölkerung war. Der Wechsel würde relativ nahtlos vonstattengehen. Natürlich würde es in den ersten Wochen zu Tumulten und Kämpfen kommen, während das Regime der Thronräuber dezimiert wurde, aber Shepherd hatte einen würdigen Vorrat an Soldaten, um seine Standarte hochzuhalten, und die Regierung von Greth hatte keinen blassen Schimmer, dass ein Albtraum bald über sie hereinbrechen würde.

Das Beste daran war, dass nichts als Leichen und Fäulnis an einem Ort zurückbleiben würden, den er von ganzem Herzen hasste, während Shepherd Erfolg hatte, während er Claire die Dinge gab, die sie glücklich machen würden.

Jeder, der in Thólos blieb, würde der Seuche erliegen.

Shepherd spielte mit einer Strähne von Claires Haaren und grinste – fühlte sich bestätigt, war in perfektem Einklang mit dem Universum, bis er hörte, wie sie nach ihm rief.

Es war nur ein leises Geräusch in der Dunkelheit gewesen, eine Stimme, die von Angst erfüllt war … eine Bitte, ihr zu helfen.

Er bewegte sich mechanisch, zog sie schnell dichter heran. „Ich bin hier, Kleine."

Shepherd konnte sehen, dass sie noch nicht ganz wach war, als sie sich am Stoff seines Hemdes festhielt und ihn zu sich heranzog, anstatt sich bei seiner Berührung zu verspannen, ihn drängte, sie mit seiner Hitze und Stärke zu umgeben.

Claire schluckte, rang nach Atem und versuchte, nicht an den Klang der schreienden Sträflinge und die immer noch aufblitzenden Bilder von Männern zu denken, die in ihrem Traum Schlange standen, um ihr wehzutun. Es war ein weiterer schrecklicher Albtraum von dem Undercroft aus Shepherds Kindheit gewesen, den er ihr beschrieben hatte; ein Gefängnis, das Monster gebar, von Dämonen bewohnt, die laut Maryannes Warnung immer noch dort unten lauerten.

Shepherd strich ihr die Haare aus dem Gesicht und redete ihr zu, damit sie sich beruhigte. „Du lässt zu, dass dein Grübeln sich auf deine Träume auswirkt."

Claire ließ das alptraumverursachende Monster sofort los. „Es geht mir gut."

„Du würdest nicht nach deinem Gefährten rufen, wenn dir nicht etwas Angst gemacht hätte."

Shepherd drehte sich mit ihr, hielt sie auf seiner Brust fest, damit Claire an dem Ort auf ihm liegen konnte, an dem sie vor den Komplikationen der letzten Wochen geschlafen hatte. In dieser Position würde sie seine Vibrationen deutlicher spüren und der Hass in ihren Augen würde dem abwesenden Blick ihrer Gleichgültigkeit weichen.

„Wie spät ist es?"

Shepherd erlaubte ihr nicht, sich zu bewegen, beantwortete aber ihre Frage. „Kurz nach 16.00 Uhr."

Gott, sie war selbst nach all dem Schlaf noch müde. Zu müde, um zu protestieren, als dicke Arme sich um sie legten und sie streichelten, und voller Schuldgefühle, weil es sie tröstete, beschwerte sie sich: „Ich hasse die Stunden hier unten … alles ist verkehrt herum."

„Wenn du abends geschlafen hättest, anstatt dich gegen die Erholung zu wehren, die du brauchst, dann hättest du dir einen normalen Rhythmus angewöhnt."

Seine überflüssige Belehrung ließ Claire genervt aufstöhnen. Es war seine Schuld, dass sie nicht schlafen konnte, seine Schuld, dass ihr Verstand *labil* war, seine Schuld, dass sie den Albtraum gehabt hatte, seine Schuld, dass sie wieder fühlen konnte und dass alles sich schrecklich anfühlte. Nicht sicher, ob sie es sagte, nur um ihn zu ärgern, oder um ihn zu testen, oder weil es das war, was sie tatsächlich brauchte, murmelte Claire in den Stoff seines Hemdes: „Ich will nach draußen."

Das Schnurren verstummte.

Der Moment hing zwischen ihnen, die gegenseitige Unzufriedenheit in der Luft spürbar. Sie trommelte mit ihren Fingern auf seiner Brust, machte deutlich, dass sie auf eine Antwort wartete und dass es nur eine richtige gab.

Seine Antwort war voller Missfallen und wurde mit großem Verdruss geknurrt. „Du wirst zuerst baden und essen. Nachdem wir uns gepaart haben … werde ich dich begleiten, damit du deinen Himmel sehen kannst."

Wie verdammt romantisch.

Claire, dazu aufgelegt, weiterhin schwierig zu sein, sagte: „Ich will Bratkartoffeln mit Mayonnaise essen."

190

Er fuhr ihr mit den Fingern durch die Haare. „Nein."

„Und einen Schoko-Shake."

„Nein." Shepherd streichelte ihren Rücken in dem Versuch, sie dazu zu bringen, wieder einzuschlafen und zu vergessen, dass sie erwartete, den Himmel zu sehen.

„Himbeeren, viele Himbeeren."

„Die kannst du haben."

Ihr war bewusst, dass er versuchte, sie zum Schmelzen zu bringen, bis sie ihre Bitte vergaß, und merkte, dass Shepherd im Begriff war, sein Ziel zu erreichen, also fing Claire an, sich zu winden, streckte sich wie eine Katze, bis ihre Wirbelsäule knackte. Er ließ sie nicht so leicht entkommen. Dazu brauchte er nur seinen Arm auf ihr liegen zu lassen, das verdammte Ding wog eine Tonne, und er schien weitaus mehr Interesse daran zu haben, ihren Arsch zu betatschen, als sie loszulassen. Letztendlich biss sie ihn und rutschte außer Reichweite.

Shepherd fand es lustig. Sie ging ins Badezimmer und ignorierte das leise Lachen, das dem Riesen entwich, der sich auf dem Bett räkelte. Eine lange Dusche, bei der sie glücklicherweise allein war, half, die Überreste ihres Albtraums verschwinden zu lassen. Es war nicht das erste Mal, dass sie davon träumte, in einer Zelle eingesperrt zu sein, mit dem Oberkörper auf eine stinkende Pritsche gedrückt, während ein Teufel sie bestieg, ihr wehtat. Hinter den Gitterstäben sahen Unmengen von Alphas zu und warteten. Sie knurrten und schnappten, die Gesichter verzerrt, griffen durch die Metallstäbe und streckten sich auf unmenschliche Weise, bis sie sie fast berühren konnten.

Claire wollte nicht an den Undercroft denken, an die Dinge, die darin eingesperrt waren, aber das Gefühl des

Traums schien sich wie ein Fleck festgesetzt zu haben, den selbst eine brühend heiße Dusche nicht wegwaschen konnte.

Sie stellte das Wasser aus, kämmte sich die Haare vor dem vernebelten Glas und hatte das Gefühl, dass die Frau in dem verschwommenen Spiegelbild ein Gespenst war.

Sie schaltete das Licht aus, ging zurück in den Hauptraum ihres Käfigs und stellte fest, dass Shepherd für Tageshelle gesorgt hatte, indem er alle Lampen angemacht hatte. Nachdem sie sich angezogen hatte, verschwand er, um ihr Essen zu holen. Ihre Farben waren vor Tagen weggewischt worden, genau wie sein Ejakulat auf dem Boden, aber das Porträt lag immer noch auf dem Tisch. Sie war sich nicht ganz sicher, warum er es dort hatte liegen lassen, und sie hatte versucht, es zu ignorieren, so wie sie ihn ignorierte, aber es kam ihr so vor, als würden die falschen Augen sie stets beobachten.

Als sie das Bild betrachtete, das schroffe Gesicht des Mannes, der so viele Menschen leiden ließ, konnte sie nicht erkennen, was an dem Gemälde ihm anscheinend gefallen hatte. Natürlich könnte sie seine Reaktion völlig falsch verstanden haben – der Alpha hüllte sich in Halbwahrheiten und hatte keine Skrupel, sie zu täuschen, wenn es zur Erreichung seiner Ziele führen würde. Aber etwas in der Schnur, etwas an seinem Ende, war so unfassbar zufrieden darüber gewesen, was sie getan hatte.

Claire hatte eine Reaktion gewollt, sie hatte eine bekommen. Jetzt hatte sie keine Ahnung, was sie bedeutete oder wie sie sie nutzen sollte.

In die nicht richtigen Augen vertieft, führte sie die Fehler in ihrer Interpretation auf. Sie waren nicht hart genug; hinter dem Silber wurde nicht die Flutwelle einer pervertierten Vergangenheit zurückgehalten. Shepherd sah einfach wie ein Mann aus. Und wie würde sie aussehen, wenn jemand sie malen würde? Wäre sie das geisterhaft verschwommene Bild aus dem Spiegel oder jemand ganz anderes? Waren ihre Augen mit genau der Sache infiziert worden, die in seinen Augen lag?

Wie lange würde es dauern, bis sie aufwachte und sich nicht mehr um die dreiundvierzig Leben scherte, die er gegen sie in der Hand hatte, oder um die Millionen von Leben in Thólos, für die sie herausfinden musste, auf welche Weise sie für sie kämpfen konnte? Warum hatte sie nicht einfach mit dem Fuß auf das Eis gestampft und es aufbrechen lassen, damit sie beide vom Wasser in die Tiefe gesogen wurden?

Ihre fadenscheinige Gelassenheit begann ihr zu entgleiten, als der Riegel an der Tür metallisch warnend zischte. Shepherd war zurückgekehrt. Claire rieb sich schnell die Tränen aus dem Gesicht, setzte sich aufrecht hin und rüstete sich für die nächste Runde.

Der Mann kam mit einem Tablett herein und stellte es vor ihr ab, bemerkte die geröteten Augen der Frau, die kerzengerade dasaß.

Als sie sah, was er ihr gebracht hatte, begann Claire zu schniefen. Sie nahm sich eine dampfende, frittierte Kartoffelecke, tunkte sie erst in die Mayo, dann in den Schokoladen-Shake. Sie stopfte sie sich in den Mund, Tränen begannen zu fallen, und sie gestand jämmerlich ein: „Die sind wirklich gut."

„Wir haben gerade keine Himbeeren hier. Sie werden umgehend besorgt", erklärte Shepherd in der Annahme, dass sie endlich eine Art Schwangerschaftsmoment hatte.

Claire flennte, goss den Schokoladen-Shake über die heißen Pommes und verschmierte alles miteinander. Sie fraß, schniefend und stirnrunzelnd, und verschlang die

Mahlzeit, die für Shepherd absolut widerlich aussah, als wäre sie Manna aus dem Himmelreich. Als sie das, was das ungesundeste Essen auf dem Planeten sein musste, aufgegessen hatte, war ihr kurzer Heulkrampf vorbei und sie fühlte sich deutlich besser.

Claire wischte sich den Mund ab und sah den Mann an, der sie beim Essen beobachtet hatte. Es war offensichtlich, dass Shepherd wollte, dass sie sich bei ihm bedankte – er hatte ihr einen *Gefallen* getan, etwas Offenkundiges und Unübersehbares, um das sie ihn ausdrücklich gebeten hatte. In all den anderen Monaten hatte sie voller Trotz keine seiner Sachen benutzt, abgesehen von Dingen, die eine Notwendigkeit waren, hatte ihn nie um etwas gebeten, außer ihre Freiheit zu fordern ... nur um deutlich zu machen, dass sie seine *Gastfreundschaft* zurückwies. Aber diese Mahlzeit hatte sie sich ungeniert gewünscht und er hatte sie ihr gebracht, obwohl er offenbar nicht fand, dass es das Beste für sie war. In seiner seltsamen Sprache war es fast so, als würde er wieder beteuern, dass die Prioritäten sich geändert hatten und er sich Mühe gab.

Claire blickte auf den verbliebenen Rest der geschmolzenen Schweinerei auf ihrem Teller, holte tief Luft und atmete wieder aus. „Danke."

Das Tablett wurde beiseite geschoben, bevor eine große Hand sich um ihr Gesicht legte und es anhob. Shepherd rieb einen Streifen verschmierter Schokolade mit seinem Daumen weg, wirkte sehr zufrieden. „Gern geschehen."

Sie wollte nicht in seine unmöglichen Augen schauen, aber er hielt sie in seinem Bann. Claire verlor sich in ihm, als sie darüber nachdachte, wie viele Todesfälle auf sein Konto gingen, wie viele abscheuliche Dinge er getan hatte, von denen sie hoffte, dass sie sie nie erfahren würde. Warum musste er eine tragische Vergangenheit haben, die sie in ihrem Schlaf heimsuchte, und wie war er so gestört

geworden, dass er sich zu dem Vorboten von Thólos'
Apokalypse entwickelt hatte?

Warum ging ihr diese ganze Scheiße überhaupt durch
den Kopf?

Shepherd ließ ihr Zeit, betrachtete ihren verwirrten
Gesichtsausdruck, als sie gestand: „Ich habe von deinem
Undercroft geträumt, ich war eingesperrt und die
Gefangenen griffen durch die Gitterstäbe nach mir …
während ich vergewaltigt wurde, so wie du es erzählt
hast."

Er stützte den Ellbogen auf dem Tisch ab, legte ihr
seine Hand auf die Wange und schnurrte: „Es war nur ein
Traum. Du bist hier sicher und wirst den Undercroft nie
über dich ergehen lassen müssen."

Sie schniefte, gefesselt von der quecksilbrigen
Veränderlichkeit dieser verdammten Augen. „Wie ist es
da?"

Nicht sicher, wie viel er preisgeben sollte, sagte
Shepherd: „Dunkel, kalt. Die Gefangenen essen den
Schimmel an den Wänden. Es gibt keine Kanalisation.
Man kann sich in den Tunneln leicht verirren … viele
gehen verloren. Als ich noch klein war, erzählte mir ein
Häftling, dass diese Tunnel unter dem gesamten Kontinent
der Antarktis verlaufen. Sie sind endlos; man geht und
geht, ohne jemals einen Ausweg zu finden. Aber man
findet die Knochen anderer, die bei ihrer Suche nach
neuen Pfaden verrückt geworden sind, nur um an
Wassermangel oder Hunger zu sterben."

„Es gefällt mir nicht, Mitleid zu empfinden", hauchte
Claire, die Augen voller Kummer, „für dich."

Die Art und Weise, wie er sie beobachtete, sein
langsamer, analysierender Blick – es war, als wüsste er

195

bereits alles, was sie gestand. „Kleine, es ist lediglich ein Indiz für deine Natur, Mitgefühl zu empfinden – selbst für mich."

Ihre Augenbrauen zogen sich zusammen, eine kleine Falte bildete sich zwischen ihnen. „Wirst du mich jetzt als Feigling oder Närrin bezeichnen?"

Shepherd feixte. „Du bist etwas töricht, aber du bist kein Feigling – sondern einfach naiv. Was du bist, ist unschuldig."

Aber das stimmte nicht. Enttäuscht von seiner Antwort stand sie auf und ihre Hände zupften an den Trägern ihres Kleides, damit der Stoff ihren Körper hinuntergleiten konnte. Voller Ungeduld, die letzte Anforderung zu erfüllen, um den Raum verlassen zu können, stellte sie sich nackt und mit ausdruckslosem Gesicht vor den Alpha.

Er betrachtete die geheimen Orte ihres Körpers, berührte sie aber nicht.

Claire spürte, wie die Schuldgefühle, die Wut und die Angst sie auffraßen, und ihre Stimme war harsch. „Was siehst du jetzt?"

Shepherd schaute langsam auf, um ihren empörten Blick zu erwidern, und schnurrte leise: „Meine Gefährtin."

Das Surren war tief in ihrer Brust und es erforderte all ihre Konzentration, nicht zu vergessen, dass es unwillkommen war. Sie betrachtete ihn verwirrt, nicht sicher, warum er sie nicht berührte. Nicht sicher, warum sie noch nicht auf dem Bett, auf dem Tisch oder auf dem Boden waren?

Der Moment wurde zu etwas, was er nicht sein sollte.

Gerade als sie sich abwenden wollte, um einfach von ihm wegzugehen, stieß er das Knurren aus. Es war laut, erwartungsvoll und löste einen kleinen, angenehmen Krampf aus, als ihr Körper instinktiv reagierte.

Auf seine Aufforderung hin tropfte Feuchtigkeit ihr Bein runter, zähflüssig und in großen Mengen. Shepherd beobachtete das kleine Rinnsal fasziniert.

Er stand langsam auf, zerrte seine Kleidung über den Kopf, zog sich bis auf die Haut aus, bis er auch nackt vor ihr stand. Er war schön und prächtig, der glorreiche Inbegriff eines Alpha-Körpers, kontrolliert von einem Mann, der diese Stärke rücksichtslos einsetzte. Claire musste den Kopf in den Nacken legen, um nach oben zu schauen, um den Blick von seinem markanten Körper abzuwenden, damit sie sich auf sein Gesicht und diese verhassten Augen konzentrieren konnte.

„Was siehst du, wenn du mich anschaust, Kleine?"

Ein Monster, den Mann, der ihr Leben ruiniert hatte, den kleinen Jungen, der in der Hölle aufgewachsen war, dessen Mutter Unsägliches getan hatte, nur um ihm ein Messer zu sichern, einen ehemaligen Häftling, der seine Liebe Svana gewidmet hatte, einen Mann mit pervertierten Glaubenssätzen, den Mann, der ihre Paarbindung verraten und ihr große Schmerzen zugefügt hatte, den Vater des Lebens, das in ihr heranwuchs, eine Kreatur, der sie nicht vertrauen konnte … Claire atmete tief durch und sagte das Einzige, was sie sagen konnte. „Ich sehe den Alpha, der eine Paarbindung mit mir eingegangen ist."

„Kannst du nicht mehr sehen?", deutete Shepherd an, versuchte, ihr die richtigen Worte zu entlocken.

Ihre Antwort schlängelte sich durch den Faden und zerriss ihr das Herz, aber Claire blieb still stehen, ihr Gesicht eine Maske, und sprach die verhasste Wahrheit aus: „Ich sehe meinen Gefährten."

„Du machst dich heute außerordentlich gut", behauptete der Alpha, bewegte sich aber immer noch nicht.

Und Claire verstand es. Shepherd wollte, dass sie Sex initiierte, er lotete ihre Grenzen aus, fand heraus, wie viel sie bereit war einzutauschen für das, was sie haben wollte.

Sie flüsterte leise: „Ich kann nicht."

„Doch." Shepherd war zuversichtlich und nickte ihr zu, forderte sie auf, es zu versuchen.

Bereits halb angeturnt, von dem Geruch und dem Knurren berauscht, wusste Claire, dass sie es in Wahrheit wollte. Sie wollte so hart von ihm gefickt werden, dass sie sich selbst vergaß, dass *Claire* verschwand. Es war ihre einzige Erholung gewesen, seit sie ihre Abmachung getroffen hatten, die Ablenkung durch Sex ihr einziges Rettungsseil. Krankerweise sehnte sie sich fast nach einem Brunftzyklus, einer stumpfsinnigen Existenz, die ihre Gedanken abschaltete, bis nur noch die körperliche Befriedigung wichtig war. Aber sie konnte sich etwas derartiges nicht gestatten, wenn Shepherd es nicht erzwang oder sich nahm. Es würde den Akt der Paarung zu etwas machen, das sie nicht ertragen konnte.

Sie ballte die Hände zu Fäusten, blickte zur Seite und schüttelte kämpferisch den Kopf. „Ich. Kann. Es. Nicht."

Noch ein starkes Knurren, so laut, dass es fast ein Brüllen war, und ihre Pussy zog sich zusammen, noch mehr dieser verdammten Flüssigkeit lief ihr Bein hinunter.

Shepherd blieb beharrlich. „Du kannst es."

Sie wusste, wie einfach es sein könnte, wie fälschlicherweise erfüllend sich seine Arme anfühlen würden – die Dekadenz, es mit einer solchen Kreatur zu treiben, zu hören, wie er ihr Worte ins Ohr flüsterte … der

Höhepunkt des Moments, wenn ihre Welt zersplitterte und sie alles Übel vergaß. Hatte sie es nicht schon hundertmal gespürt? Aber Shepherd musste es ihr auferlegen, wenn sie diesen schicksalhaften Schritt machte und zugab, dass sie es wollte, würde es sie zerstören.

Sie verlor die Nerven, schloss die Augen und legte ihre Stirn an seine Brust, tat nichts anderes, als tiefe Atemzüge dessen einzusaugen, von dem die Natur ihr sagte, dass es ihr gehörte, aber von dem Erfahrung sie gelehrt hatte, dass das nicht der Fall war. Ihre Fingerspitzen legten sich leicht auf seinen Oberkörper, fuhren nach oben, glitten auf ihrem Weg zu seinem Hals sanft über seine Brustwarzen.

Claire erstarrte. Sie konnte sich nicht für den Himmel oder das Vergessen verkaufen.

„Was willst du noch von mir, Shepherd?" Frustriert und verzweifelt jammerte sie: „Fick mich einfach!"

Sie spürte, wie er sich zu ihrem Ohr runterbeugte, erkannte den Druck der vernarbten Lippen. „Ich will alles."

Der riesige Mann zerrte sie zum Bett. Claire wurde umgedreht und auf den Bauch gedrückt, ihre Beine baumelten über dem Boden. Eine Hand fuhr fast zu grob über ihre Wirbelsäule und er positionierte die pulsierende Eichel seines Schwanzes an ihren Falten. Er drang nicht in sie ein. Stattdessen schlug Shepherd sie; seine Handfläche knallte auf die volle Rundung ihres Arsches und hinterließ eine brennende Röte, während sie überrascht aufschrie. Seine Hüften bewegten sich und er spießte sie mit seiner vollen Länge auf, während sie noch schrie.

„Du bist so verdammt nass und wagst es trotzdem, so zu tun, als würdest du es nicht wollen? Als müsstest du dazu gezwungen werden?", brüllte er und packte ihre Hüften, während sie sich ihm präsentierte, den Rücken instinktiv einladend durchdrückte. Er zog sie grob jedem seiner Stöße entgegen und Claire wimmerte in die Decke, verfiel in das trunkene Delirium, in dem sie verschwinden und vergessen konnte.

In der Sekunde, in der ihr Verstand frei von trivialen Gefühlen und Gedanken war, zog Shepherd seinen Schwanz aus ihr raus und drehte sie um.

Sein silbern lodernder Blick traf auf ihren. „Willst du, dass ich dich weiter ficke?"

Die Augen starr auf den glänzenden, pulsierenden, dicken Schwanz gerichtet, den er wieder und wieder und wieder in sie stoßen sollte, knurrte sie: „Ja!"

Der Mann stand keuchend da, seine Augen glühten, ihre Feuchtigkeit bedeckte seine gesamte Leistengegend … und er tat einfach nichts.

Claire schlug mit ihrer Faust auf die Matratze und blickte mit wütenden, halb geweiteten Augen auf. Ein Grollen ertönte, ihre eigene Version eines Knurrens, und sie stürzte sich auf ihn, um sich das Einzige zurückzuholen, was ihr geblieben war, um die Schmerzen zu lindern. Der fordernde Laut inspirierte den Mann, der die Situation nach Belieben manipulierte. Shepherd nahm sie in seine Arme, stieß seinen Schwanz langsam und tief in den Ort, der vor Sehnsucht schmerzte, und beobachtete, wie Claire stumm nach mehr flehte.

Shepherd ließ sie auf dem Grat zu der Unempfindlichkeit wandern, nach der sie sich sehnte, als würde er ihr Spiel kennen, und bewegte sich mit entschlossener Raffinesse, sezierte ihre Vermeidung dessen, was sie waren, und warum er sich mit ihr paarte – zwang Claire anzuerkennen, wer ihr Fleischeslust bereitete, wie er sich anfühlte und wie sehr sie es liebte.

Ohne den Rausch gab es keine Leere, keinen Verlust des Selbst. Claire wusste mit dumpfer Gewissheit, dass er ihr absichtlich die einzige Flucht verweigerte, die ihr noch geblieben war, indem er Liebe mit ihr machte, wenn sie einfach nur ficken wollte.

Shepherd lächelte wie ein Mann, der im siebten Himmel war, flüsterte ihr zu, so dass sie seine Stimme hören musste, und kontrollierte jeden Stoß, egal wie sehr sie sich wand oder mit den Hüften kreiste. Es gab kein Entrinnen, nicht vor ihm und nicht vor der Lust.

Ihr Verstand begriff mit jedem zärtlichen Stoß die Ironie, dass die eine Sache, für deren Erhalt sie so hart gekämpft hatte, als Shepherd sie das erste Mal genommen hatte, ihr Selbstgefühl gewesen war … bis er sie gebrochen hatte. Jetzt, wo ihre Welt so dunkel geworden war, wollte sie diese Identität nur noch vergessen und dahinsiechen.

„Schneller", hauchte sie mit einem langen Stöhnen.

Shepherds Stimme war erfüllt von Genuss, als er seine Hüften behutsam bewegte, um ihre Fotze langsam zu füllen. „Nein, Kleine."

So ging es stundenlang weiter, bis sie unentwegt schauderte und kleine Geräusche der Lust von sich gab. So war es in den ersten Wochen gewesen, aber die darunterliegende Verzweiflung war anders. Sie hatte nicht länger Angst davor, was er ihr antun könnte; sie hatte weitaus mehr Angst vor ihrem verstümmelten Selbstgefühl und dem, was sie so sehr von ihm haben wollte.

Eine warme Hand strich von ihrer Hüfte bis zu ihrer Brust, wieder und wieder, hinterließ eine sanft kribbelnde Spur und endete damit, dass er ihr leicht in ihre steife Brustwarze kniff, bis sie wimmernd nach mehr verlangte und die Beine einladend noch weiter spreizte.

„Mach die Augen auf."

Wie oft hatte er ihr schon befohlen, das zu tun? Warum musste er sie dazu zwingen, hinzusehen? Sie gehorchte und ihre grünen Augen trafen auf wunderschönes Silber. Sie sah, wie ihre Hand an seiner Wange lag, sie sah, wie er ihre Daumenspitze küsste.

Der Omega stockte der Atem und ihr entwich ein langer, zittriger Seufzer. „Ich kann nicht … Ich muss …"

Ein Schnurren drang tief aus Shepherds Brust und der Alpha beobachtete jeden noch so winzigen lustvollen Ausdruck auf ihrem Gesicht. „Lass los, Kleine. Lass es auf diese Weise geschehen. Es gibt keinen Grund mehr, gegen das anzukämpfen, was wir sind."

Er verschränkte seine Finger mit ihren, seine schweißbedeckten Muskeln bewegten sich über ihren ganzen Körper. Jedes Mal, wenn er tief in ihr steckte, rieb er seinen Schritt in einer kreisenden Bewegung an ihr, um ihre Klit zu reizen, entlockte der Omega Geräusche, die seine Eier anschwellen ließen.

Shepherds Name legte sich auf ihre Lippen, als sie das erste Flattern des Höhepunkts spürte, der über Stunden aufgebaut worden war, ein Name, den sie nie wieder im Rausch der Leidenschaft rufen wollte.

Ihr Verstand war noch nicht einmal von dem Hauch eines Nebels verschleiert, als sie spürte, wie Tränen aus ihren Augen sickerten und ihre Fotze sich wie eine Faust um seinen anschwellenden Knoten schloss. Als Claire zum Orgasmus kam, war sie sich Shepherd vollkommen und auf eindringliche Weise bewusst, ihr Inneres melkte seinen Schwanz, entlockte ihm jeden Tropfen seines Spermas, während der Mann seine eigene Ekstase herausstöhnte.

Claire fühlte sich wie ausgewrungen, der summende Faden vibrierte in ihr und sie wusste nicht, was sie tun sollte. Seine Wange glitt aus ihrer Hand und die Omega sackte auf die Matratze zurück.

„Das war perfekt." Er küsste ihre schlaffen Lippen, schmiegte sich an ihre Wange. „Du, Claire, bist besser als jeder Himmel."

Ihre Zufriedenheit zersplitterte. Mit einem Knurren, das kehlig und bösartig war, drohte Claire dem Mann, dessen Knoten immer noch tief in ihr steckte. „Nenn mich *nie wieder* so!"

Kapitel 11

Der Knoten war frisch, der Schwanz des Mannes füllte sie immer noch mit einem stetigen Rinnsal aus Sperma, seine Finger waren immer noch warm mit ihren verschränkt. Doch jegliche Zärtlichkeit, die die Omega an den Tag gelegt hatte, als er sie auf den Weg zum Orgasmus geführt hatte, war verpufft. Ihr kleiner Körper war starr und Claires Hüften bewegten sich gerade genug, um ihren Wunsch kundzutun, dass sie seinen Knoten loswerden wollte, obwohl er in ihr feststeckte und sie gefangen hielt.

Falls Shepherd wütend war, verbarg er es gut. Er sah sie mit trügerischer Ruhe an und sagte wieder ihren Namen. „Claire."

Ihre größer werdende Wut vermischte sich mit Abscheu, aber sie reagierte mit dem gleichen Schachzug. In einem Tonfall, der so ruhig war, dass es erschreckend war, erklärte sie: „Jedes Mal, wenn ich dich diesen Namen sagen höre, fühle ich, wie die Hand deiner Alpha-*Geliebten* mir die Kehle zudrückt. Ich spüre, wie ihre Finger mich von innen zerkratzen. Ich sehe dich, ein Monster, das die Frechheit besitzt, sich als meinen Gefährten zu bezeichnen, danebenstehen und zuschauen. Ich höre, wie du mich ins Badezimmer verweist und *Claire* sagst … einen Namen, den du dich bis zu diesem erhellenden Moment geweigert hattest, zur Kenntnis zu nehmen."

Shepherd musste diese Gelegenheit nutzen; er musste versuchen, ihr seinen Standpunkt klarzumachen. „Ich habe nicht gesehen, wie sie dich auf sexuelle Weise berührt hat, und erst später davon erfahren. Es wird nie wieder passieren."

Claires Augen weiteten sich ungläubig angesichts seiner Unverfrorenheit. „Und deshalb ist es in Ordnung?"

Der Mann versuchte es erneut. „Mir ist bewusst, dass du sehr wütend auf mich bist, mich sogar hasst, für das, was passiert ist."

„Ja, ich hasse dich. Ich hasse sie. Aber am meisten hasse ich mich selbst."

Er bewegte seine Hüften, drückte den Knoten noch tiefer und beharrte: „Sag mir den Grund dafür, warum du dich selbst hasst."

Sie sah ihm in die Augen, ihre sprudelten vor Rage über. „Wir beide wissen, warum."

Aber es musste laut ausgesprochen werden. „Claire, dein Selbsthass rührt daher, dass du realisiert hast, dass ich dir etwas bedeute, bevor die Umstände dir so viel Leid bereitet haben."

„Umstände?" Claire lachte gehässig, nicht im Geringsten beeindruckt. „Sie hat einen Namen. Svana. Was du mir angetan hast, hat einen Namen. Es nennt sich Treuebruch."

Befremdliche Reue durchdrang seine Betroffenheit und Shepherd legte seine Stirn auf ihre. „Du hast jetzt meine Treue. Ich habe dir mein Wort gegeben. Wir könnten glücklich miteinander sein, wenn du es vergessen und es noch einmal versuchen würdest."

Claire legte jedes bisschen Abscheu in ihre Antwort, das sie aufbringen konnte. „Du bist ein sehr kluger Mann mit der Fähigkeit, andere dazu zu inspirieren, dir in die Dunkelheit zu folgen, Shepherd, aber dein Verständnis von

Menschen ist so urzeitlich. Du behauptest, mich zu lieben, also beantworte mir Folgendes: Wenn ich Corday gefickt hätte, während du mich in dem Lagerhaus beobachtet hast, wäre das etwas, was du jemals vergessen würdest?"

Der gesamte Körper des Mannes versteifte sich. „Nein."

„Du siehst also, es ist unmöglich."

Seine Augen waren mit hunderten von Dingen gefüllt. „Du wirst mir verzeihen."

Ihre schwarze Augenbraue wölbte sich. „Das verzeihen, was du nur als die *Umstände*, die mir Leid zugefügt haben, bezeichnen kannst?"

Er wusste, was sie wollte. Knurrend wie ein Tier gab Shepherd es ihr. „Ich habe mich mit Svana gepaart und dich entehrt."

„Das hast du."

„Ich habe es getan, um dir das Leben zu retten."

Claire wand sich unter ihm, wollte weg. „Du lügst."

Seine Hände drückten ihre Finger so hart, dass es wehtat. „Ich habe es getan, weil ich ihr nichts antun konnte. Sie ist meine einzige Familie … Weil ich besorgt war, dass sie dich mir wegnehmen würde. Ich habe ihr die Aufmerksamkeit geschenkt, die sie haben wollte, um sie abzulenken, damit du nicht als Bedrohung eingestuft werden würdest." Fast verzweifelt gab er zu: „Ich habe die ganze Zeit über an dich gedacht."

„Das ist widerlich."

Shepherd wusste nicht, wie er darauf antworten sollte, also entschied er sich für Schweigen. Während der Knoten weiterhin tief in ihr steckte, hielt er ihre unwilligen Hände fest, schnurrte und schmiegte sich an sie, aber Claire hatte jede Spur von Weichheit verloren ... Sie sah einfach nur traurig aus.

Als der Knoten endlich weit genug abschwoll, dass er ihn herausziehen konnte, tat er es. „Zieh dich an." Shepherd stand mit einer Anmut auf, die ein Mann seiner Größe nicht verdient hatte. „Ich werde dich jetzt zu deinem Himmel bringen."

Claire hatte das Interesse daran verloren, nach draußen zu gehen. Sie wollte nur noch schlafen. „Du musst dir nicht die Mühe machen. Ich will ihn nicht mehr sehen."

Shepherd packte sie am Arm und zog sie auf die Beine, als sie anfing, sich umzudrehen. „Du wirst dir sofort ein Kleid anziehen."

Nachdem sie das zu erwartende Rinnsal Sperma, das aus ihrem Schoss floss, weggewischt hatte, nahm Claire ihr Kleid vom Boden und zog es sich über den Kopf. Der Riese zog sich an und kehrte zu ihr zurück, hielt eine Decke hoch und wartete, damit er sie ihr anstelle eines Mantels um die Schultern legen konnte. Es gab immer noch keine Schuhe.

„Gib mir deine Hand", grunzte er.

Claire fügte sich und seine riesige Pranke schloss sich um ihr kleines Handgelenk, sie spürte kaltes Metall und hörte das ratternde Geräusch von Handschellen, die einrasteten. Das andere Ende brachte er an seinem eigenen Handgelenk an und Shepherd warnte sie: „Du wirst dich benehmen."

„Ich nehme dreiundvierzig Leben nicht auf die leichte Schulter."

„Deine jüngsten Bemühungen sind nicht unbemerkt geblieben."

Nachdem er sie hochgehoben und an seine Brust gedrückt hatte, verließen sie den Raum.

Shepherd führte sie einen alternativen Weg entlang, der an einem Lastenaufzug endete, der nach seinen Männern stank. Die Tür schloss sich, der Apparat ruckte und die lange Fahrt begann.

Er brachte sie zu den oberen Ebenen, eine Region, die sie nur einmal im Jahr besucht hatte, als sie noch klein gewesen war. Oder zumindest dachte sie das. Als die Tür sich öffnete, erschien ein dekadent eingerichteter Flur. Die Wände sahen gut aus, waren sauber und mit warmen Kristallleuchten bedeckt. Es gab keine Fenster und als Shepherd sich einer unheimlich aussehenden Tür näherte, begann Claire zu denken, dass der Mann sie reingelegt hatte.

Er würde sie wieder bestrafen.

Er tippte einen Code in das Bedienfeld der Tür ein und das Zischen der Dekompression verriet ihnen, dass sie entriegelt war. Shepherd schob die Tür mit der Schulter auf und trug sie rein. Der Tresorraum schloss sich und der Riegel rastete mit einem äußerst endgültigen Klicken ein.

Er setzte sie ab. Claires Füße berührten einen plüschigen Teppich, der aussah, als wäre er einem Bilderbuch aus der alten Welt entnommen worden. Es gab goldene Tapeten, Wandverkleidung aus echtem Holz.

Aber vor allem gab es strahlendes Licht.

Erpicht darauf, zum Fenster zu gehen, trat sie vor, nur um festzustellen, dass ihr Arm immer noch an den Mann hinter ihr gekettet war. Claire war verwirrt. „Das ist nicht draußen."

Shepherd begleitete sie nach vorne, sein Oberkörper warm hinter ihrem Rücken. „Ich habe nie eingewilligt, dich nach draußen zu bringen. Ich glaube, unsere Vereinbarung war, dass ich dir erlauben würde, deinen Himmel zu sehen."

Technisch gesehen hatte er recht und Claire wusste, dass es absolut sinnlos wäre, sich mit ihm darüber zu streiten.

Die Aussicht, die der kleine Raum bot, war anders als alles, was sie jemals von einem Haus aus gesehen hatte: Eine weitläufige Fläche der zerklüfteten Tundra. Das Fenster war ein echter Teil der Kuppel; wenn sie das Glas berührte, würde sie die einzige Sache berühren, die zwischen ihr und hunderten Meilen Schnee war – etwas, das verboten war.

Claire streckte die Hand aus, ignorierte die unbequeme Handschelle und den Arm, der ihr folgte, um die Bewegung zu ermöglichen, legte ihre Hand auf das Glas und spürte, wie kühl es war. Sie blickte auf wilde Natur, von einem warmen Raum aus, in dem sie an einen Alpha gekettet war, um sicherzustellen, dass sie sich benehmen würde.

Die Möbel des Zimmers waren entfernt worden, nur dieser schöne Teppich und ein einzelner großer Stuhl waren zurückgeblieben. Er war dem Fenster zugewandt und auf ihm saß ein Mann, der Claire auf seinen Schoß zog. Da die Lichter an waren, spiegelte sich Shepherd, der hinter ihr aufragte, im Glas wider, seine Aufmerksamkeit intensiv.

Claire erwiderte seinen Blick in der Spiegelung und sagte: „Männer sind hingerichtet worden, weil sie die Kuppel berührt haben."

Shepherd antwortete: „Oder sie werden in den Undercroft geworfen, weil sie es gewagt haben, nach draußen zu schauen."

Warum würden sie rausschauen, wenn es dort draußen nichts als Schnee gab? Aber Claire stellte fest, dass sie von der Aussicht angetan war, all das Weiß, die entfernten Berge und das emporragende Eis. Das Land um den Dome herum war herrlich.

Shepherds Körper war warm, das Schnurren leise und stetig, das perfekte Rezept für sie, um ihn zu ignorieren, sich zu entspannen und sich einfach an etwas anderem als vier Betonwänden sattzusehen.

Der Mann zerstörte ihre Geborgenheit nicht, indem er etwas sagte oder Forderungen stellte, und Claire war ihm dafür dankbar. Er war tief in Gedanken versunken und starrte die untergehende Sonne an, seine Omega eine Geisel auf seinem Schoß.

Dunkelheit brach herein, helles Mondlicht glitzerte auf dem Schnee, und Claire fiel in einen traumlosen Schlaf – den ersten, den sie seit vielen Wochen gehabt hatte.

Die gesamte Nacht verging, bevor das eindringende Licht die Rückseite ihrer Augenlider leuchtend rot färbte. Sie wachte behaglich auf, vor ihr nichts als Schönheit. Es war fast so, als würde Thólos nicht existieren. Sie konnte hier sitzen und so tun, als ob. Sie konnte vergessen, dass der Mann, mit dem sie kuschelte, durch und durch böse war.

Aber die Wahrheit konnte nicht ignoriert werden. Obwohl ihr warm und sie in Sicherheit war, wachte ihr Volk ohne etwas zu essen auf, ohne Strom, ohne Heizung. Außerhalb dieses schönen Raums, hinter dieser großartigen Aussicht, ging die Welt in die Brüche.

Shepherd streckte sich, seine große Hand legte sich auf die Stelle, wo sein Kind heranwuchs. „Dir gefällt dieser Raum und die Aussicht. Du fühlst dich hier wohl."

Sie wandte den Blick vom Fenster ab und sah sich in dem leeren Raum um. „Warum hast du die Möbel entfernen lassen?"

„Ich wollte nicht, dass du dir fälschlicherweise Hoffnungen darauf machst, dass ich dir erlauben würde, hier zu bleiben."

Sie verstand die Logik hinter seiner Begründung. Hätte es ein Bett und andere gemütliche Gegenstände gegeben, hätte sie sich nach mehr als nur seinem Schoß und diesem überdimensionalen Stuhl gesehnt. Sie hätte sich vielleicht sogar aufgeregt, wenn er sie aufgefordert hätte, zu gehen. „Ich verstehe …"

„Wie versprochen werde ich dich hierherbringen." Er roch an ihren Haaren, hinterließ eine Spur von Küssen auf ihrem Hals. „Und wie versprochen wirst du als meine willige Gefährtin leben."

* * *

Als sie von ihrem Himmel zurückkehrten, befreite Shepherd ihre Hand. Die Handschellen waren nicht eng gewesen, aber nachdem er sie entfernt hatte, verspürte sie einen leichten Schmerz. Er nahm ihr Handgelenk und benutzte seinen großen Daumen, um über die Haut zu reiben, als ob er das Gefühl kennen würde und wusste, warum sie die betreffende Gliedmaße vorsichtig in ihrer anderen Hand gehalten hatte.

Claire beobachtete, wie er sie berührte, und fand es eigentümlich, dass Shepherd mit Pranken, die sie zerquetschen konnten, genau zu wissen schien, wie viel Druck angemessen war. Während er fortfuhr, sie auf diese merkwürdige Weise zu berühren, knabberte sie an ihrer

211

Lippe und stellte fest, dass er sie wieder einmal genau beobachtete. Als das Schweigen sich ausdehnte und sein großer Daumen weiterhin über ihre Haut rieb, wurde sie nervös.

Nicht bereit, ohne konkrete Anweisungen zu handeln, nicht bereit, hereingelegt oder manipuliert zu werden, dachte sie darüber nach, ihm ihre Hand zu entziehen.

Shepherd umkreiste ihr Handgelenk mit seinen Fingern, was sie weitaus effektiver zu fesseln schien als die Handschellen. „Was wirst du in den Stunden tun, in denen ich heute weg bin?"

„Machst du dich über mich lustig?"

„Was hast du mit deiner Freizeit gemacht, bevor ich dich als meine Gefährtin beansprucht habe?"

Das war leicht zu beantworten. „Ich habe jede wache Stunde damit verbracht, nach Essen für die Omegas zu suchen."

Der Riese grinste und nutzte seinen Griff um ihr Handgelenk herum, um sie näher heranzuziehen. „Bevor Thólos mir gehört hat."

„Thólos gehört dir nicht."

Der Bastard lächelte sie an. „Antworte mir, Kleine."

Mit einem Schnauben begann sie, Aktivitäten aufzulisten. „Abgesehen vom Malen habe ich auf dem alten Klavier meiner Mutter gespielt. Ich habe Zeit mit meinen Freunden verbracht … Geschichten gelesen, an Kochkursen teilgenommen, wenn ich es mir leisten konnte."

Ihre Antwort stellte den Mann zufrieden. Shepherd ließ ihren Arm los, ließ seine schwieligen Hände langsam über ihre Finger gleiten.

Claire nutzte die Gelegenheit, um auf Distanz zu ihm zu gehen, und ging zum Badezimmer, einem Ort, an dem er sie normalerweise in Ruhe ließ.

Als sie aus der Dusche kam, stellte sie fest, dass Shepherd ihr ein Frühstückstablett gebracht hatte. Sie verzog das Gesicht, als er es ihr anbot, und gab einen Laut von sich, der deutlich machte, dass sie es nur mit Widerwillen essen würde. Anscheinend war das ungesunde Essen ihrer letzten Mahlzeit aus dem Menü gestrichen worden. An seine Stelle war eine Art grüne Flüssigkeit getreten, die stark nach bitterem Ingwer roch. Sie trank es, hasste es, und saß dann benommen da, als nach zwanzig Minuten anscheinend nichts unbedingt wieder hochkommen wollte.

Der Alpha wirkte zufrieden und dann ging er.

Als Claire allein war, kaute sie auf ihrer Lippe und stellte wieder fest, dass das Bild von Shepherd sie beobachtete. Es war immer noch da, in einer so unübersehbaren Position, wartete immer noch darauf, dass jemand etwas damit anfing. Sie wischte sich die Hände ab und griff danach, war sich bewusst, dass selbst in den Stunden, in denen sie frei von ihm war, sein Gesicht sie immer noch heimsuchte.

In dem Moment fiel ihr auf, dass der Alpha ihr seit Tagen in ihren wachen Stunden kaum von der Seite gewichen war oder gar aufgehört hatte, sie zu berühren. Was auch immer zwischen ihrer Ankunft und der Nacht, in der sie auf seinem Schoß geschlafen hatte, passiert war, musste ihn davon überzeugt haben, dass sie sich wieder voll und ganz in seiner Macht befand.

Er hatte recht.

Claire würde eine Sklavin bleiben – für Corday, für Nona, die Omegas … für Maryanne. Sie würde tun, was er wollte, um ihnen allen eine Chance zu geben, und sie würde sich weiterhin auf ihn einlassen, die Bindung ertragen und die brave Gefangene spielen, während sie nach einem Weg suchte, Thólos durch die Einzigartigkeit ihrer Situation zu helfen.

Aber es war merkwürdig, allein in ihrer Zelle zu sein, hellwach und länger als nur eine kurze Stunde allein. Als sie sich das verdammte Porträt anschaute, das Gesicht des Mannes auf dem Blatt Papier, den harten Kiefer, selbst die Schönheit seiner Lippen, bereitete die scheinbare Veränderung in ihm ihr Unbehagen. Sie hatte in verbal attackiert, als er seine normale Zuflucht nicht nutzen konnte – da sie bereits durch seinen Knoten verbunden waren, konnte er sie nicht ficken, und das Ausmaß des Grolls, den er durch die Schnur hatte brennen spüren, hatte ihn anscheinend erstaunt. Aber Shepherd hatte nicht geschrien oder sie bestraft. Stattdessen hatte er sein Fehlverhalten zugegeben und als ihre Körper sich voneinander gelöst hatten, hatte der Mann ihr sogar das gegeben, wonach sie verlangt hatte, bevor sie die Beherrschung verloren hatte – er hatte sie mitgenommen, damit sie ihren Himmel sehen konnte, hatte sie bei Sonnenschein aufwachen lassen … und ihr dann persönliche Fragen gestellt.

Der Faden summte: *Gibt dein Gefährte sich nicht Mühe? Bist du nicht erfreut?*

Sie war nicht erfreut, sie war misstrauisch.

Sofort ging eine Welle besänftigender Beruhigung von der warmen, sich windenden Schnur aus. Sie flüsterte ihr singend zu, dass es keinen Grund zur Panik gab. Sogar Claire musste dem zustimmen. Der Albtraum würde mit dem Untergang seines Regimes enden, bevor das Baby geboren war, oder sie würde wieder einen Hungerstreik anfangen. Oder sie könnte den Spiegel im Badezimmer zerbrechen und sich die Handgelenke aufschlitzen. Sie könnte sich einfach weigern, zu atmen.

Sie konnte immer noch entscheiden.

Eine Welle der Apathie brach über sie herein, all die guten Gefühle des Ausblicks wichen Melancholie. Claire musste objektiv denken, durfte nicht fühlen. Ein Finger begann, die Konturen des Kiefers des Porträts nachzufahren. Sie zwang sich dazu, sich zu erinnern.

Svana ... Shepherds Geliebte.

Claire hatte ihm auf dem Eis vorgeworfen, von Svana verkorkst worden zu sein, aber das konnte nicht ganz richtig sein. Sie hatten sich in ihrer kranken, unausgewogenen Beziehung gegenseitig verkorkst. Der Mann, den Svana im Undercroft aufgesucht hatte, hatte ihre Aufmerksamkeit erregt, weil er bereits Dunkelheit in sich trug.

Shepherd hatte gelitten; seine Mutter war vergewaltigt worden, bis sie gestorben war. Wie viele Kinder litten, wie viele Menschen waren bei dieser Belagerung vergewaltigt worden? Was erwartete er, hier zu erreichen?

Und warum hatte er sie gefangen genommen, wenn er eine Liebhaberin hatte, die ihm schon seit Ewigkeiten gehörte? Es steckte mehr als der Erbe dahinter, den er behauptete, von seiner Gefährtin haben zu wollen. Sonst hätte Shepherd einen Nachkommen mit Svana gezeugt. Warum keine Bindung mit seiner Geliebten eingehen?

Es gab irgendeine Verwerfung, einen Schlüssel, der über den Wunsch nach einem Kind hinausging und den Shepherd ihr nicht mitteilen wollte. Claire ging den zeitlichen Verlauf in ihrem Kopf durch und arbeitete sich durch seine Aktionen, ihre Reaktionen und die Konsequenzen ihrer Fluchtversuche. Er hatte sie nach ihrer

215

ersten Flucht geschwängert, sie mit Fruchtbarkeitsmedikamenten injiziert, bevor sie überhaupt wieder bei Bewusstsein gewesen war. Es war eine solch extreme Reaktion und je mehr sie sich erlaubte, objektiv darüber nachzudenken, und ihre Gefühle außen vor ließ, desto klarer wurde es. Es ging nicht nur um das Baby; er wollte ihre Zuneigung und war bereit, sie mit allen Mitteln zu erzwingen, die ihm zur Verfügung standen. Shepherd hatte alles in seiner Macht Stehende getan, um sie nur für sich selbst zu behalten, war davon besessen gewesen und hatte sie derart unter Verschluss gehalten, dass es an Paranoia grenzte. Er glaubte sogar, dass er sie liebte.

Shepherd kannte sie noch nicht einmal, seine Liebe basierte auf etwas, das sie nicht genau ausmachen konnte.

Was willst du noch von mir, Shepherd?

Ich will alles.

Das Bild von Svana, der Ausdruck auf ihrem Gesicht und das subtile Flackern in ihren furchterregenden blauen Augen … Das Alpha-Weibchen war ungehalten über ihre Existenz gewesen, dessen war Claire sich sicher. Die Frau war auch überrascht davon gewesen, dass sie schwanger war. Aber in Shepherds Gegenwart hatte Svana empfindungslos akzeptiert, dass er ein Spielzeug haben würde … eines, das laut dem verrückten Alpha-Weibchen wie sie hätte aussehen sollen, als ob jede Omega, die sie sich ihrer Aussage nach geteilt hatten, eine Kopie ihrer exotischen Schönheit gewesen wäre.

Warum würde seine Geliebte, jemand, von dem Shepherd sagte, dass er sie liebte, nicht wissen, dass er sich eine Gefährtin genommen oder ein Baby gezeugt hatte? Warum hatten diese Augen Claire beinahe so angesehen, als wäre sie bloß ein Ärgernis, eine lästige Lückenbüßerin?

Lückenbüßerin …

Svana wurde vor vielen Jahren zu meiner Geliebten und ich dachte, sie wäre im Gegenzug auch meine Gefährtin. Ich habe gelernt, dass ich mich geirrt habe.

Heilige Scheiße. Svana war Shepherd untreu gewesen.

Claire ging ein Licht auf und ihr fiel die Kinnlade runter; sie *war* eine Lückenbüßerin. Ihre Haut fing an zu kribbeln, als wäre sie überreizt, ihre Gedanken rasten in tausend Richtungen auf einmal. Shepherds gesamte Welt war erschüttert worden und seine verstümmelte Reaktion war gewesen, sich eine Omega zu nehmen – weiterhin der Frau ergeben zu sein, die ihn aus dem Undercroft befreit hatte, aber seinen eigenen Herzschmerz zu lindern, indem er eine andere dazu zwang, ihn zu lieben, während er sich danach sehnte, von Svana geliebt zu werden.

„Warum weinen Sie?"

Claire blickte überrascht auf und sah, dass der blauäugige Beta mit einem neuen Tablett hereingekommen war. Sie drehte das Papier, das sie in den Fingern hielt, in Richtung des Eindringlings, ignorierte seine Frage und zeigte ihm nur das Aquarell von Shepherd.

Jules betrachtete ihr Gemälde mit zusammengezogenen Augenbrauen und wandte dann sofort den Blick ab. „Ihnen mangelt es nicht an Talent."

„Du bist nicht der Erste, der das sagt", räumte Claire ein und wischte sich die Tränen aus dem Gesicht. „Weiß er, dass du mit mir redest?"

„Nein."

„Ich bin froh, dass du es tust."

Solch erstaunliche Augen in einem solch ausdruckslosen Gesicht, es war eine seltsame Unausgewogenheit. „Ich weiß."

Mit einem traurigen Lächeln schob Claire das Bild von Shepherd beiseite. „Du hast gefragt, warum ich weine. Ich habe geweint, weil mir gerade klar geworden ist … warum er mich behalten hat. Ich bin mir nicht sicher, ob ich mehr Mitleid mit meinem eigenen ruinierten Leben habe oder mit einem Mann, der so verdammt ahnungslos ist. Shepherd denkt vielleicht, dass sein Schmerz über Svanas Untreue verschwinden wird, wenn er ihn unter den Teppich kehrt, dass er diese Lücke mit einer Gefährtin füllen kann … aber so funktioniert Liebe nicht."

Jules versteifte sich. "Ihre Einschätzung ist falsch; denken Sie nicht wieder darüber nach. Derartige Gedanken sind ungesund für Ihren Sohn."

„Warum sagst du Sohn? Woher weißt du, dass es kein Mädchen ist?"

Er schnüffelte in der Luft, aber sein Gesichtsausdruck veränderte sich nicht. „Ich hatte einst zwei Söhne … die Subtilität des Duftes ist charakteristisch."

Sie wiederholte: „Du hattest zwei Söhne?"

Seine Stimme schwankte kein einziges Mal. „Meine Kinder wurden ermordet, als meine Frau mir genommen wurde."

Alles an seiner Aussage war genau das, was an dieser verdammten Situation falsch war. „Es gibt in diesem Moment Kinder, die in Thólos sterben, die Söhne und Töchter anderer Leute!"

Jules antwortete ausdruckslos: „Es ist bedauerlich, dass dein Volk sich an den Schwachen vergeht, aber was wir geschehen lassen, ist notwendig."

Claire stand auf und wetterte gegen den Beta. „Notwendig? Dann erklär es mir! Erkläre es der Frau, die dein Gebieter ruiniert hat, weil er nicht wusste, wie er mit seinen verletzten Gefühlen umgehen sollte!"

„Besprechen Sie das mit Shepherd." Jules ging, das Gesicht ausdruckslos, sperrte sie wieder in ihrem Käfig ein.

Welchen Teil sollte sie mit Shepherd besprechen? Dass sie überflüssig war und er es nur noch nicht herausgefunden hatte, oder den Teil mit den toten Babys? Claire legte sich wieder auf ihren Fleck auf dem Beton, starrte an die Decke und fühlte sich, als würde sie in dem abgefuckten Chaos, in den kranken Geschichten und der kläglichen Kette untergehen, die von einem Mann mit der emotionalen Intelligenz eines Teenagers geschmiedet worden war.

Oh, sie würde mit ihm reden. Sie würde ihn dazu zwingen, klar zu sehen, was für ein Heuchler er war. Sie würde Shepherd zeigen, was sie entdeckt hatte, die Wahrheit darüber, was er tat, durch ihre Augen … nicht seine verzerrte Version. Die Götter hatten ihr sogar das Sinnbild dafür gezeigt, was für ein trauriger Witz alles zu sein schien. Der Junge. Das zusammengerollte Kind, an das sie sich angelehnt hatte, die Leiche ohne Namen und mit nichts in den Taschen. Er würde ihr Maskottchen sein und Shepherd würde ihn sich ansehen und ihr Rede und Antwort stehen müssen.

Claire mischte ihre Farben und fing an, diesen einsamen Moment in der Gasse nachzustellen. Sie verbrachte Stunden damit, daran zu arbeiten, Stunden, in denen sie die Ziegelsteine, die Kälte, das verkümmerte Kind und sich selbst malte … fest schlafend an die starre Leiche gelehnt.

Sie hatte sich noch nie zuvor selbst gemalt, benutzte die Erinnerung an ihre schwarzen Haare auf ihrer Wange, um den Großteil ihres Gesichts zu verdecken, aber es war sie. Die gleiche zusammengerollte schlanke Gestalt, der Knochenbau, der lautstark verkündete, dass sie eine Omega war, alles in den Klamotten, die sie Maryanne gestohlen hatte.

Sie nahm nicht wahr, dass Tränen auf das Gemälde fielen, während sie arbeitete, die Farben vermischten, während ihre Hände sich wie im Rausch bewegten. Shepherd saß ihr gegenüber und sie nahm beiläufig zur Kenntnis, dass er zurückgekehrt war, ignorierte ihn aber in ihrem Eifer, sich perfekt an ihren Jungen zu erinnern – um kein Detail der Groteske seines eingefallenen Gesichts und der milchigen, verschrumpelten Augen auszulassen. Erst als die Hand, die den Pinsel festhielt, anfing zu zittern, griff er nach ihr und stoppte sie. Der Pinsel wurde ihr aus den Fingern genommen und das Bild gedreht, damit Shepherd es sich ansehen konnte. Mit seiner Hand um ihre gelegt betrachtete er, was die Stunden ihres Tages aufgefressen hatte.

Seine tiefe Stimme nannte Fakten. „Das bist du."

In der Trance eines Künstlers gefangen, in jenem verschwommenen Moment, in dem man weiß, dass man etwas Monströses erschafft, es aber gedanklich noch nicht definieren kann, murmelte sie: „Ich war müde und allein. Ich war stundenlang durch Thólos gewandert, weil ich sehen musste, was passiert war, was zerstört worden war, nachdem du mich in diesem Raum eingesperrt hattest. Ich fand diesen Jungen, der allein gestorben war, und setzte mich neben ihn, fühlte mich so tot, wie er war … Ich konnte nicht mehr weitergehen, also lehnte ich mich an ihn und schlief ein."

Shepherds Hand schloss sich fester um ihre und er knurrte: „Du hättest erfrieren können."

Claire nickte. „So wie dieses Kind. Dieser Junge starb ohne jemanden zu haben, der sich um ihn kümmerte … allein und verängstigt in einer vermüllten Gasse."

Die Hand auf ihrer wurde plötzlich weggezogen. Der Riese stand von seinem Stuhl auf und schob etwas Neues in ihr Blickfeld. „Du hast dein Mittagessen nicht gegessen."

Claire schaute auf den kalten Teller mit Fisch und wusste, dass es keinen Sinn hatte, sich mit ihm zu streiten. Sie griff nach der Gabel und fing an, sich die Forelle in den Mund zu schieben. Nachdem sie die Hälfte der Mahlzeit runtergewürgt hatte, ohne das wahrscheinlich himmlische Rezept zu schmecken, sah sie den vor ihr aufragenden Alpha an. „Ich habe die Leiche des Jungen auf meinem Rücken bis in die Lower Reaches getragen … Damit ich ihn bei den Omegas begraben konnte. Damit er nicht allein sein musste."

Shepherd seufzte und ballte seine Hände an seiner Seite zu Fäusten. „Du bist aufgewühlt wegen des Kindes, das du zu den anderen getragen hast."

Claire gab mit offenem Gesichtsausdruck zu: „Ich verstehe nicht, wie du von einem Jungen, der einer Mutter treu ergeben war, die dich ungeachtet der Umstände geliebt hat, zu einem Terroristen geworden bist, der die Ursache für den Tod tausender unschuldiger Kinder in Thólos ist. Warum hast du dich verändert? Was war die Rechtfertigung dafür, Shepherd?"

Er zog sie hoch, bis sie stand, und bewegte sie beide zum Bett. „Du bist müde und ich vermute, dass du nicht geschlafen hast, obwohl dein Körper Schlaf braucht. Wir werden uns hinlegen."

221

Ihre Worte waren nicht grausam, sondern neugierig. „Hast du keine Antwort? Keine langatmige Erklärung von Legenden und Großartigkeit, die den Tod dieses namenlosen Jungen wiedergutmachen?"

Er zog ihr das Kleid aus, legte sie ins Bett und folgte ihr, sobald er sich seiner eigenen Kleidung entledigt hatte. Shepherd zog Claire auf sich, auf die Stelle, an der sie das Schnurren am deutlichsten spüren konnte, eine Stelle, die für die Omega leicht dominant war, und positionierte sie so, dass sie schlafen konnte. „Es gibt keine Antwort, die ich dir geben könnte, die du zufriedenstellend finden würdest."

Aber das war an sich bereits eine Antwort.

Als ihre Augen sich langsam schlossen und das Schnurren sie ruhig werden ließ, vertraute der Mann ihr seinen Frust an. „Hast du dich nie gefragt, ob der Grund für deine Abgeschiedenheit vielleicht war, dass du nicht sehen musst, was außerhalb dieser Mauern passiert?"

Claire summte im Halbschlaf. „Ich bin eine erwachsene Frau, schwanger mit deinem Sohn … einem Baby, das nicht anders ist als der kleine Junge, der an dem gestorben ist, was du hier angefacht hast."

Finger rieben über ihre Kopfhaut und er erinnerte sie: „Ein Baby, das du fast ermordet hättest, als du versucht hast, dich umzubringen. Ein Baby, für das du nicht mehr nistest und das du nicht mehr berührst."

Sie legte ihr Kinn auf seine Brust, wusste, dass die Worte wahr waren, und hielt sich nicht zurück. „Nach dem, was ich von deiner Natur gesehen und erfahren habe … die Dinge, von denen sie gesagt hat, dass du sie getan hast … hast *du* dich nie gefragt, ob ich mich und das ungeborene Kind lieber umbringen würde, als zuzulassen, dass Leute wie du und Svana es ruinieren, so wie ihr euch gegenseitig ruiniert habt?"

Shepherds Brust schwoll an und an seinem Gesichtsausdruck war klar zu erkennen, dass der Mann unfassbar sauer war. Er drehte sie auf den Rücken, ragte über ihr auf, und seine große Hand legte sich auf ihren Bauch. „Ich bin ganz und gar nicht glücklich mit deiner derzeitigen Einstellung oder deinen Anschuldigungen."

Claire legte ihre Hand auf seine, hielt seinem wütenden Blick stand und fragte: „Meinst du, dass du ein Vorbild bist, das dieses Kindes würdig ist? Du hast Svana gefickt—"

Seine Wut nahm gefährliche Dimensionen an. „Ich habe versucht, dich zu beschützen."

„Hör auf, dich selbst zu belügen. Hast du ihr jemals etwas verneint oder tust du alles, was sie will, nur um ihr zu gefallen? Du lässt ihr freien Lauf … und sie hält sich für unantastbar … weil du sie vergötterst. Ich habe es selbst gesehen! Und für diese Perversion hat sie dich zu dem gemacht, was du bist. Eine Sache, die ihr gehört: Ihr Jünger, der ihr blind gehorcht."

Der Bösewicht brüllte ihr direkt ins Gesicht: „Svana liebt mich!"

Claire war in einer Art Rausch, kümmerte sich nicht mehr um die Konsequenzen ihrer Worte. „So, wie du behauptest, mich zu lieben … die Art von *Liebe*, die Untreue und Grausamkeit rechtfertigt."

Sie bemerkte die Schmerzen nicht, zumindest nicht zunächst, und angesichts der Größe des Alphas hätte es tausendmal schlimmer sein können. Der Griff, mit dem er ihren Arm festhielt, wie er ihn nach hinten bog, um ihn von seinem Körper zu entfernen – Claire ignorierte es, griff wieder nach seiner Schulter, wollte, dass er ihr wehtat.

Der Raum bewegte sich und ein großes, erdrückendes Gewicht machte es ihr schwer, Luft zu holen. Sein Griff um ihren Unterarm ließ ihre Hand fast lila werden, aber ihr grüner Blick hielt seinem silbernen stand, während sie nach knappen, stotternden Atemzügen rang, die seine Masse gerade eben zuließ.

Von was auch immer er besessen war, es war kalt in seiner Wut, sprach berechnend. „Du wirst nie wieder über diese Dinge sprechen."

Sie bekam nicht genug Luft, um vollständig zu antworten, also nickte sie mit dem Kopf und zischte die Worte: „Es ist die Wahrheit."

Shepherd verlagerte sein Gewicht gerade genug, dass sie atmen konnte, und knurrte: „Du wirst bestraft werden. Corday wird sterben."

Es lagen weder Wut noch Angst in ihrem Gesichtsausdruck, sondern nur unermessliche Enttäuschung. „Sieh mich an. Sieh dir an, was du tust."

Shepherd starrte auf die Frau herunter, der er wehtat. Als sie die andere Hand hochhob, um sie an sein Gesicht zu legen, und die blauen Flecken ignorierte, die bereits auf ihrer Haut aufblühten, hielt er sie nicht davon ab, genoss ihre Berührung aber auch nicht.

„Ich versuche nur, dir zu helfen, zu sehen und zu begreifen, was du nicht verstehst", flüsterte Claire, als sie sah, dass sie ihn schwer erschüttert, ihn verletzt hatte.

Er war ungerührt. „Du hasst mich."

Erfolg in der Kriegsführung wird dadurch erreicht,
dass wir uns sorgfältig auf die Ziele des Feindes
einstellen. - Sunzi

„Ich versuche, deine Gefährtin zu sein. Eine Frau, die
du dir nur genommen hast, weil Svana dir untreu war und
du verletzt warst."

Der heftige Schmerz in ihrem anderen Arm ließ nach,
Shepherd lockerte seinen Griff. „Ich habe dich genommen,
weil du dazu bestimmt warst, mir zu gehören. Ich konnte
es an dir riechen."

Ihr warme, kleine Hand glitt zu seinem Nacken, zu den
Muskeln, von denen er einst behauptet hatte, dass sie
verspannt wären, und sie massierte ihn. „Wenn sie dir treu
geblieben wäre, hättest du mich vor der Meute gerettet?"

„Was glaubst du, was du da tust?" Shepherds
Nasenlöcher weiteten sich und obwohl er wütend war, lag
sein Schwanz hart wie Stein an ihrem Oberschenkel.

Claire hörte auf, ihn zu berühren. „Ich habe nur
versucht, dich zu besänftigen, so wie du es für mich tust,
wenn ich aufgebracht bin. Wenn deine Gefühle
abgeklungen sind, wirst du sehen, dass ich recht habe."

Er knurrte und rammte sich mit einem heftigen Stoß in
sie. Claire verzog das Gesicht und versteifte sich.
Shepherd, hart in ihr, umfasste ihr Gesicht und fauchte,
während er seine Stirn auf ihre legte. „Auf diese Weise
kannst du mich besänftigen."

Er ruckte, bewegte sich wieder vor und zurück, und ihr
stockte der Atem, während sie ihre schmerzenden Arme
hob, um den tobenden Alpha zu umarmen. Er ließ seine
Hüfte brutal vorschnellen, hämmerte sich in sie und heulte
förmlich auf, als ihre Feuchtigkeit sein Eindringen

erleichterte. „Und du wirst meinen Namen schreien, jedes Mal, wenn ich es dir besorge!"

Kapitel 12

Ihr gesamter Körper tat weh, selbst als warmes Wasser über ihre frischen Wunden strömte. Shepherd wusch übertrieben sorgfältig das getrocknete Sperma weg, das an ihr klebte, ihre Haare verfilzte, und hielt sie an sich gedrückt, während er seine Gefährtin badete.

Sie hatten beide geschlafen, ineinander verschlungen und verschwitzt, nachdem sie stundenlang wie Tiere gefickt hatten. Selbst in ihrem jetzigen Zustand waren ihre Pupillen halb geweitet, als wäre sie noch immer im Paarungsrausch, was vermutlich das Einzige war, was die Omega davon abhielt, die Berührung seiner Hände auf der empfindlichen Haut, die er in seiner gierigen Besessenheit wund gescheuert hatte, mit einem Fauchen zu kommentieren.

Shepherd nahm ihr Kinn, lenkte ihre schläfrigen Augen auf sein Gesicht. „Ich werde Corday nichts antun."

Claire antwortete ausdruckslos: „Ich wusste, dass du das nicht tun würdest."

Der Riese zögerte und die Falten neben seinen Augen verrieten sein Grinsen. „Wusstest du das?"

„Wenn du ihm wehtun würdest, würde ich dich so hart bestrafen, wie ich kann."

Shepherds Amüsement verblasste. „Du würdest dich umbringen."

„Ja."

Jedes Wort war perfekt artikuliert und frei von der Bitterkeit, die sich wie Säure in dem Magen des Mannes ausbreitete. „Er ist dir mir wert als der Rest deiner 43."

Claire leckte sich über ihre feuchten Lippen und dachte darüber nach, wie sie ihm am besten antworten sollte, oder ob sie überhaupt antworten sollte. „Ich schulde ihm etwas."

Shepherd spürte das Blut hinter seinen Augen rauschen, bemühte sich, sanft zu sein, während er ihr Haar ausspülte. „Es ist mehr als das. Ich habe euch zusammen gesehen. Du empfindest Zuneigung für den Beta."

Jegliche Art von übermäßigem Hass auf Corday in Shepherd zu erwecken, könnte für ihren Freund gefährlich werden und würde keinem anderen Zweck dienen, als den Alpha sinnloserweise zu reizen. „Ich liebe Corday nicht, nicht so, wie du denkst. Aber ich schulde ihm etwas, wie ich bereits sagte. Ich habe ihn angelogen und ihm Drogen untergemischt. Ich habe ihn getäuscht …"

„Um ihn zu schützen", schnurrte Shepherd und führte ihren Satz zu Ende. Die Wahrheit hinter ihren Worten und ihr Echo in der Bindung schienen ihn einigermaßen zu besänftigen. „Klingt das nicht vertraut?"

„Nein." Ihre Antwort war barsch.

„Lüg mich nicht an, Kleine. Seine Situation ist ein Spiegelbild deiner."

„Ich habe Nein gesagt, weil ich Nein gemeint habe", erwiderte Claire und verzog das Gesicht, als er anfing, ihre steifen Hüften zu reiben. „Du hast mich nicht unter Drogen gesetzt, um mich zu schützen. Du hast mich unter Drogen gesetzt, um ein Baby zu zeugen."

Er nahm ihr Kinn in die Hand und hob ihr Gesicht an, um ihre uneingeschränkte Aufmerksamkeit zu erzwingen.

„Und das Baby rechtfertigt deinen Wert meinen Männern gegenüber. Es hält dich am Leben."

Claire runzelte die Stirn, ihr war trotz der Hitze und des Dampfes der Dusche kalt, und Furcht schlich sich ein. „Was meinst du damit?"

Als er sah, dass seine Worte sie verunsichert hatten, schlug Shepherd einen harten Tonfall an. „Wenn du nicht vorsichtig bist, wenn du nicht anfängst, wieder zu nisten und dafür zu sorgen, dass unser Nachkomme heranwächst, solltest du eine Fehlgeburt erleiden … müsste ich ihn sofort ersetzen."

Ein entsetzter Blick verzerrte ihr Gesicht. „Ich verstehe nicht."

„Das musst du auch nicht. Du musst nur eine Mutter sein." Er verlagerte sein Gewicht und drückte sie mit dem Rücken gegen die Kacheln. „Du gehörst mir und ich werde alles tun, um dein Überleben zu sichern. Ich würde Millionen töten, ich würde dich anlügen und ich würde dich vergewaltigen, wenn ich es müsste, und dich wieder schwängern, solltest du dieses Kind verlieren."

Wie hatte sie auch nur einen Moment lang das Gefühl gehabt, Macht über diesen Mann zu haben? „Du machst mir Angst."

„Gut." Er stellte das Wasser ab und zog sie aus der Dusche. „Das scheint der einzige Weg zu sein, dich zu erreichen."

„Was ist mit deinem Vermächtnis?"

Er lächelte, ein böses Lächeln, und betatschte ihren Bauch. „Es wird unvergleichlich sein."

Claire fiel in sich zusammen und murmelte: „Ich verspüre keinen Drang zu nisten. Nicht in diesem Bett. Nicht mehr."

Als ob dem Alpha dieser Gedanke noch nicht in den Sinn gekommen wäre, verengte er die Augen und schien darüber nachzudenken. „Du möchtest ein neues Bett haben?"

„Ich möchte gar nichts", seufzte Claire und fühlte sich wieder so, als würde sie mit einer Wand reden.

Shepherd sprach weiter, redete mit sich selbst. „Wenn ich dir ein neues Bett besorgen würde, würdest du nisten."

Sie knurrte äußerst gequält: „Du hörst mir nicht zu, Shepherd."

„Und du würdest gerne neue Stoffe haben, in dieser Farbe, die dir gefällt …" Er fuhr ihr mit einem Handtuch über die Haut, als wäre er sich nicht bewusst, dass sie wund war.

Sie fauchte und schlug seine Hände weg. „Du tust mir weh, du taubes Arschloch."

Als sie seinen Wortschwall unterbrach, erstarrte er und sah das kleine Ding an, das ihn gerade angeschnauzt hatte. Er stieß ein schnaubendes, beißendes Lachen aus und grunzte: „Die Schwangerschaft hat dich deutlich direkter gemacht."

„Ich bin deutlich direkter geworden, weil es mir mittlerweile egal ist, ob du mich tötest! Ich will kein neues Bett. Ich will, dass du mir erklärst, wovon zum Teufel du redest!"

Shepherd nahm sie am Arm und drehte sie sanft, um ihre Haare trocken rubbeln zu können. „Du stellst dich nur an … du brauchst ein neues Bett."

„Okay, na gut! Da du mir sowieso nicht zuhörst, bitte schön. Ich will ein neues Bett in einem großen Raum mit Teppich anstelle von Beton. Einen Raum mit einer Fensterwand, durch die man auf einen Garten blickt, in dem ich lauter Blumen gepflanzt habe – was ein Wunder wäre, da jede Zimmerpflanze, die ich jemals hatte, gestorben ist. Ich will mich uneingeschränkt durch dieses große Haus bewegen, in dem ich nisten werde, und die Freiheit haben, nach draußen zu gehen und im Gras zu sitzen … Und ich will auch ein Pony, Shepherd. Nein, streich das. Ich will ein verdammtes Einhorn."

Er zog an ihren Haaren, so dass sie zurückschauen und ihn ansehen musste, und blickte sie finster an. „Du kannst kein Pony haben und Einhörner gibt es nicht."

Sie wollte es wirklich nicht, war innerlich so verkrampft, dass sie nicht einmal ansatzweise verstand, woher es kam, aber nur eine Sekunde lang kicherte sie. Sie schlug sich eine Hand vor den Mund, ihr Kopf immer noch in einem unnatürlichen Winkel nach hinten gebogen, zwang einen neutralen Ausdruck auf ihr Gesicht und argumentierte weiter. „Von welcher Farbe bist du dir so sicher, dass ich sie mag?"

„Du bevorzugst Grün, in dem gleichen Farbton wie deine Augen."

War das der Grund, warum fast jedes Kleid, das er ihr zur Verfügung gestellt hatte, grün war? „Wie kommst du darauf?"

Er sah aus, als wäre eine Fehleinschätzung nicht im Rahmen des Möglichen. „Das ist nicht die Farbe, die du bevorzugst?"

„Sicher, es ist eine schöne Farbe … aber es ist nicht meine Lieblingsfarbe." Als Claire es verstand, verengte sie die Augen und warf dem Mann einen missbilligenden

Blick zu. „Lass mich raten, du hast diese Informationen aus deinen Verhören der Omegas."

„Rot, wie auf deinem Bild?", versuchte er es erneut und ließ ihre Haare los, damit sie sich umdrehen und er sie ganz sehen konnte.

„Nein. Warum hast du mich nicht einfach gefragt, wenn du etwas so Banales wissen wolltest?" Aber dann dämmerte es ihr. Er wollte ihr Dinge geben, die ihr gefallen sollten, ohne nachzufragen ... als eine Art Taktik, weil er nicht anders sein konnte.

Shepherd wurde genervt, stand nackt da und forderte grob: „Was ist deine Lieblingsfarbe?"

„Eierschalenblau." Claire legte spöttisch den Kopf schief und klimperte mit den Wimpern. „Und Shepherd, da wir gerade so gesellig sind, was ist deine?"

„Ausdrücklich die exakte Farbe deiner Augen." Es war kein Flirtversuch, er war ungehalten, aber trotzdem waren die Worte ... etwas. Sie ließen sie erröten und er bemerkte es. Sein intensiver Blick verlor an Schärfe und wurde stattdessen beunruhigend berechnend. „Ich finde zudem, dass das tiefe Schwarz deiner Haare unglaublich bezaubernd ist."

Sie war geradezu scharlachrot und wollte eindeutig, dass er den Blick abwandte. Es war Monate her, seit sie versucht hatte, ihre Nacktheit zu bedecken, und sie wusste nicht, was sie dazu veranlasste, es zu tun, aber sie hob ihren Arm, um ihre geröteten Brüste zu verstecken.

Shepherd sah lediglich amüsiert aus, oder vielleicht wäre fasziniert eine bessere Beschreibung gewesen. „Und jetzt wirst du schüchtern ...", flüsterte er sanft und böse. „Das ist nichts, was ich noch nie zuvor gesagt habe."

232

Aber sie hatte absichtlich nie zugehört ... sie hatte es ignoriert und den Klang seiner verzerrten, rauen Stimme gehasst.

„Du weißt, dass ich dich sehr schön finde", fuhr das Monster fort, pirschte ihr stolz nach, drückte sie gegen den Waschtisch, klemmte sie ein. „Du bist in der Tat die hübscheste Frau, die ich je gesehen habe."

Claire war stark in Versuchung, ihm etwas Gemeines an den Kopf zu werfen, Svana oder die Omegas oder irgendetwas zu erwähnen, das ihn dazu bringen würde, sie nicht mehr auf diese Weise anzusehen. Stattdessen stammelte sie nur: „Mir ... ist kalt."

„Okay, meine hübsche Kleine, dann"—Shepherds dicke Arme legten sich um sie –"lass dich von mir wärmen."

Ein ersticktes Geräusch entwich stotternd ihren Lippen, als sich wölbende Muskeln sie eng an ihn zogen.

Seine Lippen senkten sich zu ihrem Ohr und der Mann knurrte mit der anzüglichsten Stimme, die sie je gehört hatte: „Und du hast die schönste Pussy, die mir je begegnet ist. Sie ist *perfekt*. Wann immer du darum bitten solltest, würde ich sie lecken, von ihr kosten, bis du meinen Namen schreist, so wie du es gestern Nacht viermal getan hast."

„HÖR AUF!"

Seine Berührung glitt ihren Körper hoch, bis Claires Kiefer in seiner Hand lag, und er zog die Omega von seiner Brust weg, wo sie versuchte, ihr Gesicht zu verstecken. Als ihre Augen nur wenige Zentimeter voneinander entfernt waren, tauchte seine Hand zwischen ihre Beine, um leicht über die sich sammelnde Feuchtigkeit zwischen ihren Falten zu streichen. Er zog seine schlüpfrigen Finger weg, stieß ein zufriedenes maskulines Geräusch aus und ließ sie stehen, keuchend, errötend und erregt, während er wegging und murmelte: „Eierschalenblau."

* * *

Diese Momente … wenn du einen schwarzen Sack über dem Kopf hast, wenn dein Körper herumgeschubst wird und du weißt, du einfach verdammt noch mal weißt, dass deine Zeit abgelaufen ist … diese Momente sind einfach scheiße.

Maryanne fühlte, wie Hände sie nach hinten schoben, bis ihr Hintern unbequem auf einen harten Stuhl traf, und bereitete sich auf die Darbietung ihres Lebens vor. Oder zumindest tat sie das, bis der Sack mit einem Ruck weggezogen wurde und sie wieder … Shepherd gegenübersaß.

Die Worte blieben ihr im Hals stecken, ihre charakteristische, sinnliche Art, mit der sie geschickt manipulieren konnte, ließ sie im Stich, und Maryanne konnte einfach nur starren.

Dieser Mann hatte Thólos dezimiert … ihre Stadt zerstört. Dieser Mann stank nach Claires Muschi. Igitt …

„Nun denn." Maryanne stieß den Atem aus. „Sieht so aus, als hatte ich recht, was Claires Aufenthaltsort betrifft. Ich schätze, das bedeutet, dass ich tabu bin, hm?"

Der vor ihr aufragende Mann beugte sich vor. „Sollen wir die Nuancen der Vereinbarung zwischen meiner Gefährtin und mir besprechen? Ich habe nur angeboten, dein Leben zu verschonen. Es war nie die Rede davon, was ich mit diesem Leben anstellen würde. Technisch

234

gesehen könnte ich dir jeden Knochen in deinem Körper brechen, dich foltern, dir das bisschen Freiheit nehmen, das du noch hast. Solange du noch atmest, werde ich meinen Teil der Abmachung erfüllt haben." Shepherd Finger klopften leicht auf den Tisch zwischen ihnen. „Und Claire würde nie davon erfahren ..."

Aber er wollte etwas, sonst wäre sie nicht hier. Er wollte etwas für Claire.

Die schreckliche Furcht war da, die langsam aufsteigende Panik, die ihren Schweiß durchsetzte und dem viel stärkeren Alpha signalisierte, dass sie Angst hatte. „Du hast eine Verwendung für mich."

„Du wirst wieder für mich arbeiten."

„Was soll ich stehlen?"

Sein Mund bewegte sich nicht im Geringsten, aber Maryanne war sich sicher, dass sein Gesichtsausdruck widerspiegelte, wie dumm sie seiner Meinung nach war. „Deine Aufgabe wird sein, Claire über die Lage der Omegas und des Betas, Enforcer Corday, zu informieren. Ich rate dir, sie in diesen Gesprächen glücklich zu machen, andernfalls wirst du sehr unglücklich sein, wenn sie enden."

Der Gedanke daran, Claire zu sehen, vertrieb einen kleinen Teil der Angst. „Klar doch. Ich weiß genau, wie man sie zum Lächeln bringt."

„Du wirst ihr keine detaillierten Informationen mitteilen, sondern nur über das allgemeine Wohlbefinden der Personen reden, die du für mich fotografieren wirst. Du wirst mit diesen Leuten nicht interagieren oder von ihnen gesehen werden. Alle Bilder werden überprüft, bevor Claire sie sieht, und sollte ich irgendetwas

Verstörendes finden, wird es nicht gut für dich ausgehen. Du wirst von niemand anderem sprechen."

Maryanne ließ nickend erkennen, dass sie es verstanden hatte.

Hinter der letzten Warnung steckte die Androhung großer Schmerzen, sollte sie versagen. „Und wenn sie versucht, dir einen Zettel zuzustecken, oder irgendetwas Subversives tut, wirst du mir unter vier Augen davon berichten. Sie wird nicht bestraft werden."

Claire würde es möglicherweise versuchen, das wusste Maryanne mit dumpfer Gewissheit, und sie hasste, dass sie bereits ganz genau wusste, dass sie Shepherd alles aushändigen würde, anstatt die Konsequenzen zu tragen, die damit einhergehen würden, das Bindeglied einer Korrespondenz zwischen Claire und ihrem kleinen Freund werden. „Sie vertraut mir nicht."

„Spielen wir keine Spielchen, Maryanne."

„Wann fange ich an?"

* * *

Es dauerte ein paar Stunden und bedurfte eines weiteren dieser schrecklichen grünen Smoothies zum Frühstück, bevor ihr Magen sich von Shepherds eigenartigem, liebevollem Verhalten in der Dusche erholte. Er war wieder verschwunden, wofür Claire überaus dankbar war, weil sie sich so dehnen, auf- und abgehen und ihren nächsten Zug planen konnte.

Claire betrachtete die üblen blauen Flecken an ihrem Arm, drehte die Gliedmaße hin und her und war sich sicher, dass es eine ganze Weile lang wehtun würde. *Es hat sich gelohnt.* Shepherd hatte sie an diesem Morgen vielleicht in die Enge getrieben, hatte sie dazu gebracht, sich unwohl und schüchtern zu fühlen, aber sie hatte ihn in der Nacht zuvor in Bedrängnis gebracht, gerade lange genug, um bloßzulegen, dass sie recht gehabt hatte. Puzzleteile fügten sich zusammen – Shepherds geisteskrankes Bedürfnis, sie ganz für sich allein zu behalten, dass er sie benutzte, um den Kummer zu lindern, den Svana ihm bereitet hatte, ob er diese Tatsache anerkannte oder nicht, war bestätigt worden.

Das war etwas; es war ein Ansatzpunkt.

Shepherds erste Reaktion war brutal gewesen, selbst der Sex, aber als sie aufgewacht waren, war er nur nachsichtig gewesen. Es war, als ob die Wut der vergangenen Nacht, das, was ihn dazu gebracht hatte, sie so hart und lange zu ficken, dass sie ihren Körper nicht mehr gespürt hatte, einfach verschwunden war.

Der Mann hatte seinen Dämon ausgetrieben.

Selbst in seinem gefährlichsten Zustand hatte er nie den Blick von ihrem Gesicht abgewandt, hatte einen Großteil seiner Haut an ihre gedrückt gehalten, hatte ihr befohlen, seinen Namen zu rufen, und seine brennenden Augen waren jedes Mal, wenn sie es tat, fast komplett nach hinten gerollt. Er kommunizierte mit ihr durch sein stürmisches Verlangen, durch die Intensität, mit der er sie zum Höhepunkt brachte. Sein leidenschaftlicher Gesichtsausdruck hatte ihr einst Angst gemacht, die harten Linien seines Kiefers, die finsteren Blicke … jetzt begann sie, es zu verstehen. Es war Sehnsucht.

Shepherd achtete immer auf ihre Reaktionen, suchte nach etwas, einem kleinen Hinweis, während er sie dazu brachte, ihre schmutzigen Triebe auszuleben. Er hatte ein Bedürfnis, das vernachlässigt worden war. Wenn sie sich paarten, war sie zärtlich und streichelte ihn, atmete seinen Duft ein und lächelte. Vielleicht war das der Grund, warum er sie so oft bestieg. Er hatte ein starkes Verlangen nach dieser Zuneigung. Shepherd wollte, dass sie ihn liebte, und wusste nicht, wie er etwas derartiges hervorrufen konnte, als sie nicht automatisch in das verfallen war, was er für korrektes Omega-Verhalten hielt.

Claire liebte ihn nicht, aber sie hatte ihm Trost geboten, als von seiner Seite der Schnur eine Unruhe ausging, die ihre Worte hervorgerufen hatten. Das war instinktiv gewesen, und obwohl sie Shepherd verachtete, war es in dem Krieg, den sie führte, genau das Richtige. Um Fortschritte zu machen, musste sie ihre Position als Gefährtin wahrnehmen, wenn sie auch nur eine Chance haben wollte, ihn aufzuklären, und kleinliche Taktiken wie Verführung oder Unehrlichkeit würden ihr nie helfen.

Claire war nicht dumm genug zu glauben, dass sie ihn retten konnte. Letztendlich war Shepherds Denkweise so stark verzerrt, dass sie sie unmöglich entwirren konnte. Aber sie konnte die Falschheit stückchenweise untergraben; sie konnte Schwäche in einem Mann enttarnen, der keine zu haben schien.

Claire würde ihn sich selbst entblößen, Stück für Stück, und wenn es sie umbrachte.

Was es wahrscheinlich tun würde.

Die Tür öffnete sich und der gefährliche Beta mit den toten Augen kam herein. Er warf ihr einen kurzen prüfenden Blick zu und machte sich dann daran, die Tabletts auszutauschen. „Ihr Arm", grunzte Jules. „Brauchen Sie etwas gegen die Schmerzen?"

Das komplette Desinteresse im Gesichtsausdruck des Mannes ließ die Frage sehr seltsam erscheinen. Claire näherte sich ihm langsam, ging um ihn herum, um den

Mann anzusehen, und steckte sich eine Haarsträhne hinters Ohr. „Das würde in direktem Widerspruch zu der Wirksamkeit der Bestrafung stehen."

Jules war sich bewusst, was die Omega getan hatte, um die blauen Flecken zu erhalten, und spottete: „Sie glauben, dass das eine Bestrafung ist? Ich dachte, Sie wären clever."

Claire legte den Kopf schief, spürte, dass etwas an ihrem Austausch seltsam war, konnte aber nicht genau sagen, was. „Du findest Shepherds Handeln verblüffend?"

„Er ist sanft mit dir umgegangen."

Sie blickte auf ihren Arm runter, auf die dunklen, verunstaltenden Flecken, und runzelte die Stirn. „Und ich dachte, *du* wärst clever, Jules."

Der Mann war an einer Weiterführung des Gesprächs nicht interessiert und wandte ihr den Rücken zu.

Sie schob die Träger ihres Kleides von ihren Schultern und fragte mit einer Stimme, die frei von Gefühlen war: „Sieht das deiner Meinung nach sanft aus?"

Jules blickte über die Schulter zu der Frau, die von den Spuren harten Sexes übersät war, drehte sich schnell zur Wand um und bellte: „Ziehen Sie das Kleid wieder hoch!"

„Das ist es, was mich an euch allen verwirrt", fuhr Claire fort, unbeeindruckt von seiner *Moral*. „Du schaust mich nicht an, weil du meine Nacktheit unanständig findest, aber ihr habt eine Stadt voller Vergewaltigungen geschaffen, ohne mit der Wimper zu zucken. Ihr seid alle wandelnde Widersprüche."

„Sie sind die Gefährtin meines Anführers. ZIEHEN SIE IHR KLEID AN."

Es war seltsam, den Mann, der immer so ungerührt wirkte, so aufgewühlt zu sehen. Claire feixte und zog den Stoff über ihre empfindliche Haut. „Ich glaube, wir haben beide unseren Standpunkt klargemacht."

Sobald er sich sicher war, dass sie angezogen war, warf er ihr einen finsteren Blick zu, der fast so intensiv war wie der von Shepherd. „Sie spielen ein sehr gefährliches Spiel."

Claire blieb standhaft und sagte: „Nicht jeder spielt ein Spiel. Ich versuche lediglich zu kommunizieren und ich spreche eure Sprache nicht."

„Sie sprechen sie besser, als Sie glauben."

War das tatsächlich ein Lob? „Dann rede mit mir. Wie alt waren deine Söhne, als du sie verloren hast?"

Der Mann ließ sich von ihrem plötzlichen Themenwechsel nicht aus der Bahn werfen. „Bertrand war vier; Joseph knapp ein Jahr alt."

Claire strich ihr Kleid glatt, wurde traurig. „Warum wurden sie getötet?"

„Meine Frau war eine Omega." Die Schärfe in seinem Blick war angsteinflößend. „Ein Alpha wollte sie. Bevor ich überhaupt davon erfuhr, was passiert war, war sie an einen Freund von Premier Callas paargebunden. An den selben Alpha, der unsere Jungs ermordet hat."

„Wie hieß sie?"

„Rebecca."

Irgendwie wusste sie es einfach und Claire flüsterte: „Und du hast sie getötet, als Shepherd dich aus dem Undercroft geführt hat."

„Ja, vor fast einem Jahrzehnt – auf ihren Wunsch hin."

Claire verstand es. Selbst nachdem der Mann sie gefunden und zurückgeholt hatte, wäre seine Rebecca am Boden zerstört gewesen von den Auswirkungen einer Paarbindung, die sie noch mehr gehasst haben musste, als Claire ihre eigene hasste. Ihre Lippe begann zu beben. „Es tut mir sehr leid, was deiner Familie zugestoßen ist, aber ich verstehe nicht, wie es dazu geführt hat, dass du hier bist und tust, was du jetzt tust."

„Jedes Mitglied der Armee ist aus dem gleichen Grund hier wie ich."

Es fühlte sich so an, als hätte Shepherd es ihr tausend Mal gesagt. „Rache."

„Nennen wir es kulturelle Erleuchtung."

Ihre grünen Augen, groß und eifrig, sahen aus einem Gesicht hervor, das einen eindringlichen Ausdruck angenommen hatte. „Wie kannst du die Fehler in deinem eigenen Argument nicht sehen? Willst du, dass die Menschheit ausgelöscht wird?"

„Wie können Sie weiterhin die Wahrheit leugnen? Ich habe Ihr Gespräch mit Enforcer Corday belauscht. Sie haben frei heraus zugegeben, dass Thólos sich das selbst angetan hat." Jules näherte sich ihr, blinzelte kein einziges Mal. „Schon vor dem Ausbruch hat dieser Zerfall alles Leben unter der Kuppel infiziert ... Verschwenden Sie unsere Zeit nicht damit, so zu tun, als würden Sie keine Lüge leben, nur um sich sicher zu fühlen."

So einfach war das nicht. „Shepherd hat mich gefangen genommen. Ich hatte vorher ein Leben. Ich hatte eine Karriere. Ich hätte eine Zukunft haben können, wenn ich den richtigen Alpha getroffen hätte."

„Dass Shepherd Sie zu seiner Gefährtin gemacht hat, was der bestmögliche Ausgang für Sie, auch wenn Sie in

Ihrer Ignoranz und Ihrem Groll unfähig sind, diese Tatsache zu akzeptieren."

Bevor sie eine sarkastische Antwort geben konnte, machte Jules die Tür auf und ging.

Claire starrte die Tür zornig an, als würde der Mann noch davorstehen, und biss so hart die Zähne zusammen, dass es wehtat. In wenigen Augenblicken und mit ein paar sorgsam gewählten Sätzen hatte der Beta ihr mehr mitgeteilt, als Shepherd es in den ersten fünf Wochen getan hatte, in denen sie ihn gekannt hatte. Jules war ein Bösewicht, dessen war sie sich sicher, aber ein Teil von Claire konnte seine Wut verstehen.

Wut, so hatte es den Anschein, war alles, woraus sie die meiste Zeit über gemacht war.

Diese Männer waren nicht bloß Psychopathen, wie Claire angenommen hatte. Sie hatten alle eine Mission. Jules behauptete, dass jedes Mitglied von Shepherds Armee die Last einer schmerzhaften Vergangenheit mit sich herumtrug. Wenn das genügte, um die Psyche zu verzerren, um das Böse aufrechtzuerhalten in dem Versuch, Gutes zu tun, wie viel Zeit blieb ihr dann noch?

Claire stocherte in ihrem Essen herum, konzentrierte sich wieder auf das Gemälde von Shepherd, das ihr während der Mahlzeiten Gesellschaft leistete, und bemerkte nicht, wie sich die Tür öffnete.

Der Riese stellte erfreut fest, dass sie wieder sein Porträt bewunderte, ging um den Tisch herum und strich ihre Haare zurück.

„Ich habe dir Medikamente gebracht, um die Schmerzen zu lindern", erklärte Shepherd, sobald er ihre Aufmerksamkeit hatte. „Mach den Mund auf."

Ihr wurden zwei Tabletten zwischen ihre geöffneten Lippen geschoben und auf die Zunge gelegt. Claire saß dümmlich da, während Shepherd ihr Glas hielt und es vorsichtig kippte, damit sie schlucken konnte. Sie gehorchte und sein großer Daumen wischte einen kleinen Tropfen Milch weg.

Er nahm ihren überraschten Gesichtsausdruck zur Kenntnis und fragte: „War dir heute übel?"

„Nein. Was auch immer in diesem ekelhaften Getränk ist, scheint meinen Magen zu beruhigen."

„Aber du hast Schmerzen und mir wurde mitgeteilt, dass du Linderung brauchst", grunzte der Mann, seine Sorge offensichtlich. „Du siehst auch müde aus."

„Ich habe ihn nicht um Medikamente gebeten und du wusstest bereits, dass ich wund bin. Du bist körperlich anspruchsvoll und mein Körper ist der Herausforderung nicht immer gewachsen." Claire *war* müde. Sehr müde. „Davon abgesehen, war das nicht der Sinn deiner Bestrafung?"

Shepherd hockte sich hin, so dass sie fast auf Augenhöhe waren, vergrub seine Hände in ihren Haaren und umfasste vorsichtig ihren Schädel. „Es gab keine Bestrafung." Der Mann fing an, seine Finger über ihre Kopfhaut zu bewegen. „Diese blauen Flecken … Du solltest wissen, dass ich mich extrem zurückgehalten habe. Es ist gefährlich, deinen Gefährten derart zu provozieren, da du zerbrechlich bist, Kleine, und ich sehr stark bin. Aber ich habe gegen mich selbst und die Wut angekämpft, die du absichtlich in mir geschürt hast. Ich habe dich nicht geschlagen. Ich hätte dich leicht irreparabel verletzen können."

Das Schnurren war so laut und wie seine Finger sachte an ihren Haaren zogen, fühlte sich wahnsinnig beruhigend an … auch wenn seine Worte verstörend waren. „Es war es wert", murmelte sie.

Der Mann war voller Geduld, scheinbar immer noch so ruhig, wie er beim Aufwachen gewesen war. „Erkläre diese Aussage."

Diese Version von Shepherd war nie wirklich so, wie sie aussah. Claire antwortete vorsichtig: „Es ist die einzige Weise, auf die ich mit dir kommunizieren kann."

Er wirkte fasziniert und seine Augen glänzten, während Shepherd ihre Strategie analysierte. „Du sehnst dich nach mehr Konversation?"

Wenn du deinen Feind und dich selbst kennst, brauchst du den Ausgang von hundert Schlachten nicht zu fürchten. Wenn du dich selbst kennst, doch nicht den Feind, wirst du für jeden Sieg, den du erringst, eine Niederlage erleiden. Wenn du weder den Feind noch dich selbst kennst, wirst du in jeder Schlacht unterliegen. – Sunzi

Claire musste Shepherd kennenlernen. Sie konnte es sich nicht mehr leisten, ihn zu ignorieren, wie sie es zuvor getan hatte. Sie musste seine Anhänger kennenlernen. Mehr noch, sie musste sicherstellen, dass sie sich selbst kannte, und durfte nicht aus den Augen verlieren, was sie war, sollte er sie wieder verletzen.

Sie überlegte, wie sie ihm am besten antworten sollte, und seufzte. „Es wäre normal, zu glauben, dass ich darauf vertrauen kann, dass du dich einfach hinsetzt und mit mir redest. Aber du scheinst unfähig zu sein, etwas zu hören, das dir vielleicht nicht gefällt – und das Gefühl zu haben, nicht gehört zu werden, frustriert mich und macht mich unglücklich."

„Liegt nicht ein Teil der Schuld bei dir, Kleine? Deine Bemühungen, meine Anwesenheit zu ignorieren, sind offensichtlich."

„Warum sollte ich einem Mann Aufmerksamkeit schenken, der mir nicht zuhört oder respektiert, wie ich mich fühle?"

„Weil ich älter und weiser bin. Ich weiß, was am besten ist."

Claire schnaubte, ihre Lippe zuckte leicht. „Was du bist, ist ein Fanatiker und Despot. Und ich glaube nicht wirklich, dass du mich im Geringsten kennst, Herr Grün-ist-deine-Lieblingsfarbe."

Er antwortete nicht. Stattdessen griff Shepherd nach ihr und die Arme, die er um sie legte, fühlten sich … beruhigend an. Claire gähnte, wollte sich hinlegen und beschwerte sich nicht, als er sie zum Bett trug.

Der Alpha setzte sich auf den Rand der Matratze, spielte mit ihren Haaren und befahl ihr, die Augen zu schließen. „Du wirst jetzt schlafen. Wenn du bei meiner Rückkehr in einem akzeptablen Zustand bist, werden wir uns unterhalten."

* * *

Als sie in dem dämmrigen Raum aufwachte, fühlte Claire sich so gut wie seit Wochen nicht mehr. Es war nicht nur das Nickerchen oder die Schmerzmittel, es war eine gewisse Entschlossenheit, ein tieferes Gefühl, dass sie positive Fortschritte machte. Gute Gefühle waren gefährlich und konnten in ihrem Gefängnis leicht verloren gehen, also gab sie sich ihm behutsam hin, allein in der

245

Dunkelheit, bevor sie es wegsperrte – so tief vergrub, dass Shepherd es ihr nicht nehmen konnte.

Der Mann hatte behauptet, dass er mit ihr reden würde. Das gab ihr eine Arena, auf die sie sich vorbereiten konnte.

Es war am Tag zuvor ergebnisreich gewesen, eine Diskussion mit ihm über ihr Gemälde loszutreten, also würde sie ganz einfach anfangen und etwas ausprobieren, das sie bereits kannte. Claire mischte ihre Farben und begann das Bild zu malen, das sie über die Sicherheitskameras gesehen hatte, bevor sie die Omegas aus dem Gefängnis befreit hatte. Sie malte, wie die kleine sechzehnjährige Shanice von einem von Shepherds Anhängern bestiegen wurde.

Alles war so, wie sie es erinnerte: Nichts verschönert, nichts verändert.

Shepherd riss es unter ihrem Pinsel weg, als er zurückkehrte und es sah. Er knüllte es zusammen, Wut flackerte in seinen Augen, und er atmete so tief durch, dass seine Brust sich dehnte wie die eines Drachen, der im Begriff war, Feuer zu speien.

Claire reagierte nicht; sie stieß nur einen Seufzer aus und legte ihren Pinsel weg.

Um ein sehr aufrührerisches Thema auf harmlose Weise anzusprechen, sagte Claire: „Ihr Name ist Shanice. Sie ist sechzehn Jahre alt. Das war ihre erste Hitze und ich kann dir garantieren, dass sie nicht willentlich mitgemacht hat. Sie hat sich seit dem Ende ihrer Brunft jede Nacht in den Schlaf geweint."

„Hätte mein Offizier die Paarbindung eingehen können, wäre sie genauso zufrieden gewesen wie all die anderen!" Shepherd stützte sich auf dem Tisch ab, aggressiv und gereizt darüber, nicht die ideale Situation vorzufinden, die er erwartet hatte. „Du bist die Einzige, die sich nicht daran gewöhnt hat."

Claire legte ihre Hand auf seine, nicht, um ihn zu trösten, sondern um klarzustellen, dass sie die Konsequenzen verstand. „Dieser Mann ist keinen Tag jünger als 45. Das Mädchen geht noch zur Schule."

„Ich bin deutlich älter als du", entgegnete Shepherd hitzig.

„Vielleicht ein Jahrzehnt, vielleicht ein bisschen mehr. Nicht alt genug, um mein Vater zu sein. Ich bin eine erwachsene Frau, Shepherd. Ich bin kein Kind mehr."

Shepherd ballte seine Hand unter ihrer zu einer Faust und knurrte: „Mir ist bewusst, was du tust."

„Ich versuche, mit dir über Dinge zu reden, die ich nicht verstehe", konterte Claire. Kleine Finger drückten wieder seine Hand und sie ließ zu, dass ihre Gefühle sich auf ihrem Gesicht widerspiegelten. „Angesichts deiner Mutter ... erkläre mir, wo die Grenze verschwimmt und es akzeptabel wird?"

Shepherd setzte sich ihr gegenüber hin, war aufgebracht, zwang sich aber dazu, sich zu beherrschen. „Paarungen, die zwischen Alphas und Omegas arrangiert werden, sind historisch gesehen üblich und statistisch gesehen erfolgreich."

„Wenn das Baby, mit dem ich schwanger bin, ein Omega wäre, würdest du das für dein Kind wollen?"

„Unter diesen Umständen, ja. Die paargebundenen Omegas werden von würdigen Alphas behütet und beschützt. Alle werden mit Essen versorgt; sie sind sicher ... sie werden nicht misshandelt. Du bist diejenige, die sie Thólos aussetzen würde, in deinem törichten

Unverständnis von Freiheit." Shepherd drehte seine Hand um, nahm ihre Finger in seine und spielte mit ihnen, auch wenn seine Worte hart waren. „Du hast sie nie gehabt, Claire. Du warst in dieser Stadt nie frei … Du warst an keinem Tag in deinem Leben frei."

Sie hasste es wirklich, wenn er ihren Namen sagte, wusste, dass die unangenehmen Gefühle, die es hervorrief, in ihrem Gesicht zu sehen waren, und spürte, wie ihr ihre Entschlossenheit entglitt. Außerdem hasste sie, wie Shepherd ihre Hand hielt, als ob sie ein Liebespaar wären, als ob er ein Recht darauf hätte – auch wenn sie den Kontakt hergestellt hatte. „*Du* hast *mich* misshandelt. Und ich weiß nicht, was ich mehr hasse: Deine Mutmaßungen oder die Tatsache, dass du gerade meinen Namen ausgesprochen hast, nur weil du weißt, dass ich das nicht mag."

Ein großer Daumen fuhr in einer kreisförmigen Bewegung über ihre Handfläche. „Was dieses Gespräch zu der perfekten Gelegenheit macht, dich an den Klang deines Namens auf meinen Lippen zu gewöhnen, Kleine."

Claire erwiderte seinen Blick, zwang sich dazu, ihm ihre Hand nicht zu entreißen, und gab zu: „Also haben wir beide eine Agenda."

Shepherd zog ihren Arm näher heran und schnurrte: „Es wird keine Neuauflage des Streits von gestern geben."

„Das Thema wurde bereits angesprochen. Ich weiß, wie ich mich fühle, ich weiß, was passiert ist, und ich weiß, warum … auch wenn du es nicht zugeben willst. Es liegt an dir, ob du der Tatsache ins Gesicht siehst oder nicht." Nach einem Atemzug blickte Claire von ihren miteinander verschränkten Händen auf und versuchte es mit einer anderen Herangehensweise. „Haben sich die paargebundenen Omegas wirklich gut eingelebt?"

248

Das Wort war hart und verurteilend. „Ja."

Sie starrte ihn ausdruckslos an. „Du musst dir wünschen, eine weniger impulsive Entscheidung getroffen zu haben."

„Ich habe nie in Frage gestellt, dich für mich zu beanspruchen." Er erklärte seine Wahrheit auf fast musikalische Weise: „Und um deine Frage von gestern zu beantworten: Ja, ich hätte trotzdem gegen die Meute gekämpft und dich für mich beansprucht, wenn Svana nicht abtrünnig geworden wäre. Du bist dazu geboren, mir zu gehören."

Claire zog sarkastisch eine Augenbraue hoch und murrte den begriffsstutzigen Narren an. „Und warst du immer dazu bestimmt, mir zu gehören?"

Er legte seine Hand um ihren Kiefer und beugte sich vor. „Ja."

„Dann muss ich zugeben, dass ich die Ironie darin sehe, dass ich, wie mein Vater, einen Gefährten bekommen habe, der eigentlich mit jemand anderem zusammen sein will. Das ist grausam von den Göttern."

Ohne zu zögern, erwiderte Shepherd: „Ich will nur dich, Claire."

Sie stieß den Atem aus. „Als ich dich in der Zitadelle zum ersten Mal sah, als ich dich zum ersten Mal roch, sah ich nicht meinen Gefährten in dir. Alles, was ich empfand, war Angst. Es war sehr schwer, nicht von der Stelle zu weichen, nicht wegzulaufen."

Shepherd fuhr mit dem Daumen über ihre heruntergezogenen Lippen und zwang sich dazu, eine Frage zu stellen, die seinen Mund hart und seine Schultern steif werden ließ. „Wegen meiner Da'rin-Male?"

Claire schüttelte den Kopf, ihre Augenbrauen zogen sich zusammen. „Nein. Wegen dem, was du getan hast, wo du warst, wie groß du bist … die Brutalität. Mein Vater war ein sehr netter Mann – lustig und freundlich. Das ist für mich der Inbegriff eines Alphas. Das ist ein geeigneter Gefährte. Du bist keines dieser Dinge. Seit du die Bindung erzwungen hast, fühle ich mich kontrolliert und manipuliert, du hast mir Kummer bereitet, ich kann dir nicht vertrauen und du bist nur nett zu mir, um deinen Willen durchzusetzen."

„Ich übernehme die Verantwortung für den Kummer, aber was den Rest betrifft, ist vieles davon deine eigene Schuld. Du hast dir wenig Mühe gegeben, eine zufriedene Gefährtin zu sein. Deine Gegenwehr und deine fortlaufenden Unterwanderungen machen eine strenge Hand erforderlich, um deine Sicherheit zu gewährleisten. Ich bin grausam zu dir gewesen, um dich zu beschützen, und ich manipuliere dich nach Belieben, weil es keine andere Möglichkeit gibt, dir näherzukommen. Wenn du dich wie die anderen Omegas eingewöhnt hättest, würdest du ein glückliches Leben führen. *Und ich sorge mich um dein Wohlergehen.* Ich bringe dir Dinge, für die du mir nie gedankt hast. Ich biete dir das beste Essen. Ich streichle dich und schnurre und bereite dir stundenlang körperliche Lust."

Claire hatte beabsichtigt, bei dem Gespräch ihre Bedenken bezüglich Thólos in den Mittelpunkt zu stellen, nicht, auseinanderzupflücken, warum ihre Paarbindung Wahnsinn war, abgesehen von seinen vielen Verfehlungen. Sie knirschte mit den Zähnen, als sie die Liste seiner lächerlichen Anschuldigungen hörte, atmete tief durch und versuchte, ihr Temperament zu zügeln. „Als du im Undercroft warst, hast du dich bei deinen Gefängniswärtern für die Dinge bedankt, die sie dir gebracht haben?"

250

Shepherds Augen weiteten sich leicht, der Mann war unfassbar beleidigt. „Bedank dich bei mir für die Farben."

Claire fauchte: „Bedank dich bei mir dafür, dass ich Stunden damit verbracht habe, diesen Raum aufzuräumen."

„Kleine." Die Veränderung in ihm war verstörend. Der Mann schnurrte und drückte sanft ihre Hand. „Deine Häuslichkeit in unserer gemeinsamen Unterkunft freut mich sehr. Ich danke dir."

Claire blickte finster drein, verlor an Boden. „Ich habe Angst, dass du wissen wirst, wie sehr ich die Farben mag, und sie mir wegnehmen wirst, wenn ich dir dafür danke."

„Ich werde dir deine Farben nicht wegnehmen. Ich weiß, dass du sie brauchst und dass es wenig für dich zu tun gibt, wenn ich nicht hier bin."

Sie glaubte ihm nicht, aber es spielte keine Rolle. Ihre Unterlippe zitterte. Sie spürte, wie ihre Augen feucht wurden, und flüsterte: „Danke für die Farben."

„Möchtest du weiterreden oder möchtest du jetzt lieber den Himmel sehen?"

Sie hatte keinen Boden gutgemacht, hatte die Gelegenheit vergeudet und wenig gelernt. Das ganze verdammte Gespräch war von einem Mann, der weitaus begabter im Führen von Diskussionen war, unmerklich auf die Spannung zwischen ihnen gelenkt worden. Das war nicht ihr Ziel; das war nicht ihre Absicht.

Claire nahm mental Abstand, musste sich neu gruppieren, und nickte, um der Tortur ein Ende zu bereiten. „Den Himmel."

Kapitel 13

Als Claire in den Raum mit ihrem Fenster gebracht wurde, wurde sie in der Sekunde misstrauisch, als ihre Füße den Boden berührten. Die Einrichtung hatte sich geändert; auf einem kleinen Tisch waren zwei Tabletts mit Essen ... als würde Shepherd mit ihr essen – was nicht nur seltsam wäre, sondern auch ein häuslicher Akt, auf den sie gerade keine Lust hatte.

Wie ein eisernes Band um ihre Taille hielt Shepherds Arm sie eng an seinen Körper gedrückt, die unbequeme Handschelle immer noch an Ort und Stelle. Sie gingen nicht weiter in den Raum hinein, standen nur umständlich da, während er sich runterbeugte, um sie besitzergreifend zu beschnuppern.

„Ich hätte es vorgezogen, mich vorher mit dir zu paaren, habe aber darauf verzichtet, weil du dich unterhalten wolltest. Ich werde dir auch eine kurze Zeit ohne die Handschellen erlauben", sagte Shepherd und schloss das Metall an ihrem Handgelenk auf, während er ihren Körper immer noch starr festhielt. „Solltest du mein Vertrauen missbrauchen, wird der kommende Moment sich nicht wiederholen. Es wäre in deinem Interesse, dich zu benehmen."

Bevor Claire antworten konnte, begannen die zahlreichen Schlösser an der Tür zu zischen und ihr Körper wurde bewegt, so dass sie nur noch Shepherds Brust sehen konnte. Die Tür wurde geöffnet und geschlossen, und erst dann drehte Shepherd sie um, damit sie es sehen konnte.

Claire geriet sofort in Panik, als sie die atemberaubende Blondine anstarrte, und warf schnell ihren Körper zwischen Maryanne und Shepherd. „Was zum Teufel macht sie hier? Du hast es mir versprochen!"

„Claire, beruhig dich, bevor du ein Aneurysma bekommst", neckte Maryanne sie und legte ihr einen Arm um die Schultern. „Ich wurde zum Abendessen eingeladen."

Was für ein verschissener Schwachsinn. Die Sache hatte einen Haken, sie hatte immer einen Haken, und kaltes Grauen legte sich über die Omega. Ihr Blick huschte zu dem Klapptisch, zurück zu ihrem riesigen Gefährten, dann über ihre Schulter zu Maryanne.

Claire hatte Angst.

Das Alpha-Weibchen schob sie nach vorne, lächelte und wackelte mit den Augenbrauen, als würde sie sich überhaupt keine Sorgen machen. „Ich konnte unmöglich Nein sagen, nachdem er mir erzählt hat, dass Steak auf der Speisekarte steht … Glaub keinen Moment lang, dass ich deinetwegen hier bin."

Claires nervöses Lachen klang nicht im Geringsten beruhigt. Die Frauen setzten sich hin und Shepherd ging zu einem dritten Stuhl in der Ecke, um sie zu beobachten, so wie ein Aufseher, der einem Sträfling bei seiner letzten Mahlzeit zusah.

Maryanne fiel enthusiastisch über das Essen her, schwatzte sinnlos und geistlos drauflos, lächelte, während Claire versuchte, den Knoten in ihrem Magen aufzulösen, und betete, dass ihr das Essen nicht wieder hochkommen würde. Nach einer halben Stunde beruhigte sich die angespannte Situation. Shepherds leises Schnurren aus der Ecke und der wohlwollende Blick in seinen Augen, wann immer Claire ihn anschaute, halfen, sie zu besänftigen.

Allein in Maryannes Nähe zu sein, war außergewöhnlich, und einen Moment lang fühlte Claire sich ... wohl.

„Maryanne." Claire schluckte den letzten Bissen Steak runter, sah ihre hübsche Freundin an und sagte neckend: „Ich glaube, du bist vermutlich die einzige Frau in Thólos, die noch Lippenstift trägt."

Stolz wie ein Pfau verzogen sich Maryannes volle, rote Lippen zu einem dekadenten Grinsen. „Ich habe Standards." Die Frau betrachtete Claires Haare prüfend und runzelte die Stirn. „Und du hast deine vernachlässigt. Du brauchst einen Haarschnitt."

„Wie du anhand des bereits geschnittenen Steaks hast feststellen können, darf ich keine scharfen Gegenstände in die Hand nehmen. Ich bin mir zudem ziemlich sicher, dass Friseur-Dienstleistungen nicht Teil von Shepherds Philosophie sind."

Maryanne zog schnippisch eine Augenbraue hoch und schnurrte: „Aber Gourmetküche schon?"

Claire sah auf ihre leergegessenen Teller runter und runzelte die Stirn.

Maryanne strich über Claires Haare, um ihr zu zeigen, wie zerfranst die Spitzen waren. „Weißt du, Claire, wenn es um Mädchensachen geht, musst du es ihm direkt sagen, wenn du etwas brauchst. Dein Alpha scheint im dumm wie Brot zu sein, was Frauen betrifft."

Bevor sie es verhindern konnte, brach die Omega in lautstarkes Gelächter aus. Sie presste sich eine Hand vor den Mund, stellte sich Shepherds Gesichtsausdruck hinter ihr vor und lachte noch heftiger.

Es dauerte eine Minute, bevor sie ihre arrogante, schmunzelnde Freundin tadeln konnte. „Um Himmels willen, Maryanne. Jetzt wird er dich nie wieder zurückkommen lassen."

„Oh." Maryanne lehnte sich wie eine gut gesättigte Katze in ihrem Stuhl zurück. „Ich glaube, dass er das wird."

Während Claire sich wieder sammelte, kam Maryanne ihrer Pflicht nach. „Ich habe deine Omegas besucht. Sie sind vollkommen ahnungslos, was deine Situation betrifft."

Und das war der Grund, warum Maryanne gekommen war. Claire fuhr sich besorgt mit einer Hand durch die Haare. „Glauben sie, ich hätte mich umgebracht?"

„Ja."

„Das ist gut. Sie würden sich Sorgen machen, wenn sie glauben würden, ich wäre noch am Leben."

„Nur weil sie Angst hätten, dass du ihnen Probleme bereiten könntest."

„Maryanne ...", warnte Claire, „das ist nicht fair."

Maryanne grinste arrogant und wedelte mit dem Finger. „Das Leben ist nicht fair, Zuckerpuppe."

„Das Leben ist, was wir daraus machen."

„Sagt die Frau mit den zotteligen Haaren und spröden Lippen. Du hast offensichtlich nicht viel aus deinem gemacht."

Irritiert darüber, dass Maryanne sich erlaubte, sie zu kritisieren, beugte Claire sich vor und fauchte: „Und was zum Teufel soll das heißen?"

„Dass ich nach einem guten Blick auf dich erkennen kann, dass du das Opfer gespielt hast, anstatt zu versuchen, *zu leben*." Maryannes Stimme war nicht mehr ausgelassen, ihr Blick nicht mehr verspielt. „Ja, deine Situation ist scheiße; ja, es ist nicht das, was du wolltest. Aber es ist, was es ist. Und ich kenne dich … Ich kann förmlich sehen, wie du stagnierst, anstatt dich anzupassen, und so starrköpfig bist, dass es wehtut. Er ist vielleicht kein Märchenprinz, aber hier bist du sicher. Er versorgt dich mit Essen. Du hast es besser als fast jeder andere unter der Kuppel."

Claire sah aus, als wäre sie kurz davor, ihrem Gast den Kopf abzureißen, und fauchte: „Hat er dir gesagt, dass du das sagen sollst?"

„Sehe ich so aus, als würde ich alles tun, was er mir sagt?"

„Natürlich tust du das." Claire verengte die Augen und formte die Wörter mit dem Mund. „Du hast einst Freunde gebraucht … das ist dein *Freund*, der jetzt in der Ecke sitzt."

Maryanne sah einen Moment lang verletzt aus, dann wurde sie kalt und ruhig. „Du weißt nicht, wie es da unten war, Claire. Selbst du hättest *alles* getan, um da rauszukommen. Und nein, er hat mir nicht gesagt, dass ich das sagen soll. Das ist meine eigene Meinung."

„Nun, aus deinen Lebensentscheidungen geht hervor, dass dein Urteilsvermögen nicht immer das beste ist."

„Dieser Blick in deinen Augen." Die Blondine lehnte sich nach hinten, genauso unglücklich wie ihre Freundin. „Ich weiß, was er bedeutet. Du weißt, dass ich recht habe. Und ja, ich habe Scheiße gebaut. Ich bin, was ich bin. Aber du liebst mich trotzdem."

„Das tue ich, du Miststück."

Plötzlich legte sich etwas Warmes und Schweres auf Claires Nacken. Sie verspannte sich, hatte nicht bemerkt, dass Shepherd stillschweigend hinter ihr aufgetaucht war. Sein Daumen strich über ihre Wirbelsäule und er sagte: „Das reicht für heute."

Claire stand auf, um sich zu verabschieden, wobei Shepherd seine Hand auf ihrem Nacken liegen ließ. „Es tut mir leid, dass ich dich angeschnauzt habe, Maryanne."

„Das sollte es nicht." Maryanne lächelte sanft. „Du darfst zickig sein; du bist schwanger. Bevor du dich versiehst, wirst du außerdem fett sein."

Und schon kicherte Claire wieder, trat aus Shepherds Schatten heraus, um ihre Freundin zu umarmen. Claire stellte sich auf die Zehenspitzen und gab Maryanne einen flüchtigen Kuss auf die Lippen, so wie die engen Freundinnen sich immer voneinander verabschiedeten.

Und es war ein Fehler.

Shepherd knurrte wütend und Claire eilte zu ihm zurück, flehte ihn an: „Tu ihr nicht weh!"

„Sie ist wie meine Schwester, Shepherd", versuchte Maryanne ihn zu beruhigen, schaffte es nicht, die Angst in ihrer Stimme zu verbergen. „Komm nicht gleich auf solch schmutzige Gedanken."

„Du wirst sie nicht wieder küssen." Ein Arm legte sich um Claires Taille und hielt sie an seine Seite gedrückt, während Shepherd einen Wortschwall an fremden Wörtern in Richtung Tür rief.

Die Bolzen glitten auf und die Tür öffnete sich, damit Ms. Cauley von einer Parade bewaffneter Anhänger hinausbegleitet werden konnte. Noch während sich die Tür schloss, presste Shepherd Claire gegen die Wand. Sie hörte seinen Reißverschluss, die Ungeduld in Shepherds Knurren, als er ihren Rock anhob, und mit einem schnellen Stoß war er in ihr.

Es war nichts anderes als ein animalischer Besitzanspruch, beide noch voll bekleidet, aber sein Grunzen war laut und Claire wusste, dass Maryanne und jeder andere im Flur sie hören konnte. Und das war natürlich genau der Punkt. Shepherd hängte lautstark an die Glocke, dass sie ihm gehörte. Sie wollte sich dafür schämen, stellte aber fest, dass ihr Körper sich daran ergötzte, dass ihr Verstand bereits in den Rausch verfiel. Es war eine schnelle Paarung, die besonders befriedigend wurde, als er sie umdrehte, kurz bevor sie kam. Sein Knoten formte sich, während sie sich ansahen, ihre Beine um seine Taille gewickelt, und seine Kraft hielt sie aufrecht, als all die Lust aufblühte.

„Du hast meinen Namen nicht gesagt", keuchte er mit Augen, die geschmolzenem Eisen glichen.

Sie sagte ihn, nur damit er die Klappe halten und sie das Nachglühen genießen lassen würde. „Shepherd."

Roter Lippenstift war über Claires Mund verschmiert. Shepherd hielt sie fest und machte sich daran, ihn abzureiben. Sein Finger zögerte, änderte den Kurs und verteilte ihn stattdessen, bis ihre Lippen einen rosigen Farbton annahmen. „Hatte Maryanne mit ihrer Einschätzung recht? Sind Kosmetika etwas, das du brauchst?"

Sein Knoten war gerade erst in ihr angeschwollen, er spritzte immer noch ab, und der Mann stellte ihr dumme Fragen. Claire sah ihn an, als wäre er verrückt, und blickte finster drein. „Niemand braucht Kosmetika."

„Ich habe kein Problem mit der Länge deiner Haare und sie sind auch nicht zerfranst", murrte er als Nächstes und strich über genau die Stelle, über die auch Maryanne gestrichen hatte, als würde er die Berührung der anderen Alpha ausradieren.

Claire verdrehte die Augen und ließ den Kopf nach hinten gegen die Wand fallen.

Seine Lippen wanderten zu ihrer Wange, ihrem Ohr, ihrem Hals. „Ich habe dich noch nie so lachen hören."

Es gab nichts, was sie sagen konnte, das nicht provozierend sein würde, aber es war eindeutig, dass er eine Art Antwort erwartete. „Sie ist lustig. Das war sie schon immer."

Shepherd verstand, dass es weniger Maryannes Kommentar war als vielmehr die Tatsache, dass Claire der Feststellung ihrer Freundin vollkommen zustimmte. Svana hatte ihn nie für unzulänglich befunden, wenn es darum ging, sie oder ihre Bedürfnisse zu verstehen. Sie war leicht zufriedenzustellen, liebte die Geschenke, die er ihr brachte, und bedankte sich immer herzlich bei ihm. Claire war an fast allem, was er ihr zur Verfügung gestellt hatte, nicht interessiert, hatte der neuen Kleidung, den Juwelen in der Schublade oder den feinen Dingen, die er in den Raum stellte, nie eines zweiten Blickes gewürdigt. Er wusste, dass sie das Essen mochte, auch wenn ihr Stolz sie davon abhielt, es auszusprechen … und sie fand Freude an ihren Farben. Nichts anderes hatte jemals eine Reaktion hervorgerufen.

Er hatte jeden Moment der Unterhaltung der beiden Frauen gehasst, bis auf Maryannes weise Zurechtweisung ihrer Freundin. Es war das Einzige, was ihn vielleicht dazu bewegen würde, ein derartiges Treffen erneut zuzulassen.

Noch seltsamer war, dass Claire feindselig geworden war, sie sich gestritten hatten und es dann vorbei gewesen war. Keine der beiden war mehr sauer gewesen.

Die Omega sackte zusammen, schlief in seinen Armen ein. Shepherd, sein Knoten immer noch in ihr, trug sie zu dem Sessel und setzte sich mit ihr hin, während er darauf wartete, dass sein Glied schlaffer wurde. Als ihre Nase sich an seinen Hals schmiegte und sie anfing, seinen Geruch einzuatmen, bestärkte der Alpha sie in ihrem Verhalten, spielte mit ihren Haaren und hörte ihrem eigenartigen, musikalischen Summen zu – ein Omega-Geräusch, das sie nicht von sich gegeben hatte seit … seit Svana.

Er hatte seine Gefährtin glücklich gemacht. Sie lächelte sogar, an die Haut seines Halses gedrückt, und Shepherd war sich sicher, dass sie nicht wusste, dass er den Anblick in ihrem Spiegelbild im Fenster genießen konnte. Das Schnurren wurde tiefer, ihre Wimpern flatterten, ihre Finger spielten mit dem Stoff seines Hemdes.

„Ich würde dir feminine Dinge geben, wenn du darum bitten würdest", murrte der Mann, sonderbar entspannt, wenn man bedachte, wie verärgert er nur wenige Minuten zuvor gewesen war.

Sie holte tief Luft und drückte sich hoch, um ihm in die Augen zu schauen. Nach ihrer Unterhaltung unten wusste sie, was angebracht war. „Ich weiß nicht, warum du es getan hast, und kann nur vermuten, dass eine egoistische Absicht dahintersteckt, aber in diesem Moment weiß ich es zu schätzen. Danke, dass du dafür gesorgt hast, dass ich Zeit mit Maryanne verbringen konnte."

Er konnte so sanft sein, so anders. Er umfasste ihr Gesicht und sah sie mit einem weichen Ausdruck an. „Mein Motiv war nur, dir zu zeigen, dass ich meinen Teil der Abmachung einhalte, und dass du dich vergnügst."

Shepherd benahm sich korrekt, er machte Zugeständnisse … und er wollte, dass sie es anerkannte. Sie saugte ihre Unterlippe in den Mund und nahm sich einen Moment Zeit, um ihn aus nächster Nähe zu betrachten; sie setzte sich auf, so dass sein weicher werdendes Glied aus ihr herausrutschte und sie auf Augenhöhe waren. Claire berührte seinen Hals dort, wo die Da'rin-Parasiten herumwirbelten, die Bögen seiner Augenbrauen, die diversen Narben auf seinem Gesicht, über Jahrzehnte von Schlägereien angesammelt.

Dieser Mann war ihr Feind.

Shepherd versuchte, sie zu animieren. „Du bist neugierig …"

Als der Mann sprach, wurde sie aus ihrer abstrakten Betrachtung gerissen. Was ein Subjekt gewesen war, wurde zu einer Person, und Claire wich zurück. „Senator Kantor hat mir erzählt, dass deine Da'rin-Male für die Männer stehen, die du getötet hast."

„Das ist unter der Erde üblich, um potenzielle Gegner abzuschrecken."

„Er hat gesagt, dass sie wehtun …"

„Im Sonnenlicht, ja."

Sie saßen in einem Kegel aus Sonnenlicht und obwohl sein Hemd langärmelig war, lagen die Male an seinem Hals frei. Er wirkte so ruhig, seine Augen fokussiert, aber weich, dass Claire Zweifel hatte. „Aber du deckst sie nicht ab."

Shepherd schmunzelte und versuchte, sie auf ihre unempfänglichen Lippen zu küssen. „Ich kann die Schmerzen ertragen."

Claire legte ihm einen Finger unters Kinn, darauf erpicht, den Mann von seinen amourösen Absichten abzulenken, und drängte ihn, sich zu strecken, damit sie seinen Hals im Licht sehen konnte. Ein Fingernagel kratzte über die sich verzweigenden Markierungen und sie betrachtete ihn prüfend, zählte die Leben. „Wie viele?"

261

Der Mann begann zu schnurren, dehnte sich und schwelgte darin, dass Claire die Muster nachfuhr. „Viele."

Mit traurigen Augen gestand sie: „Ich habe versucht, sie zu zählen, immer wieder. Ich verliere jedes Mal den Überblick ..."

Er wollte, dass sie verschmust und zufrieden war, nicht verängstigt und streitsüchtig. „Das ist unter der Erde Tradition. Ihr habt auch Traditionen. Die meisten Männer sind ein paar Jahre im Undercroft, vielleicht ein Jahrzehnt, wenn sie stark sind. Ich wurde dort geboren. Bevor ich den Gefangenen eine Aufgabe gab und ihnen Überlebenswillen verlieh, lebten nur wenige so lange, dass sich die Da'rin-Male so weit ausbreiten konnten wie bei mir. Meine Markierungen waren für viele ein Zeichen der Hoffnung, dass sie es auch ertragen könnten."

Für die Männer, die unverschuldeterweise in die Dunkelheit geworfen worden waren, für die Männer, die wegen kleiner Vergehen dort hinuntergeschmissen worden waren ... für Maryanne ... konnte Claire es verstehen. „Der Dome ist nicht das, wofür ich ihn gehalten habe, aber er ist auch nicht das, wofür du ihn hältst."

Er fuhr ihr mit den Fingern durch die Haare und sagte neckend: „Du weißt so wenig, redest aber so viel."

„Rede mein Leben nicht klein." Sie fuhr sich mit der Hand über die Augen. „Ein Alpha kann sich nicht vorstellen, wie es ist, als Omega aufzuwachsen. Natürlich wird die Dynamik erst im Alter von zwölf oder dreizehn Jahren bestätigt, aber diese Angst, zu wissen, dass all deine Kindheitsgebete, eine Beta zu werden, unbeantwortet geblieben sind. Zu wissen, dass du nie mehr sein würdest als das kostbare Eigentum eines Alphas. Ich hatte diesen Kreislauf durchbrochen. Ich hatte so sehr aufgepasst."

Der Mann legte seine Arme um sie, als würden sie einen zärtlichen Moment miteinander teilen. Er küsste sie sogar auf die Stirn. „Eines Tages wirst du mir danken – umgeben von unseren Kindern, glücklich mit dem Leben, das ich dir ermöglicht habe."

„Du willst meinen Dank? Nun, es gibt etwas, das ich will."

Er fuhr misstrauisch mit den Händen ihren Rücken hinunter, Wirbel für Wirbel, und ließ die Frage wie eine Warnung klingen. „Ja?"

Mit ihrer Hand auf seiner Brust, ihrem warmen Atem an seinem Hals, seufzte sie. „Als ich durch Thólos gewandert bin, habe ich Lilian und die anderen Omegas vor der Zitadelle baumeln sehen. Würdest du ihnen ein richtiges Begräbnis geben, wenn ich dich darum bitten würde?"

Als er den Kopf schief legte, wusste sie, dass er sein Interesse geweckt war, dass er die Vor- und Nachteile abwog, die mit der Erfüllung ihrer Bitte einhergehen würden. Shepherd drehte ihr Kinn, seine Augen glitzerten, und seine Strategie, um die Oberhand zu gewinnen, formierte sich. „Ich wäre bereit, ein Zugeständnis zu machen, wenn ich auch eins bekomme."

Claire hatte vor langer Zeit jegliche Illusionen verloren, was diesen Mann betraf. Natürlich würde er etwas wollen. „Was willst du?"

Sein Blick wurde flüssig, wie geschmolzenes Eisen. „Ich glaube, wir beide wissen, was ich will."

„Ich werde mich nicht hereinlegen lassen. Sei entweder genau oder vergiss meine Bitte."

Shepherd lachte leise und sagte: „Du bist noch klüger geworden, meine kleine Omega. Küss mich und ich werde dir geben, was du willst."

„Du müsstest mir viel mehr anbieten, um mich dazu zu bringen, dich zu küssen. Stattdessen werde ich dir anbieten …" Claire schürzte die Lippen und versuchte nachzudenken, ignorierte, wie er seine warme Hand in kleinen Kreisen über ihre Lendenwirbelsäule bewegte, sie zum Verhandeln animierte. „Ich werde anbieten …" Es gab nicht wirklich etwas, das sie anbieten konnte. „Ich werde für dich singen."

„Nein."

„Ich werde malen, was immer du willst."

„Nein."

Sie hatte so viele enttäuscht; sie konnte wenigstens diese eine Sache für die toten Frauen tun. Sie hielt ihre Hand über seinen freiliegenden Schwanz und täuschte Entschlossenheit vor, aber ihre wacklige Stimme verriet sie. „Ich werde zu einem Zeitpunkt deiner Wahl Sex initiieren."

Shepherd blickte zwischen ihnen nach unten, wo ihre Hand so nah war, aber nicht nah genug. Er ließ sich verleiten und schnurrte, nach dem Blick in seinen Augen bereit, sie zu verschlingen. „Das ist ein weitaus interessanteres Angebot. Ich wähle alle drei."

Gut, dann war es das, was er bekommen würde. „Ich will einen Beweis dafür, dass es getan wurde."

Der Alpha grinste, durch und durch selbstgefällig. „Sing jetzt etwas, in gutem Glauben."

Das konnte sie tun. „Welches Lied möchtest du hören?"

Shepherd schob ihr die Haare hinter die Ohren, um sicherzustellen, dass seine Sicht ungehindert war. „Das Lied, das du zuerst gesungen hast, aber diesmal, ohne zu weinen. Du musst mir auch in die Augen sehen, während du es für mich singst."

Die Ballade ertönte und sie sang sie von Anfang bis Ende. Shepherd streichelte sie, schnurrte und wirkte sehr zufrieden mit dem Arrangement. Claire weinte nicht, war viel zu sehr darauf bedacht, ihren Willen durchzusetzen.

Als sie aufhörte, war er friedlich ... sah sie so an, wie er Svana angeschaut hatte. „Es könnte die ganze Zeit so sein, Kleine."

Sie legte ihm eine Hand an die Wange und sagte leise, mit einem Herz so hart wie Stein: „Nein, Shepherd, das könnte es nicht."

„Du wirst schon sehen ..." Shepherd zog sie gelassen nach unten, damit sie sich ausruhte. „Ich werde es dir zeigen."

* * *

Alles war weich und warm und flauschig. Claire hatte kein Interesse daran, sich zu bewegen, auch nicht für den Geruch von Kaffee und die warme Hand, die in ihre Höhle gesteckt wurde. Shepherd legte sie um ihre Taille und zog, bis ihre verwuschelten Haare unter der blauen Decke hervorkamen und die verschlafene Omega erschien.

Das neue Bett war während ihres Essens mit Maryanne geliefert worden – alles in ihrem Lieblingsblau, alles frisch. Trotz der Mühe, die der Alpha sich gegeben hatte, hatte Claire tagelang lang nicht den Drang verspürt, zu nisten. Aber er legte sie immer wieder hinein, unterbrach sie, bei was auch immer sie tat, und vergrub sie beide unter den Decken, streichelte ihren Bauch, um die Omega dazu zu bringen, an das Baby zu denken, bis es endlich einfach Klick machte und sie unbewusst anfing, an ihm zu schnüffeln, näher an ihn heranzurücken.

Claire rieb sich den Schlaf aus den Augen und schmollte, nicht glücklich darüber, dass Shepherd sie geweckt hatte. Er war ein weiser Mann und gab ihr ihren Cappuccino, wartete ihr neues Morgenritual ab, bei dem seine Kleine auf das Bild spähte, das an diesem Tag in dem Schaum zu sehen zu war, und gleichzeitig versuchte, ihr Interesse daran zu verbergen, bevor sie daran nippte und das Kunstwerk zerstörte.

Eine detaillierte Mohnblume blühte in ihrer Tasse. Claire musste sich widerstrebend eingestehen, dass sie ihr sehr gefiel. „Weiß die Person, die diese Kaffees zubereitet, für wen sie sind?"

Shepherd antwortete mit einer Frage: „Du fragst wegen der Blume?"

„Du musst zugeben, dass es ein wenig lächerlich wäre, dass sie *dir* ein Getränk mit einer Blume geben würden."

„Es ist ein Balzritual der Dome-Kultur, dass der Mann der Frau Blumen schenkt. Ich habe angeordnet, dass es auf diese Weise zubereitet wird."

Claire zuckte innerlich zusammen, nippte an dem Getränk und hasste es, dass sein Versuch, eine romantische Geste zu machen, sie erröten ließ, dass er ihre Verlegenheit für Schüchternheit halten würde, dass er sie bereits mit einem arroganten Schimmer in den Augen ansah.

Das war noch nicht alles. „Unsere Vereinbarung wurde erfüllt."

Claire stellte die Tasse und die Untertasse auf dem Nachttisch ab und wappnete sich. „Und der Beweis?"

Shepherd holte seinen COMscreen heraus. „Wird dich möglicherweise nur verstören, also bitte ich dich darum, mir zu vertrauen und dir die Fotos nicht anzuschauen."

Claire würde so einem Mann auf gar keinen Fall vertrauen. „Es könnte nicht schlimmer sein als andere Dinge, die ich in dieser Stadt gesehen habe."

Sie nahm den COMscreen, schnappte ihn sich aus seinen Händen. Das erste Bild war aus der Ferne aufgenommen worden, alle drei Leichen baumelten in der Luft, waren aber nicht nah genug, um grausam zu sein. Das zweite war von der gleichen Stelle aus aufgenommen worden und zeigte, wie Shepherds Anhänger sie runternahmen. Claire war versucht, hier aufzuhören und das als gut genug zu akzeptieren, aber das zu tun, würde bedeuten, ihrem Gegner gegenüber Schwäche zu zeigen. Ihr Finger glitt über den Bildschirm. Leichen lagen nebeneinander in einem offenen Grab, ihre verwesten Gesichter waren zu sehen. Dort, wo einst ihre Augen gewesen waren, waren jetzt nur noch Löcher. Alle Leichen war immer noch geknebelt, geschrumpfte Lippen legten Zähne frei und die Henkersseile waren in ihre Hälse eingewachsen.

Claire konnte den Blick nicht abwenden.

Shepherd nahm ihr den COMscreen sanft aus den Händen. „Bist du zufrieden?"

Ihr war unfassbar übel. Claire nickte, ihr Mund sauer, und versank tiefer im Bett, in der Hoffnung, dass er gehen würde, damit sie ins Badezimmer laufen und sich übergeben konnte.

Shepherd kannte jeden ihrer Ticks und wusste, dass es ihr nicht gut ging. Claire konnte entweder ins Badezimmer gehen und sich mit Würde übergeben, oder er würde sich einmischen, wie sein finsterer Blick sie wissen ließ.

Sie rutschte aus dem Bett, ging an ihm vorbei, schloss die Tür für etwas Privatsphäre und erbrach alles, was sie gerade geschluckt hatte. Sie war sich ziemlich sicher, dass einige Zeit vergehen würde, bis sie wieder einen Cappuccino genießen würde.

Er ließ sie in Ruhe, wartete darauf, dass sie sich das Gesicht wusch und die Zähne putzte, und als sie zurückkehrte, begann Claire sich anzuziehen, als wäre nichts passiert.

Sie bürstete ihre verknoteten Haare und drehte sich zu dem Mann um, der immer noch am Fuß des Bettes saß. „Was soll ich für dich malen?"

Er holte nachdenklich Luft und seine Stimme war fast heiter, als er sprach. „Ein Porträt von dir, Kleine. Eins, das mir gefallen wird."

Mit der Bürste mitten in einem Knoten dachte Claire darüber nach, nicht sicher, ob Shepherd begriff, wie schwierig ein Selbstporträt sein würde. „Das liegt außerhalb meiner Fähigkeiten. Es wird möglicherweise nicht gut."

Er schnippte mit den Fingern, winkte sie näher heran. Claire befürchtete, dass er von ihr erwarten würde, die andere Bedingung ihrer Vereinbarung in diesem Moment zu erfüllen, und versteifte sich, ging aber zu ihm.

Er nahm ihr die Bürste aus den Händen, legte sie weg und zog sie auf sein Knie. „Ich will, dass du jetzt für mich singst."

„Ich habe bereits für dich gesungen."

Der Mann grinste durchtrieben und sagte: „Unsere Vereinbarung hat nicht festgelegt, wie oft. Du hast nur gesagt, dass du für mich singen würdest, und ich möchte, dass du es wieder tust."

Claire vermutete, dass es für sie war und nicht für ihn, eine Ablenkung, die ihre Gedanken in eine ruhigere Richtung lenken würde. „Wenn du ein Exempel statuierst und anfängst, die Regeln zu brechen, wird das irgendwann nach hinten losgehen."

Er berührte ihre Nase mit einem Finger. Shepherd blinzelte und der Mann flüsterte: „Bitte."

Sie sang das erste Lied, das ihr ihn den Sinn kam, eine alte Hymne über den Krieg … ein Lied, das ergreifend und traurig war und die Misere von Thólos deutlich widerspiegelte.

„Ist dir immer noch übel?", fragte Shepherd, der sich ihrer kleinen musikalischen Meuterei bewusst war, und berührte sanft ihren Bauch.

Claire fühlte sich in der Regel nach dem Aufwachen nicht wohl, vor allem nachdem sie aus dem Bett gezerrt wurde, um Bilder von Opfern zu sehen, die Shepherd ermordet hatte, und das sagte sie ihm auch.

„Die Strafe, die diesen Frauen auferlegt wurde, war verdient." Ihre Aussage ließ den Mann kalt. „Wenn dein Tod ihnen etwas gebracht hätte, hätten sie nicht gezögert, dich umzubringen. Es war nett genug von dir, sie begraben zu lassen. Trauere nicht weiter um sie."

„Möchtest du nicht, dass jemand um dich trauert, wenn du stirbst?", fragte Claire, nicht angriffslustig, sondern nur an seiner Antwort interessiert.

Shepherd streichelte über das Baby, das winzige Ding, das ihre Figur noch nicht verändert hatte, und fragte: „Würdest du nicht um mich trauern, Kleine? Oder würdest du dich über den Tod deines Gefährten freuen?"

Claire war kein Unmensch. Sie hatte natürliche Gefühle und spürte einen Missklang in der Verbindung, ein plötzliches, unbehagliches Pulsieren in ihrer Brust, die allein bei dem Gedanken an den Tod des Trägers der Bindung traurig wurde. Auf einer noch tieferen Ebene vermutete sie, dass sein Tod nicht gleichbedeutend mit ihrer Freiheit sein würde – zu viel war passiert. Sie würde verkümmern, so wie sie es getan hatte, als die Bindung beschädigt gewesen war. Sie würde sterben. Nicht sicher, wie sie seine Frage beantworten sollte, rieb sie sich das Gesicht und weigerte sich, zu antworten.

„Der Gedanke verstimmt dich." Es war wieder die leise, manipulative Stimme und die sanften Berührungen eines Mannes, von dem sie wusste, dass er vorgab, etwas zu sein, das er nicht war. „Du brauchst keine Angst zu haben. Jemand würde sich immer um dich kümmern."

Manchmal hatte es den Anschein, als könnte Shepherd ihre Gedanken lesen. Dann hatte es wieder den Anschein, dass er so falsch lag, als würden sie auf verschiedenen Planeten leben.

Claire musste von seinem Schoß runter, musste nachdenken. Shepherd erlaubte es.

Sie strich sich die Haare glatt und machte sich daran, ihm bei einem anderen Thema zuzusetzen. „Ich kann es mir nicht erklären. Was willst du von Thólos? Du bist ein König mit einer Liste von Ambitionen, aber du lässt deine

Ländereien verfallen. Du herrschst über alles unter der Kuppel, aber du hasst deine Untertanen."

Shepherd stützte die Ellbogen auf den Knien ab und sprach voller Scharfsinn, während die Omega auf und abging. „Die Zahl meiner treuen Anhänger ist weit über das hinausgewachsen, was ich mir vorgestellt habe. Elend destilliert die Seele."

Die Dinge, die sie in den Straßen von Thólos gesehen hatte, die Verderbtheit – sie versetzten der Wahrheit seiner Worte einen Stich. „Die, die sich dir seit dem Ausbruch angeschlossen haben, sind Verräter, die sich aus einem fehlgeleiteten Überlebensinstinkt für deine Doktrin entschieden haben."

„Stimmt, aber der Großteil des Terrors in Thólos wurde von seinen eigenen Bürgern verübt. Ich habe mich nicht eingemischt."

Claire schluckte, rang die Hände und suchte nach etwas, das sie benutzen konnte. „Ich weiß. Ich habe um Hilfe gebeten … weißt du noch? Du hast mir nicht geholfen."

Ein wohlwollender Glanz ließ Shepherds Augen aufleuchten. „Aber das habe ich."

Claire war kurz davor, die Beherrschung zu verlieren. „Ich werde diesen Streit nicht mit dir führen."

„Denk an deinen Angriff auf den Undercroft", erinnerte der Riese sie. „Denk an das, was du für die Omegas erreicht hast. Was in Thólos passiert, definiert den Charakter. Du bist außergewöhnlich."

Das war weit von der Wahrheit entfernt. Claire richtete beschämt den Blick auf den Boden und gestand: „Hat Maryanne dir erzählt, was ich tun musste, um sie davon zu überzeugen, mir zu helfen?"

„Derartige Dinge habe ich mit Ms. Cauley nicht besprochen. Was du getan hast, wurde dir verziehen, und deine Motivation nachvollzogen."

„Ich habe ihr gedroht", gab Claire zu, war sich sicher, dass er erkennen musste, wie seine Besatzung sich selbst auf sie ausgewirkt hatte. „Ich habe ihr mit dir gedroht."

Shepherd konnte nicht anders, als laut zu lachen. „Wie charmant du doch bist. Mach dir keine Sorgen. Du hättest die Drohung nie umgesetzt. Das wissen wir beide."

Aber sie hatte ihrer Freundin trotzdem übel mitgespielt. „Ich habe gehasst, es zu tun, Shepherd."

Der Mann nickte, völlig selbstzufrieden. „Aber es war notwendig."

Er verdrehte ihre Worte, nutzte die Gelegenheit, um sie zu beeinflussen. Er zeigte keine Reaktion, blieb geduldig, und Claire fragte sich, warum er sich zu freuen schien, als sie fragte: „Wo wird es enden?"

Shepherd antwortete wie ein Vater, der ein Kind belehrt. „In einer kultivierten Utopie."

Claire gab sich Mühe, nicht mit den Zähnen zu knirschen, und kehrte zum Thema zurück. „Voll geschädigter Menschen? Wie soll Shanice eine Welt genießen, die zu ihrer Vergewaltigung geführt hat?"

„Hättest du dich nicht eingemischt, wäre sie sicher gewesen, fern von den Gefahren von Thólos und von ihrem Gefährten umsorgt – der ihr alles gegeben hätte, was sie braucht. Charles war ein guter Mann, der es verdient hatte, mit der Liebe einer Omega belohnt zu werden."

Sie würde nicht vergeblich auf der Sache herumreiten. „Wo ist in dieser Utopie die Gerechtigkeit für meinen toten Jungen? Die Kinder, die leiden und sterben, sind unschuldig ..."

„Die Kinder werden von ihrem eigenen Volk vernachlässigt und getötet. Meine Anhänger tun ihnen kein Leid an."

„Aber sie helfen ihnen auch nicht. Sie erhalten das Leid aufrecht. Ich verstehe nicht, wie du nicht sehen kannst, was ich sehe", sagte Claire, ihre grünen Augen groß und flehend. „Shepherd, du hast Sträflinge freigelassen. Du hast Brutalität befeuert. Du bist eine gefährlichere Infektion als die Rote Tuberkulose."

„Weniger als zwanzigtausend Männer wurden in einer Millionenstadt freigelassen ... in einer Stadt von Menschen, die sich dafür entschieden haben, die Gewalt mit offenen Armen willkommen zu heißen, anstatt ehrenhaft zu bleiben – Menschen, die sich leicht zu Schlechtem verleiten lassen. Ich habe ihnen nie gesagt, dass sie plündern, vergewaltigen oder morden sollen. Thólos ist für sein Handeln verantwortlich."

„Du manipulierst uns alle mit einem Geschick, das schrecklich ist, aber in andere Bahnen gelenkt werden könnte." Claire stampfte frustriert mit dem Fuß auf und fragte fordernd: „Warum nicht zu Gutem inspirieren, warum nicht versuchen, die Welt durch Gewaltlosigkeit zu verändern?"

„Das hätte an einem so unmoralischen und korrupten Ort keinen Sinn. Diese Art von Menschen kann man nicht zur Vernunft bringen. Man kann es ihnen nicht erklären oder sie belehren. Sie wissen genau, was sie tun. Sie kümmern sich einen Dreck um dich, deine Güte oder irgendetwas, das über ihre eigenen unersättlichen Begierden hinausgeht. Was weißt du schließlich schon über Senator Kantor, den Held des Volkes? Dieser Mann

273

würde alles für die Macht tun, würde jeden manipulieren, um reicher zu werden. Er weiß von Geheimnissen, für die ihm der Widerstand die Kehle durchschneiden würde, wenn sie davon wüssten."

Claire kämpfte darum, nicht an Boden zu verlieren oder sich ablenken zu lassen, und knurrte: „Du bist bitter, weil er immer noch frei ist, weil er kämpft."

Shepherd verschränkte seine großen Arme vor der Brust und sagte: „Was lässt dich glauben, dass ich nicht weiß, wo er genau in diesem Moment ist?"

Sie atmete tief durch und zwang sich dazu, passiv auszusehen. „Es gibt keinen Widerstand."

„Und es wird nie einen geben." Die zerknitterte Haut um seine Augen herum intensivierte Shepherds Lächeln. „Thólossianer werden sich nie erheben, solange der Preis dafür ihr immer kleiner werdender Komfort ist."

In dem Wissen, dass die Frage ihn irritieren würde, fragte Claire unverblümt: „Hatte mein Flugblatt eine Wirkung?"

„Ja." Die Heiterkeit und die verschlagene Verstohlenheit verschwanden aus den silbernen Augen und sie verengten sich missbilligend.

Das war etwas, das weckte Hoffnung. „Also hast du unrecht."

Shepherds Gesichtsausdruck wurde düster und er antwortete, als ob es ihm widerstrebte. „Dein Bild hat zu einer Reihe von gewaltsamen Morden an schwarzhaarigen Frauen geführt, die wie du aussehen. Meine Männer finden mit jedem Tag mehr."

Claires Stimme brach, der Hoffnungsschimmer, den sie gehabt hatte, zersplitterte. „Du lügst!" Aber sie fiel bereits in sich zusammen, weil es einfach zu verdammt glaubhaft war.

Shepherd fragte sanft: „Verstehst du jetzt, was die Bürger dieser Stadt sind?"

Mit dem Kopf in den Händen begann Claire zu weinen, die Verantwortung für den Tod jeder dieser unbekannten Frauen war für immer in sie eingemeißelt.

Er hatte sie wieder überlistet; er hatte gewonnen.

Seine Arme legten sich um sie. Claire wurde von Schluchzern geschüttelt, hasste sich selbst für das, was ihr Flugblatt verursacht hatte, dafür, wie unfassbar dumm sie war, weil sie nicht erkannt hatte, zu was es führen könnte, und fiel zu Boden. Er war innerhalb von Sekunden in ihr, hielt sie fest, damit sie sich in ihrer Gegenwehr nicht verletzen konnte. Sie weinte die ganze Zeit über, Tränen liefen ihr aus den Augen, selbst als sie zum Höhepunkt kam, selbst als er ihr von süßen, beruhigenden Dingen erzählte. Als das nicht funktionierte, verkündete Shepherd, dass es nicht ihre Schuld war, dass sie gut war, und dass selbst er wusste, dass sie ein solches Ergebnis nicht hätte vorausahnen können – sie war frei von Schuld, sie war rein, ihre Ideale waren edel ... die Stadt hatte sie nicht verdient.

Er sagte ihr, dass er sie liebte.

Sie beruhigte sich etwas.

In den darauffolgenden 24 Stunden konnte Claire es kaum über sich bringen, das Nest zu verlassen. Shepherd ließ sie in Ruhe, solange sie alles aß, was er ihr brachte, einschließlich frittierter Kartoffelecken mit Mayonnaise und einem Schokoladen-Shake.

Kapitel 14

Als Claire am nächsten Tag aufwachte, badete Shepherd sie, zog sie an und holte die Handschellen raus, um sie mitzunehmen, damit sie den Himmel sehen konnte. Tief im Inneren wusste sie, dass Selbstmitleid sie nicht weiterbringen würde. Sie wollte sich zusammenreißen, wollte wieder Fortschritte machen, weil sie es diesen ermordeten schwarzhaarigen Frauen schuldig war, aber ihr verlorengegangener Glaube machte alles zu einer Gratwanderung ohne etwas, woran sie sich festhalten konnte.

Shepherd versuchte, ihr dieses Etwas zu geben.

Er trug sie in den Raum mit dem Fenster. Er schloss die Tür ab und zeigte ihr sein neuestes Geschenk. Das Klavier ihrer Mutter stand vor der Tapete, seine Anhänger hatten es extra aus Claires geplünderter Wohnung hierhergeschleppt.

Es gab keine Bank, nur einen kleinen Hocker, auf den er sich setzte, was für sie seinen Schoß übrig ließ, von dem aus sie finster auf die zerkratzten Tasten schaute. Da sie noch immer aneinander gekettet waren, folgte Shepherd ihr dorthin, wo ihre Finger sich hinbewegten, sein Körper lag wie eine Decke um ihr.

Claire nahm einen schmerzhaften Atemzug und schloss die Augen. Sie fing benommen an, Bach zu spielen, genau wie ihre Mutter es ihr beigebracht hatte. Die Pedale waren schwer zu erreichen, da der Mann ihr als Sitz diente – ein Mann, dessen Hand auf ihrem Unterleib lag, der sich bewegte mit ihr bewegte, ohne sie jemals zu behindern. Sie waren eine Kreatur. Selbst der massige Arm, der an ihren gekettet war, folgte ihr problemlos, und Shepherd zog nie an der Metallkette, unterbrach sie kein einziges Mal.

Claire atmete im Takt, weinte leise und wusch sich rein. Es war alles in der Melodie: Trauer, Scham, Schuldgefühle. Aber als die Musik kein Ende nahm, als ein grollendes Schnurren die Luft erfüllte, verwandelte die Verzweiflung sich in etwas, das ein bisschen weniger wehtat.

Claire war keine Virtuosin, ihre Finger schlugen schiefe Töne an, aber das Spielen machte ihr Freude. Es war eine Freude, die sie zuließ, die sie aufsaugte, als würde sie danach hungern. Nasse Augen öffneten sich, noch mehr Tränen flossen. Kostbare Klänge, das Gefühl der Tasten und der Wärme, übertönten den Schmerz.

Aber selbst eine so schöne Ablenkung währte nicht ewig. „Ich hätte dieses Flugblatt nie gemacht, wenn ich gedacht hätte, dass andere darunter leiden würden."

Shepherd umarmte sie noch fester. „Das ist mir bewusst."

Es war nur ein Flüstern. „Thólos musste es wissen. Sie mussten es sehen. Aber sie haben nichts getan. Sie tun … nichts."

Shepherd atmete neben ihrem Ohr. „Du kannst Thólos nicht retten, Kleine."

Claire schlug in einem Mischmasch aus schiefen Tönen auf die Tasten ein und beendete das Konzert. „Ich sollte es nicht müssen! Du hättest das nicht tun sollen!"

Seine Hand auf ihrem Bauch, seine vernarbten Lippen an ihrem Ohr, murmelte Shepherd: „Wenn ich nicht gekommen wäre, was für ein Leben hättest du geführt, Claire?"

278

Was sie sich immer vorgestellt hatte. „Ich hätte einen Mann gefunden, Kinder gehabt, gemalt … Ich hätte keine Angst um meine Freunde, würde nicht um mehr Menschen trauern, als ich im Gedächtnis behalten kann. Meine schöne Stadt würde nicht in Trümmern liegen, mein Zuhause wäre nicht zerstört."

Shepherd benutzte ihre Argumente gegen sie. „Die Menschen, die dir wichtig sind, sind deinetwegen in Sicherheit. Meine Männer wachen über sie. Du malst immer noch. Du hast einen Gefährten, der dir jeden Wunsch erfüllen würde, den du ihm gegenüber äußerst, solange er dich nicht gefährdet – einen Gefährten, der dir Geduld abverlangt. Darüber hinaus, wird das Kind, das ich dir gegeben habe, dir keine Freude bereiten?"

Heiße Tränen flossen ohne Unterlass und Claire blickte auf die Stelle, an der ein kleines Leben ausgelöscht werden würde, wenn sie sich selbst umbrachte – ein kleines Leben, das mit jedem Tag wuchs und realer wurde, das Auswirkungen auf sie hatte und sie noch abhängiger von dem Alpha machte, der ihr ins Ohr schnurrte.

Als ob er wüsste, dass sie sich weigerte, die Vorstellung zu akzeptieren, einen Sohn zu haben, flüsterte Shepherd ihr ins Ohr: „Du wirst unser Baby lieben und für es singen, ihm Bilder malen … und es wird dunkle Haare haben wie du, und vielleicht deine Augen."

Sie hatte sich kein einziges Mal erlaubt, sich das Kind vorzustellen. Als Claire eine so verlockende Beschreibung hörte, konnte sie nicht verhindern, dass das Bild in ihrem Kopf erschien, und hasste den Mann, der ihr so süß zuflüsterte, für seine Grausamkeit, dafür, ihren Sohn real werden zu lassen.

Beharrlichkeit schlich sich in Shepherds Versuch, sanft mit ihr zu reden. „Du musst nicht dagegen ankämpfen,

Claire. Du könntest mir verzeihen, dir selbst verzeihen, und deinen Schmerzen ein Ende setzen. Du könntest es für deinen Sohn tun, damit er nicht unter einer desinteressierten Mutter leiden muss, so wie du."

Ihr stockte der Atem und sie drückte automatisch auf die Tasten, um sich in ihrer Musik zu verstecken. Shepherd nahm vorsichtig ihre Hände und unterband ihren Versuch, sich abzulenken, bis er seinen Standpunkt klargemacht hatte.

„Hat sich die Situation in den letzten Wochen nicht verbessert?" Er streichelte die zitternde Omega, küsste sie auf den Hals. „Ich weiß, dass es schmerzhaft für dich war, das zu akzeptieren, was dir zwischen uns widerfahren ist, was du in Thólos erlebt hast. Ich weiß auch, dass du meine Absichten bis zu einem gewissen Punkt verstehst, und auch wenn du es vielleicht nicht zugeben willst, siehst du, wie falsch dieser Ort ist."

„Hör bitte auf …"

"Wenn du das möchtest."

Sein Nachgeben war unerwartet. Claire streckte sich, versuchte, ihre Arme zu bewegen, und stellte fest, dass Shepherd sie nicht mehr von ihrem Ziel abhielt. Sie begann wieder zu spielen, die Melodie langsam und deprimiert. Während ihre Finger über die Tasten wanderten, dachte sie an ihre Mutter, die Frau, die stundenlang an ihrer Seite gesessen und ihrem Kind geduldig die eine Sache beigebracht hatte, die ihr wirklich Freude bereitet hatte. Es war ein Akt der Liebe, den Claire immer mit ihren eigenen Kindern hatte teilen wollen, ein Teil der Fantasie ihrer perfekten Zukunft, die die Omega sich vorgestellt hatte.

Gedanken an ihre tote Mutter führten zu Gedanken an ihren toten Vater – zu dem Duft von Orangenblüten und der Erinnerung an warmen Sonnenschein. Das Lachen ihres Papas war das Geräusch gewesen, das Claire am liebsten auf der Welt gehabt hatte.

Ein anderer Mann erinnerte sie vage an ihren Vater: Corday, mit seinem albernen, jungenhaften Grinsen, seiner Freundlichkeit, seiner Geduld.

Als ob Shepherd es wüsste, als ob er ihre Gedanken wieder auf ihn lenken könnte, schob er Claires Rock hoch und streichelte ihren Oberschenkel. Es fühlte sich gut an, wie Shepherd sie berührte. Es fühlte sich sehr gut an, als die Musik sich veränderte und ihre Aufmerksamkeit nachließ, um den Takt an die langen, warmen Streicheleinheiten des Alphas anzupassen. Er wurde verwegener und ihr stockte der Atem, als seine großen Finger sie erkundeten und genau an der richtigen Stelle reizten.

Die Art und Weise, wie er ihren Körper manipulieren konnte, mit welcher Leichtigkeit er zwischen ihre Falten fuhr, wie leicht sich ihre Beine wie von selbst spreizten, um ihm Zugang zu gewähren, damit er ihr Lust bereiten konnte … manchmal wirkte es so rein. „So ist es richtig, Kleine."

Und diese Stimme, die Hitze, die maskuline Rauheit, warum hätte sie nicht jemand anderem gehören können?

Ein geschickter Daumen legte ihre Klit frei, umkreiste sie, während sie wimmerte und mehr schlecht als recht durch einen musikalischen Satz stolperte. Als dicke Finger langsam und tief in sie eindrangen, winselte Claire, der Atem stockte ihr und es war der Name des Alphas, den sie keuchte.

„*Shepherd.*"

Seine Finger verschwanden und damit auch die Wonne, aber an ihrer Stelle holte er sein Glied heraus und hob seine Gefährtin behutsam hoch. Er ließ sie auf sich sinken, drang langsam und wohlüberlegt in sie ein. Als sein Schwanz umhüllt war, blieb der Alpha still, legte kein Tempo vor – er stöhnte nur in ihr Ohr, als Claire instinktiv die Hüften kreisen ließ, um ihrer Lust hinterherzujagen.

Seine warme Hand kehrte zurück, zupfte an ihrer geschwollenen Knospe, entlockte ihr ein Wimmern und leise, erstickte Schreie. Claire wusste nicht mehr, was sie spielte oder ob es musikalisch gesehen irgendeinen Sinn ergab, alles war auf die sich aufbauende Spannung und die Geborgenheit eines vertrauten Körpers fokussiert. Was auch immer ihre Hüften taten, Shepherds Finger folgten ihr. Obwohl sein Atem stoßweise kam und es ihn sehr danach verlangte, in diesen engen, kleinen Kanal zu stoßen, erlaubte er ihr, sich das zu nehmen, was sie brauchte.

Es dauerte nicht lange, bis Claires Bewegungen fahrig wurden. Als sie das verzweifelte Stöhnen des Alphas hörte, zuckte sie und ließ sich hart auf ihn sinken, kam zu einem Höhepunkt, der so schön war, dass die Welt weiß wurde.

Shepherd folgte ihr wie auf Kommando, flutete ihr Inneres mit seiner Wärme und ihrem Lieblingsduft – etwas, das weitaus herrlicher geworden war als der Geruch von Orangenblüten.

Claire weinte nicht. Ausnahmsweise kasteite sie sich nicht selbst. Sie saß einfach auf seinem Schoß, während sein Knoten ihre Körper miteinander verband, spürte, wie er in den nachklingenden Minuten seines eigenen Höhepunktes immer noch abspritzte, und begann wieder Bach zu spielen – weil sie überleben musste, sie musste überleben, um Corday seine Chance zu geben, egal wie gering die Wahrscheinlichkeit war. Und sie würde nicht überleben, wenn sie den Trost nicht annehmen konnte, den Shepherd ihr bot, wenn sie so kurz davor war, wieder zusammenzubrechen.

Der Alpha knurrte zufrieden mit jedem Atemzug. Er schmiegte sich an sie, hielt sie fest und genoss Claires Pseudo-Gelassenheit.

Er hatte gewonnen. Seine Gefährtin ließ zu, dass ihre Bindung sie tröstete.

* * *

„Gib mir deinen Fuß", bellte Maryanne und schüttelte das kleine Fläschchen in ihrer Hand mit schnellen Bewegungen ihres Handgelenks.

Mit Kuchen vollgestopft – ein riesiges, mehrstöckiges Ding, mit einer eierschalenblauen Glasur verziert und wunderschön dekoriert, ein Kuchen, der Shepherds halbe Armee ernähren könnte … der selbst nach ihrem brutalen Angriff immer noch Shepherds halbe Armee ernähren könnte – entspannten sich die Freundinnen und spielten mit Mädchensachen herum.

Claire saß lächelnd und zusammengesackt in ihrem Stuhl, hob einen nackten Fuß hoch und streckte ihn aus, um ihn auf den Schoß ihrer Freundin zu legen. „Warum überrascht es mich nicht, dass die Farbe, die du mitgebracht hast, ein gewagtes Rot ist?"

Maryanne malte einen sorgfältigen Strich der Farbe auf Claires großen Zeh und grinste. „Zu sexy für die prüde kleine Claire?"

„Sagt die Frau, die mit jedem Jungen geschlafen hat, den wir kannten …"

„Nachdem ich weg war, hast du jemals klein beigegeben und bist mit diesem Seymour Typen ausgegangen? Der war so unfassbar in dich verknallt."

Claire stöhnte und verdrehte die Augen. „Um der Götter willen, nein. Ich habe meinen Vater gebeten, ihn zu verjagen, als er anfing mir nach Hause zu folgen."

Verspielte Augen blickten auf und Maryanne bedeutete Claire, ihr den anderen Fuß zu geben. „Und die Männer an der Uni?"

Claire schüttelte den Kopf. „Ich habe mich auf mein Studium konzentriert."

„Und danach?"

„Himmel, du lässt mich so langweilig klingen!"

„Also nur Shepherd, was?" Maryanne tat so, als würde sie sich auf ihre Arbeit konzentrieren, und verteilte die karminrote Farbe vorsichtig. „Das ist irgendwie ziemlich schade. Ich meine, denk mal darüber nach. Wenn du nur mit Shepherd geschlafen hast, hast du niemanden, mit dem du ihn vergleichen kannst. Er könnte schrecklich sein und du würdest es nicht wissen. Ich wette, du wünschst dir jetzt, dass du experimentiert hättest …"

Claire lachte so heftig, dass es wehtat, und mühte sich zu sagen: „Hör auf, ihn zu ärgern!"

„Das hat er davon, wenn er Frauengesprächen zuhört. Es hat seine Gründe, warum Frauen sich ohne Männer treffen … damit wir uns über sie lustig machen können."

Claire lachte immer noch, ihre grünen Augen tanzten, während die *unschuldige* Maryanne über ihre Zehen blies.

„Was für andere interessante Sachen hast du noch in deinen Taschen?"

„Schau mal einer an, wer Geschenke haben will?", sang die Blondine, griff in ihren Mantel und holte einen Lippenstift hervor.

Maryanne schraubte den Deckel ab und ihr Gesicht nahm den Ausdruck einer Künstlerin an, die ein Meisterwerk kreierte. Claire beugte sich vor, machte einen Schmollmund und ließ sich von ihr die Lippen in einem kräftigen Beerenrot schminken.

„Nun, ich will nicht lügen." Maryanne zuckte unbeeindruckt mit den Schultern. „Es sieht an dir etwas schlampig aus, aber Shepherd könnte es gefallen."

„Es ist die gleiche Farbe, die du trägst!" Claire schnaubte und schnappte ihn sich aus Maryannes Händen. „Ich hatte mal so einen Lippenstift, hatte aber nie einen Anlass, ihn zu tragen."

„Was meinst du damit, einen Anlass? Man trägt ihn einfach", erwiderte ihre Freundin und lehnte sich in ihrem Stuhl zurück.

Claires sanftes Lächeln war leicht zurechtweisend. „Das sagst du so leicht, Alpha. Wenn du Aufmerksamkeit erregst, und so hübsch wie du bist, musst du dir keine Sorgen um mögliche Komplikationen machen."

Maryanne gähnte und zuckte mit den Achseln. „Das ist einfach nur dämlich, Claire – und paranoid. Es ist nur Lippenstift. Und darum musst du dir wohl keine Sorgen mehr machen. Niemand würde sich mit Shepherds Alter anlegen."

Grüne Augen wurden traurig. „Das ist nicht das, was draußen vor sich geht, wie ich gehört habe …"

„Was meinst du damit?"

Eine von Schuldgefühlen geplagte Stimme gestand: „Frauen, die wie ich aussehen … wegen meines Flugblattes."

„Das hast du ihr *erzählt*?" Maryanne knurrte den feindseligen Mann an, der aus der Ecke zusah. „Was ist los mit dir?"

Claire konnte seine Reaktion auf den Ausbruch ihrer Freundin nicht sehen, wusste aber, dass sie nicht gut sein konnte. „Ich bin kein Kind mehr, Maryanne. Ich habe gefragt und er hat mir die Wahrheit gesagt."

Maryanne hatte ihre eigene harte Meinung, was die Situation betraf. „Nichts davon war deine Schuld, weißt du. Ich fand das Flugblatt ziemlich mutig, aber du musst das in deinen Dickschädel bekommen, Mädel. Thólos ist ein schlechter Ort voll böser Menschen."

„Menschen können sich ändern", sagte Claire leise, wusste einfach, dass es wahr sein musste.

Maryanne zog eine Augenbraue hoch und brachte ein hartes Argument hervor. „Glaubst du, Shepherd kann sich ändern?"

Die Omega legte den Kopf schief und dachte darüber nach, bevor sie über ihre Schulter schaute. Ihr Blick traf auf den von Shepherd.

Er sah ihre geschminkten Lippen an, war anscheinend fasziniert.

Sie stand auf, kümmerte sich nicht um ihre frisch lackierten Zehen, ging zu dem Mann und blieb vor ihm stehen. So viele widersprüchliche Gedanken gingen ihr durch den Kopf. Sein Verhalten ihr gegenüber hatte sich geändert, war weitaus annehmbarer, aber all das könnte einfach eine unaufrichtige Strategie sein, um ihre Zuneigung zu gewinnen. Sie war sich trotz allem sicher, dass er sich außerhalb ihres Raumes oder in seinem Umgang mit Thólos nicht geändert hatte.

Als sie ihre kleine Hand hob und die Frau sie ihm an die Wange legte, ließ Shepherd es zu, rührte sich nicht, während sie zwischen seinen gespreizten Beinen stand. Seine silbernen Augen glänzten, waren fokussiert und erfreut darüber, dass sie ihm vor dem Alpha-Weibchen Aufmerksamkeit schenkte.

Claire holte Luft, als wollte sie sprechen, zögerte dann und verzog ihre roten Lippen zu einem Schmollmund, bis er schnurrte und mit der Rückseite seiner warmen Finger über ihren Bauch strich.

Die Frage war an sie selbst gerichtet. „Könnte Shepherd sich ändern?"

Es war klar in ihrem Gesichtsausdruck zu erkennen – wie sehr sie sich wünschte, dass er sich ändern könnte. Wie sehr sie versucht hatte, etwas in ihm zu bewirken. Ihre Stimme war so zart wie die Fingerspitzen, die die Haut seiner Wange berührten, als Claire flüsternd fragte: „Könntest du dich ändern?"

Eine warme, große Hand schloss sich um ihre und entfernte sie sanft von seinem Gesicht. Shepherd mahnte sie: „Du vernachlässigst deinen Gast, Kleine." Claire atmete ein, blinzelte und kam aus ihrer Trance heraus. Sie trat einen Schritt zurück, als der Mann ihr eine kleine Schere in die Hand drückte. „Ich habe ihr die Erlaubnis gegeben, dir die Haare zu schneiden, wenn du das möchtest."

Claire blickte auf das kleine Werkzeug runter und neckte Maryanne. „Das traue ich ihr nicht zu. Alles wird schief aussehen."

287

Von der anderen Seite des Raumes sagte die Frau: „Wie schwer kann es schon sein?"

Claire grinste, als sie an Maryannes furchtbaren Versuch vor zehn Jahren dachte. „Das hast du das letzte Mal auch gesagt und ich möchte dich daran erinnern, dass es über zwei Jahre gedauert hat, bis der schreckliche Pony rausgewachsen war."

Sie ging zurück zu Maryanne und ließ sich von der Blondine die Haare schneiden. Sie war sich ziemlich sicher, dass es schrecklich werden würde, und es war ihr ehrlich gesagt egal, wenn das der Fall wäre. Das Einzige, was Claire an diesem Intermezzo interessierte, war der COMscreen, den Maryanne hervorholte und der mit Fotos von den Omegas gefüllt war. Es gab sogar eins von Corday, der sein mit Grübchen versehenes Grinsen lächelte, während er mit einer Person sprach, die knapp außerhalb des Bildes war. Auf dem kleinen Finger seiner Hand steckte ihr goldener Ring, winzig klein, aber da.

Corday glaubte immer noch an sie.

Claire achtete darauf, ihn nicht zu lange anzuschauen, legte den COMscreen weg und blieb still sitzen, während Maryanne an ihr herumschnippelte.

Als der Haarschnitt fertig war, die dunklen Haare verwuschelt, versicherte Maryanne ihr in einem scherzhaft starken Akzent: „Sehr schön."

Sie reichte ihr einen Taschenspiegel und runzelte die Stirn, als Claire ihn ihr zurückgab und sagte: „Ich muss es nicht sehen."

Maryanne schob ihn zurück. „Es sieht nicht schlecht aus, Claire. Schau es dir an."

„Ich bin mir sicher, dass du gute Arbeit geleistet hast."

Maryanne wusste, was los war, konnte durch die Risse in der Maske ihrer alten Freundin hindurchsehen.

Sie hielt den Spiegel hoch, um etwas klarzustellen, und knurrte, als die Omega den Kopf wegdrehte. „Was ist los mit dir?"

Den Spiegel in Claires neue Blickrichtung zu halten, führte zu dem gleichen Ergebnis. Claire wandte den Blick ab. Genug war genug. Maryanne packte eine Handvoll Haare und hielt Claires Kopf fest, zwang das Gesicht der Omega vor den Spiegel. „Mach die Augen auf und schau in den Spiegel, Claire!"

Sie tat es. Claire sah ein verhasstes Gesicht mit vollen Lippen, die geschminkt worden waren, um schön auszusehen, und schwarze Haare, die so geschnitten worden waren, dass sie ihr Gesicht umrahmten. Ein Gesicht mit grünen Augen und blasser Haut; ein Gesicht, das sie in der letzten Woche nicht hatte anschauen können, ohne tote Frauen zu sehen, die wie sie aussahen. Frauen, die sie umgebracht hatte.

Mit einer Stimme, die zu keiner Intonation mehr fähig war, sagte Claire: „Du hast recht. Der Lippenstift ist schlampig."

„Du musst dir das nicht antun, du Idiotin." Maryanne zog leicht an Claires Haaren. „Mit der Frau im Spiegel ist nichts verkehrt. Ihre Tode sind nicht deine Schuld."

„Geh von ihr weg, Maryanne. Stell dich neben die Tür und beweg dich nicht." Reinste Mordlust lag in Shepherds Stimme, jedes Wort wurde mit frostiger Präzision ausgesprochen.

Maryanne huschte weg, der Riese kam steifbeinig näher. Voller Ehrfurcht sah das Alpha-Weibchen, wie der Berg sich vor seiner Gefährtin hinkniete. Sein Schnurren war aggressiv, seine Hände bereits dabei, eine Omega zu streicheln, die gelassen und geduldig wirkte, es aber nicht im Geringsten war.

„Sie hat nichts falsch gemacht", erklärte Claire. „Alles ist in Ordnung."

Shepherd sprach in dieser anderen Sprache, laut genug, dass die Anhänger auf der anderen Seite die Tür öffneten. In null Komma nichts war Maryanne verschwunden. Nachdem die Tür verriegelt war, zog Shepherd Claire auf die Beine und schleppte sie in das luxuriöse Badezimmer des Raums.

Ein großer Spiegel hing über dem edlen Waschbecken und mit einem Klicken des Lichtschalters waren sie da, Seite an Seite, eingerahmt in filigranes Gold.

„Deine Fähigkeit, andere zu täuschen, ist grottenschlecht", erklärte Shepherd und deutete auf ihr Spiegelbild. „Verschwenden wir also keine Zeit, okay? Warum schaust du im Spiegel nur mich an und nicht dich selbst?"

Gedemütigt, dass sie es so weit hatte kommen lassen, dass sie nicht besser performt hatte, starrte Claire ihr Spiegelbild an. „Mein Magen hat mit zu schaffen gemacht."

„Du lügst", brüllte der Mann, hasste das seltsame Gefühl, das durch den Faden drang. „Was ist los?"

Es gab keine Tränen, nur einen leeren Blick. „Ich kann sie einfach nicht ansehen."

Eine große Hand wurde angehoben, als ob sie sich um ihren Schädel legen wollte. Stattdessen krallte Shepherd sie ihr in die Haare, die einzige Art von Streicheleinheit, zu der der wütende Alpha fähig war. „Rede weiter."

Im Spiegel sah Claire neben dem riesigen Mann zwergenhaft aus, klein und nutzlos. „Ich bin wütend, dass ich für niemanden etwas tun kann, dass alles, was ich versucht habe, die Dinge nur noch schlimmer gemacht hat. Ich fühle mich machtlos, schäme mich für mein Versagen und die schrecklichen Folgen, die es für Frauen hatte, die so aussehen wie ich." Flehende Augen huschten zu seinem Spiegelbild. „Und es frustriert mich, dass sich nichts ändern würde, egal was ich zu dir sage, einem Mann, an den ich paargebunden bin – selbst wenn ich die Macht hätte, dich reinzuwaschen – weil Thólos schreckliche Dinge getan hat, als das Volk sich hätte zusammenschließen und dich hätte stürzen können."

„Der Preis, den du dir selbst abverlangst, ist kein Preis, den du zahlen musst. Es ist der Preis, den Thólos zahlen muss."

Sie wurde wütend. „Ich *bin* Thólos, Shepherd. Ich wurde hier geboren und großgezogen. Ich bin hier aufgewachsen. Meine Eltern sind hier begraben."

„Schau dich im Spiegel an, Claire O'Donnell." Der Mann stellte sich gerader hin, während er sprach. „Du bist eine Omega, körperlich klein und schwach, aber unglaublich intelligent. Aber so klug du auch sein magst, du bist auch töricht genug zu glauben, dass du die Last der Sünden anderer tragen musst … Das ist deine wahre Schwäche. Das psychologische Trauma, das du dir selbst zufügst, ist sowohl kindisch als auch sinnlos. Es ändert nichts an dem Szenario. Und auch wenn ich mich geehrt fühle, dass du meine Erlösung für würdig hältst, ist es dein eigener Seelenfrieden, auf den du dich jetzt konzentrieren musst. Selbstmitleid und die Märtyrerin zu spielen, hilft niemandem."

Die Frau schnaubte sarkastisch. „Na ja, ich bin daran gescheitert, die Heldin zu spielen."

Mit einer harten und entschlossenen Stimme knurrte Shepherd: „Aber das bist du nicht und das weißt du auch. Dreiundvierzig Menschen sind am Leben, weil du mutig genug warst, dich mir zu widersetzen. Du hast gewonnen, Claire. Kein einziger Gegner hat mich je zuvor besiegt. Jemals. Genieße deinen Sieg."

So einfach war das nicht, nicht, wenn die Welt und ihre Seele sich ununterbrochen in Aufruhr befanden. Nicht, wenn sie nur atmete, um Zeit zu gewinnen.

Inmitten von Chaos gibt es auch Möglichkeiten. – Sunzi

Sie rieb ihre Lippen aneinander, spürte die ungewohnte Schicht Lippenstift und sah Shepherd wieder in die Augen. „Der Lippenstift *ist* schlampig."

„Und deine Haare?"

„Sehen gut aus."

„Und das Kleid?"

„Ist etwas, das ich mir selbst nie im Leben ausgesucht hätte. Ich sehe aus wie das Aushängeschild für Omega-Hausfrauen vor dem Ausbruch der Seuche – was treffend ist, nehme ich an, da ich barfuß und schwanger bin."

„Versuchst du, einen Scherz zu machen?" Der Mann klang ausnahmsweise tatsächlich unsicher.

Claire grinste und schüttelte verneinend den Kopf.

* * *

Sie verschwendete tagelang Papier, während der Alpha sie anstarrte und zusah, wie sie ihr Porträt für ihn malte, das sie ihm versprochen hatte. Claire vermutete allmählich, dass Shepherd versuchte, sie durch die unentwegte Begutachtung ihrer Arbeit in den Wahnsinn zu treiben. Aber sein Wahnsinn hatte Methode, das verstand sogar Claire. Er zwang sie dazu, sich immer wieder selbst anzusehen, bis es keine starke Übelkeit mehr hervorrief, bis das Gesicht auf dem Papier ihres war und nicht eine unbekannte Frau, die Claire heraufbeschworen hatte.

Shepherd nahm einen tiefen Atemzug, die Art, die einer großen Rede vorausging, die der Bastard halten würde. Claires Augen flogen hoch, loderten warnend, während sie fauchte: „Ich schwöre bei den Göttern, Shepherd, wenn du noch ein Wort über dieses Gemälde verlierst, fange ich an zu schreien."

Der Mann zog unbeirrt eine Augenbraue hoch und sagte: „Ich möchte, dass du auf deinen Bildern mehr lächelst."

Claire schlug mit der Faust auf den Tisch, verschluckte das in ihrer Kehle emporsteigende Geräusch und stieß einen Schwall an Obszönitäten aus, die so vulgär waren, dass der Mann zu lachen anfing. Mit Farbe befleckte Hände knüllten das Bild zusammen und Claire warf es ihm direkt ins Gesicht. Jetzt war sie diejenige, die über den mordlustigen Blick in seinen Augen lachen musste.

Sie machte ein ploppendes Geräusch mit den Lippen, grinste schelmisch, griff nach einem neuen Blatt Papier und ignorierte den scheinbar größer werdenden, wütenden Mann. Voller Unschuld tauchte sie den Pinsel in die Farbe und malte erneut die Konturen, zeichnete das gleiche selbstzufriedene Grinsen, das ihr Gesicht in diesem Moment zierte. Als der einfache Umriss fertig war, hielt sie ihn arrogant hoch und sah, wie seine Augen sich verengten und das Bild taxierten.

Bevor er etwas sagen konnte, klopfte es an der Tür und ein Mann, dessen Stimme Claire nicht erkannte, sprach schnell in ihrer Sprache. Shepherds Aufmerksamkeit verlagerte sich auf das, was er hörte, und er stand bereits auf, während er in der gleichen Sprache antwortete.

Shepherd begann sofort, sich seine Rüstung anzuziehen.

Eine merkwürdige Angst drehte ihr den Magen um, diese Situation hatte es noch nie zuvor gegeben. Zu sehen, wie er sich auf eine Aufforderung hin für eine Schlacht bereitmachte, und nicht bloß, weil er zur Arbeit ging, bedeutete, dass etwas vor sich ging – etwas, das für ihn, für Thólos, für jeden gefährlich sein könnte.

„Du musst dir keine Sorgen machen, Kleine." Ein Lächeln lag in seiner Stimme.

Als Claire den Blick hob, um ihm in die Augen zu sehen, stellte sie fest, dass er gefasst und ruhig war. Aber *sie* fühlte sich unfassbar unbehaglich, der vor wenigen Augenblicken noch vorhandene Humor verpuffte. „Was ist los?"

Das Schnurren ertönte. Shepherd zog seinen Mantel an und ging auf sie zu, während sie alarmiert und steif dasaß. Er strich über ihre Kieferpartie und erklärte: „Nichts ist los. Ich habe einfach die Zeit vergessen, während du mit den Farben gespielt hast."

Er log. Der Mann wusste immer, wie spät es war, ohne dafür eine Uhr zu brauchen. „Ich glaube dir nicht."

Er ignorierte ihre Anschuldigung, ließ den Nacken knacken und sah auf seine besorgte Gefährtin runter. „Ich bin bald wieder zurück, und wenn ich zurückkomme, erwarte ich, dass du den letzten Teil unserer Vereinbarung einhältst."

Sie bemühte sich, ihren Gesichtsausdruck teilnahmslos zu halten, während Shepherd ihre Lippen mit seinem

Daumen nachfuhr und ihr einen schimmernden Blick zuwarf, der vor Lust und hungriger Erwartung überquoll. Er steckte seinen Daumen zwischen ihre Lippen, knurrte tief, als wollte er sie ficken, und ließ sie in einer kleinen, feuchten Lache sitzen.

Claire starrte wie betäubt auf die sich schließende Tür. Sie wusste, was er einforderte, was er wochenlang zwischen ihnen hatte stehen lassen – um ihre Abmachung zu erfüllen, erwartete er von Claire, dass sie Sex initiierte.

Nicht sicher, ob er diesen Moment gewählt hatte, um sie von ihrer Sorge abzulenken, oder ob es sich um eine Art Siegesfeier für das handelte, was er gerade tat, rutschte sie unbehaglich hin und her, weil er sie in einem derartigen Zustand zurückgelassen hatte.

Es war nicht so, als hätte sie vergessen, was sie ihm angeboten hatte, damit Lilian und die anderen beerdigt wurden, aber es hatte weitaus dringlichere Dinge gegeben, die im Mittelpunkt ihrer Gedanken gestanden hatten. Außerdem war sie unzählige Male mit Shepherd körperlich intim gewesen. Sie wusste, was ihm gefiel, wo sie ihn berühren musste, um eine Reaktion hervorzurufen … wie schwer konnte es also sein, es zu initiieren?

Schwer.

Um sich abzulenken, duschte Claire sich und räumte die Farben weg, erwartete, dass er jeden Moment zurückkehren würde. Aber Stunden vergingen und sie fing an, nervös zu werden, machte sich Sorgen darüber, was in Thólos passierte oder auch nicht.

War es ein Aufstand? Corday – hatte er einen Weg gefunden, es zu beenden?

Claire war am Rand einer ausgewachsenen Panik, als der Riegel sich endlich bewegte. Hartes Metall quietschte und die Tür schwang nach innen. Sie hielt in ihrem gewohnten Auf- und Abgehen inne und drehte sich mit wirrer Erleichterung zu ihrem großen Gefährten um.

Kapitel 15

Der abgetrennte Kopf von Senator Kantor lag noch immer ruiniert auf dem Tisch, an derselben Stelle, an der der er fallengelassen worden war, nachdem Jules ihn von dem Spieß vor der Zitadelle gezogen und das widerwärtige Ding zu Shepherd gebracht hatte. Der Hals war nicht mit einem sauberen Schnitt von den Schultern abgetrennt worden, er war nur noch ein zerfetzter Stumpf aus Muskeln und Sehnen. Er war von Blutspritzern umgeben, Flüssigkeit lief aus und die Finger eines Mannes umklammerten den Tisch so fest, dass seine Knöchel weiß geworden waren.

Bevor Shepherd wieder gegangen war, hatten sie sich gestritten, die prallen Arme des Alphas waren vor seiner Brust verschränkt gewesen, während er seinen Stellvertreter finster angestarrt hatte. „Du hast meine Befehle ignoriert und ihn umgebracht, während er noch von Nutzen für uns war?"

„Nein …"

Svana.

Sie hatte es getan. Sie hatte ihren Onkel ermordet. Wer sonst könnte sich verstohlen genug bewegen, um direkt vor den Augen trainierter Anhänger davon zu schlüpfen? Wer sonst würde den Kopf auf einen Spieß vor der Zitadelle stecken, so als würde sie nicht nur Shepherd, sondern auch die Stadt, die sie zerstören wollte, verspotten? Wer sonst würde davon profitieren?

Es war eine heikle Sache, eine Bevölkerung gerade genug zu quälen, dass es ihr unentwegt miserabel ging, und Shepherd hatte Vorsicht walten lassen, um Millionen von Menschen nicht über den Punkt der Verzweiflung hinaus zu treiben. Das Hängen eines Verräters als Teil eines öffentlichen Prozesses und einer Hinrichtung verteilte die Schuld auf alle, die zusahen. Es machte die Bevölkerung machtlos und zog Thólos zur Verantwortung. Das hier … Der Kopf des Helden des Volkes und Anführer des Widerstandes war nur der Schau wegen verstümmelt worden, was lautstark die falsche Stimmung verbreitete.

Das war es, was Shepherds Wut hervorgerufen hatte, nicht Jules' Anschuldigungen, dass Svana dies getan hatte, um sie alle zu untergraben.

Es gab bereits erste Unruhen, die Anhänger agierten auf söldnerhafte Weise.

Selbst als er mit dieser Art von Beweis für Svanas Verrat konfrontiert wurde, sah Shepherd keinen unvorsichtigen Fehler darin – ja, Svana konnte schwierig sein, aber sie würde nicht aus der Reihe tanzen, nicht, wenn sie am meisten von dem Erfolg ihres großen Plans profitierte. Wenn sie es getan hatte, dann aus gutem Grund.

Jules hatte die Beherrschung verloren. Er hatte mit der Faust auf den Tisch geschlagen und gebrüllt.

Shepherd hatte seinem Freund nur eine Hand auf die Schulter gelegt, sowohl, um ihn zu trösten, als auch als Warnung. „Lass nicht zu, dass diese Komplikation dein Urteilsvermögen trübt. Die Patrouillen müssen umgehend verstärkt werden, um möglichen Aufständen zu begegnen, Unruhestifter müssen unauffällig aus dem Weg geräumt werden. Wir können nicht länger am helllichten Tag auf Bürger schießen, das würde nur zu mehr Unruhen führen. Ich brauche dich im Einsatz."

Jules schluckte, die Lippen fest zusammengepresst. „Sie versucht, die Rebellion zu kontrollieren."

Shepherd drückte die Schulter des kleineren Mannes und knurrte: „Bruder, wenn das, was du glaubst, wahr ist, würde es unserer Sache nur nützen, Svana an der Spitze der Streitkräfte unserer Feinde zu haben."

Schmerzhafte Wahrheit lag hinter den Worten seines Anführers. Wäre die besagte Frau jemand anderes als Svana gewesen, hätte Jules ihm vielleicht sogar zugestimmt. Der Beta würde ihr nicht erlauben, Feindseligkeiten zu schüren, nachdem er jahrelang mit angesehen hatte, wie manipulativ und gehässig sie war. Er würde ihr nicht den Gefallen tun. Der beste Kurs war, den Befehlen Folge zu leisten. „Verstanden."

Shepherd war gegangen, um die Niederschlagung möglicher Unruhen zu beaufsichtigen, um Präsenz in der Zitadelle zu zeigen.

Jules saß eine Stunde lang zusammengekauert da, allein, Auge in Auge mit dem abgetrennten Kopf von Senator Kantor.

Aus der Nähe wiesen Kantors Augen einen verschleierten Film auf, die ersten Anzeichen für Grauen Star. Mit halb herunterhängenden Lidern, Augen, die in verschiedene Richtungen schauten, und dem aufklaffenden Mund sah der Alpha endlich auch von außen genauso monströs aus, wie er im Inneren gewesen war, wie Jules wusste.

Der Held des Volkes … war der abscheulichste aller Männer gewesen.

Jules Lippen öffneten sich und Groll strömte aus seinem Mund. „Du hast meine Kinder ermordet. Du hast mir meine Rebecca genommen."

Er spuckte der Leiche mitten in das blutige Gesicht.

„Und ich habe zehn Jahre lang zugesehen, wie du lobgepriesen und verehrt wurdest. Ich habe zugesehen, wie du gelogen und vergiftet hast, und ich habe auf meine Zeit gewartet, damit du wahres Leid kennenlernen würdest." Ungezügelte Wut verzerrte Jules Fauchen. „Dein Tod hat mir gehört und sie wird dafür bezahlen, dass sie mir meine Rache gestohlen hat. Svana wird dafür bluten."

Vielen Dank, dass du Gebrochen gelesen hast. Shepherds und Claires Geschichte ist noch lange nicht vorbei. Lies jetzt WIEDERGEBOREN!

Und jetzt viel Vergnügen mit einem ausführlichen Auszug aus WIEDERGEBOREN …

WIEDERGEBOREN

Kapitel 1

Shepherd hatte den Kragen seines Mantels aufgestellt, um seinen Hals vor der zunehmenden Kälte in den Korridoren zu schützen, als er endlich zurückkehrte, nachdem er von seinen Soldaten weggerufen worden war. Seine Gefährtin war nervös, der beißende Geruch der Angst der Omega verpestete die Luft. Aber die Hauptsache war, dass sie schwanger war und keine Ahnung hatte, was über der Erde vor sich ging.

Und er würde es ihr nie sagen.

Shepherd machte keine Anstalten, sich der panischen Frau zu nähern, sondern stand einfach nur da, während Claire ihn von den Stiefeln bis zum Schädel musterte. Die Omega suchte nach einem Hinweis auf das, was ihn von ihr weggerufen hatte, suchte nach Blutspritzern oder angeschwollenen Fingerknöcheln, und war erleichtert, als sie nichts Ungewöhnliches fand.

Seine Claire war wütend, aber weitaus beruhigter, dass er anscheinend *normal* zurückgekehrt war.

Als die Omega vortrat, um ihn zu berühren, um zu initiieren, was getan werden musste, um ihre Abmachung zu besiegeln, sprach Shepherd. „Du hast Hunger, Kleine. Wir werden zuerst etwas essen."

Wir werden zuerst etwas essen?

Shepherd ging nicht zur Tür, um das Essen zu holen. Stattdessen ging er dorthin, wo er seine Kleidung aufbewahrte, und fing an, Mantel, Rüstung und Stiefel auszuziehen. Pralle Muskeln wölbten sich, als er sein Hemd über den Kopf zog und es ihr reichte. Ohne darüber nachzudenken, nahm Claire es entgegen und legte es, wie er erwartet hatte, in ihr Nest.

Von der Aufgabe abgelenkt, kaute die Omega auf ihrer Lippe, nahm sich Zeit, um den duftenden Stoff anzuordnen und etwas Altes herauszunehmen, damit es gewaschen werden konnte.

Ein Klopfen ertönte und Shepherd bellte dem Besucher zu, dass er eintreten könne.

Jules kam mit ihrem Essen herein, stellte es ab und war nach wenigen Sekunden wieder verschwunden – die oberflächliche Vertrautheit, die zwischen ihm und Claire entstanden war, war komplett unter seiner Gleichgültigkeit verschwunden. Sie fand es leicht amüsant, vor allem die Art und Weise, wie Shepherd sich bewegte, um seinen Körper zwischen sie und den Beta zu schieben.

Als die Tür zufiel, fand Claire es sehr schwer, ein Schnauben zu unterdrücken.

„Was ist so lustig?", knurrte der Mann und verengte die Augen.

„*Du* bist lustig, Shepherd." Claire setzte sich an den Tisch. „Dieser Mann hat mir Dutzende von Mahlzeiten gebracht, während du nicht hier warst – also musst du ihm vertrauen. Und trotzdem starrst du ihn böse an, als wäre er nicht dein Freund. Du hast ernsthafte Probleme …"

Shepherds einzige Antwort war ein Grunzen. Nur in eine Hose gekleidet, ging er zum Tisch. „Es ist eine natürliche Reaktion für einen Alpha, seine Omega vor gefährlichen Männern zu beschützen."

Aber nicht vor gefährlichen Frauen …

Claire blickte auf das Essen und fühlte sich komplett ernüchtert. Sie begann zu verstehen, was vor sich ging, was er für sich selbst organisiert hatte. Dies, die Mahlzeit, war eine Show – eine Show, bei der sie nicht Zuschauerin, sondern Entertainerin war. Von ihr wurde erwartet, dass sie für den Mann, der sich auf den Sitz ihr gegenüber sinken ließ, eine Performance hinlegte. Sie rief sich ins Gedächtnis, dass ihre Vereinbarung nur voraussetzte, dass sie Sex initiierte, nicht mehr, nahm sich ihre Gabel und beschloss, sich nicht mit ihm zu streiten. Stattdessen konzentrierte Claire sich auf das schöne Abendessen und der Mann spiegelte ihre Bewegungen wider, probierte das Essen.

Das Schweigen war etwas unangenehm und aus reiner Gewohnheit, und weil sie gut erzogen war, wollte Claire Smalltalk machen, obwohl sie wusste, dass es sowohl sinnlos wäre als auch etwas, worauf Shepherd nicht eingehen würde.

Außer, dass er damit anfing. „Man hat mir gesagt, dass dies eines der berühmtesten Gerichte deines Kochs ist."

Claire zog eine Augenbraue hoch, blickte von dem gedünsteten Fisch auf und nickte, kurzzeitig verwirrt. „Mein Koch? Du isst seine Gerichte nicht?"

„Ihre Gerichte, und nein."

Das schien seltsam zu sein. „Was isst du normalerweise?"

„Was meine Männer essen. Gemeinsam mit denen zu essen, die den Undercroft überstanden haben, hat eine Bedeutung, von der ich nicht erwarte, dass du sie verstehst oder dich ihr anpasst."

Es gab sehr viele Dinge an dem Mann, die sie nicht verstand.

Als Shepherd sah, dass die Frau verwirrt und immer noch angespannt war, bot er ihr den Schatten einer Erklärung. „Nachdem wir jahrelang von Schimmel gelebt haben, haben sich unsere Verdauungstrakte verändert. Die Ernährung der *Anhänger* muss fade sein und die erforderlichen Nahrungsergänzungsmittel riechen und schmecken unangenehm. Ich habe den Großteil meiner Mahlzeit zu mir genommen, bevor ich zu dir zurückgekehrt bin. Das hier ist … eine Ergänzung."

Aß er deshalb nie in ihrer Gegenwart? Sie sah sich den schön angerichteten Teller an. „Nun, in Anbetracht all deiner anderen körperlichen Eigenschaften finde ich, es ist nur fair, dass du eine Einschränkung hast."

Der Mann grinste erfreut. „Körperliche Eigenschaften?"

„Du bist sehr groß", scherzte Claire ausdruckslos, nicht im Geringsten daran interessiert, das Ego das Alphas aufzupolstern, und nahm noch einen Bissen.

Sein Fuß stieß unter dem Tisch gegen ihren. „Nenne noch eine Eigenschaft."

Den Stolz eines Alphas zu umschiffen, war etwas, womit Claire jahrelange Erfahrung hatte. „Du hast eine Glatze. Das muss Zeit sparen, weil du dir die Haare nicht kämmen musst."

Seine irritierte Antwort wurde von verengten Augen begleitet. „Ich rasiere mir den Schädel."

Claire grinste spöttisch, erfreut darüber, dass ihre Beleidigung ihr Ziel gefunden hatte, und nahm einen weiteren Bissen von ihrem Abendessen.

„Du spielst mit mir, Kleine", fügte er fasziniert hinzu, als er ihren schelmischen Gesichtsausdruck sah.

Claire gestikulierte mit ihrer Gabel und erklärte: „Du bist arrogant genug. Ich werde nicht noch mehr Öl ins Feuer gießen."

Shepherds böses Grinsen trat in Erscheinung und er erwiderte: „Doch, das wirst du später tun. Wenn ich mich heute Abend in dir bewege, wirst du von meinem Können und meiner Stärke schwärmen … Du wirst all diese Dinge und noch mehr sagen wollen."

Der selbstzufriedene Gesichtsausdruck, die Tatsache, dass sie wusste, was ihr bevorstand – schlimmer noch, die Tatsache, dass er eine solche Aussage inspirieren konnte – ließen Claires Wangen heiß werden. Sie würde für ihn schreien, ihn körperlich mit ihren Händen und ihrer Zunge bewundern, aber sie würde ihre Worte für sich behalten. „Wir werden sehen."

Das Grinsen, das sich auf seinen vernarbten Lippen ausbreitete, der absolute Hunger in seinem Gesichtsausdruck, beflügelte die Erregung des Alphas lediglich. „Eine Herausforderung von der schüchternen, kleinen Omega …"

Einen kurzen Moment lang glaubte Claire, er würde über den Tisch greifen und sie verschlingen. Selbst die Art und Weise, wie Shepherd atmete, während er ihr beim Essen zusah, deutete darauf hin, dass seine Kontrolle mit seinem Impuls, sie zu besteigen, zu kämpfen hatte.

„Du scheinst extrem gute Laune zu haben." Claire dachte daran zurück, wie er zuvor gegangen war, und noch nachklingende Angst begleitete die Missbilligung in ihrer Stimme. „Was hast du heute gemacht?"

„Nichts Wichtiges, abgesehen davon, dass ich mich gefragt habe, was mich in diesem Raum erwarten würde, wenn ich zurückkehre", schnurrte Shepherd, entzückt von

305

ihrem Versuch, ihn zu verhören. „Ich denke oft an dich, wenn wir nicht zusammen sind."

Bei den Göttern, selbst sein Duft war von Sex durchdrungen.

Das Geheimnis liegt darin, den Feind zu verwirren, damit er unsere wahre Absicht nicht ergründen kann. – Sunzi

Claire saugte die Unterlippe in den Mund und versuchte herauszufinden, ob er sie ablenken oder irreführen wollte. Als sie ihn ansah, die entblößte Muskulatur seiner Brust und seiner Arme, fiel ihr auf, dass Shepherd voller Arroganz und Autorität dasaß, als stünde ihm ihre Aufmerksamkeit zu. Claire legte den Kopf schief und testete ihn. „Wenn du so begierig auf den Rest unserer Abmachung warst, warum essen wir dann zusammen?"

„Aus Respekt vor meiner Gefährtin. Ich habe eine feine Mahlzeit zubereiten lassen und wir unterhalten uns, so wie du es dir gewünscht hast … und wie die Dome-Kultur es vorschreibt."

Claire verstand sofort, dass dies nicht nur eine gemeinsame Mahlzeit war. Shepherd versuchte sich erneut an einem Balzritual – wie die Blume im Schaum ihres Kaffees. Sie steckte sich ihre Haare hinters Ohr und ihre nervöse Röte wurde noch intensiver.

Er hatte den weicheren Gesichtsausdruck aufgesetzt, den er sich für Momente aufbewahrte, in denen er aufs Ganze ging. Claire sah es und wusste sofort, dass ihre Einschätzung richtig war. Shepherd versuchte, sie zu umwerben, auf seine Weise.

Claire murmelte unsicher: „Es soll mich entspannen."

„Ja."

„Damit ich besser für dich performe?"

Er warf ihr einen langen Blick zu, der ja, nein und tausend andere Dinge sagte. Ernst, den Kopf ganz leicht zur Seite geneigt, grunzte Shepherd: „Du weißt die Mühe nicht zu schätzen?"

Es gab definitiv eine falsche Antwort und das war die einzige, mit der sie herausplatzen wollte. Sie biss sich auf die Zunge, sah den Mann ohne Hemd an und sagte: „Du machst mir den Hof."

„Deinen Bräuchen entsprechend, ja."

Sie war sich nicht sicher, was sie neugierig machte, aber Claire musste die Frage stellen. „Wären das nicht auch deine Bräuche des Hofmachens?"

Der Mann schien vorübergehend nicht zu wissen, wie er darauf antworten sollte. „Im Undercroft gab es das Konzept des Hofmachens nicht. Männer nahmen sich einfach, was sie wollten. Mit Gewalt."

Allzu vertraute Wut brodelte unter ihrer Haut. Claire war sich bewusst, dass es genau das war, was er ihr angetan hatte. „Das ist also die Kultur, mit der du dich identifizierst?"

Es schien eine so einfache Frage zu sein, aber Shepherd nahm sich Zeit, um seine Antwort zu formulieren, als würde er sie zuerst in seinem Kopf maßfertigen. „Ich identifiziere mich mit der Kultur des Militärs."

Ihr Mundwinkel kräuselte sich und Claire nahm noch einen Bissen, fragte sich, wie um alles in der Welt der verrückte Mann auf der anderen Seite des Tisches existieren konnte.

Shepherd gefiel ihre Reaktion nicht. „Du findest meine Antwort unbefriedigend."

Sie wedelte mit der Gabel und sagte höflich: „Ich finde sie ungewöhnlich. Sehr Shepherd-mäßig."

„Erkläre es mir."

Claire beugte sich vor und erwiderte seinen Blick mit Härte. „Du hast sehr eindeutige Meinungen, was *meine* Kultur betrifft, hast verschiedene Behauptungen bezüglich unserer Verfehlungen und Laster aufgestellt ... aber du hast keine eigene Kultur. Angesichts der Verleumdungen, die du von dir gibst, hat es den Anschein, dass deine persönlichen Erfahrungen mit einer echten Gesellschaft gering sind."

Der Mann richtete sich in seinem Stuhl auf. „Ich habe mich viele Jahre lang intensiv mit dem Leben unter der Kuppel beschäftigt. Ich habe über und unter der Erde gelebt. Ich habe beobachtet, gelernt, mich daran gehalten und mich erinnert."

Der Mann verfehlte den eigentlichen Kern der Sache komplett oder lenkte sie absichtlich in eine andere Richtung. „Bist du ein Teil *meiner* Gesellschaft gewesen, bevor du versucht hast, sie zu ruinieren? Nur zusehen zählt nicht. Deine Militärkultur, das Ethos, das du für deine Anhänger geschaffen hast, ist lediglich die Gesellschaft des Undercrofts, bequem auf dein Manifest zugeschnitten."

Shepherd sagte warnend: „Wir haben unsere eigenen Traditionen und eine ehrenwerte Philosophie, Kleine."

„Stimmt, eine ganze Armee ehrenwerter Monster, die wahrscheinlich zum Spaß Menschen am Spieß braten."

Der Mann antwortete verschmitzt: „Das machen wir nur an Feiertagen."

Claire verschluckte sich, als Shepherd tatsächlich einen Scherz machte. Sie hustete in ihre Hand, musste kichern und stellte fest, dass der Mann sehr zufrieden mit sich selbst war, weil er sie amüsiert hatte.

Sie konnte spüren, wie es in seinem Gehirn ratterte, und verstand, dass er versucht hatte, so mit ihr zu scherzen, wie er es zwischen ihr und Maryanne beobachtet hatte. Es war sehr seltsam zu sehen, wie Shepherds Verstand arbeitete und sich anpasste. Er war wie ein Schwamm, der Interaktionen aufsaugte, aber nicht wirklich wusste, wie er sie anwenden sollte. Also übte er und verfehlte sein Ziel in der Regel. Bis auf dieses Mal … dieses Mal war es perfekt gewesen.

Claire nahm noch einen Bissen, um ihr Grinsen zu verbergen, und fragte: „Erleuchte mich, Shepherd. Wie passen Omegas in die Militärkultur?"

Shepherd dachte darüber nach. Als er seine volle Unterlippe in den Mund saugte, wirkte die Geste so menschlich, so völlig normal, dass Claire nicht wegschauen konnte. Einen Moment später sagte Shepherd: „Napoleon war ein Omega."

Claire blinzelte, legte den Kopf schief und behauptete: „Nein, das war er nicht."

Shepherd grinste, beugte sich vor. „Das ist eine gut dokumentierte Tatsache, Kleine. Eine Tatsache, die aus den Versionen der Geschichte, die der Dome erhalten hat, gezielt entfernt wurde. Im Gegensatz zu dir habe ich keine Angst davor, verbotene Bücher zu lesen."

Wenn es stimmte, warum galt es dann als gefährlich, es zu wissen?

Claire glaubte ihm nicht. „Willst du mir sagen, dass ein Omega die europäischen Monarchien geplündert und ein Imperium gegründet hat?"

Shepherd nickte, selbstgerecht bis ins Mark. „Das ist genau das, was ich dir sagen will."

Die Vorstellung, dass er recht haben könnte, ließ Claire an sich selbst zweifeln. „Warum sollte dieses Wissen verboten sein?"

„Weil es nicht mit der Gesellschaft übereinstimmt, die die Callas-Familie geschaffen hat und die alle versklavt, die unter der Kuppel leben."

„Oder vielleicht liegt es daran, dass dieser Mann ein Größenwahnsinniger und ein Monster war. Napoleon war verrückt und nicht das beste Vorbild für Omegas." Selbst während Claire dagegenhielt, glaubte sie nicht an ihr eigenes schlechtes Argument. Das war an ihrem unsicheren Tonfall und ihrem enttäuschten Gesichtsausdruck zu erkennen.

„Napoleons Herrschaft, selbst seine endgültige Niederlage, führte zur Erleuchtung, Kunst und der Emanzipation der Sklaven in Großbritannien. Napoleon veränderte die Welt mit seinen brutalen Taten und seiner Entschlossenheit. Er war ein sehr kluger Taktiker und seiner Sache verschrieben." Shepherd machte ihr ein Kompliment, zumindest seiner Meinung nach. „Würde dir ein derartiges Ergebnis nicht gefallen, *kleiner Napoleon*?"

Ihr leises Ausatmen machte ihre Beklommenheit deutlich. „Wirst du jetzt versuchen, mich davon zu überzeugen, dass er trotz all der schrecklichen Dinge, die er getan hat, ein guter Mensch war? Dass du ein guter Mensch bist?"

„Nein."

Claire fuhr sich mit der Hand durch die Haare, eine nervöse Angewohnheit, und sagte: „Du könntest ein guter Mensch sein, Shepherd."

Er beugte sich vor, sein Gesichtsausdruck weich und seine Stimme natürlich. „Wir sind gar nicht so verschieden, was die Absolutheit unserer Entschlossenheit betrifft, die Welt zum Besseren zu verändern. Du hast dich selbst der Meute geopfert, hast die Stadt mit deinem Flugblatt zurechtgewiesen – hast offenbart, wer du bist, und versucht, zu inspirieren. Ich tue, was getan werden muss, weil ich stark genug bin, es zu tun, und ich verstehe wahrhaft böse Menschen auf eine Weise, von der ich bete, dass du sie nie erfahren wirst. Du musst also verstehen, dass ich in meiner Pflicht nicht das sein kann, was *du* als gut definierst – so wie du nie wieder sicher als Claire O'Donnell Teil der Gesellschaft von Thólos sein kannst. Wir beide haben unser Leben dem Wohl der Allgemeinheit geopfert."

Sie wusste nicht, warum sie sich dazu genötigt fühlte, es zu fragen, aber die Frage entwich ihr, bevor sie sie aufhalten konnte. „Was war deine Reaktion auf mein Flugblatt?"

Sein Gesicht verdüsterte sich. „Ich hatte Angst um dich, Kleine."

Ein kalter Schauer, ein kriechendes, eisiges Etwas, kratzte über Claires Wirbelsäule. Sie war klug genug, um zu begreifen, dass Angst für den Alpha etwas war, das er vor langer Zeit bezwungen hatte und das nicht im Geringsten willkommen war. Zu wissen, dass sie sie hervorgerufen hatte, war beunruhigend.

Er war mit seiner grimmigen Ehrlichkeit noch nicht fertig. „Ich wollte dir unbedingt die Schmerzen nehmen, die auf deinem Foto zu sehen waren. Ich war sogar beeindruckt davon, wie mutig es von dir war, so etwas zu tun, auch wenn ich es gehasst habe."

Claires Aufmerksamkeit verlagerte sich auf ihren Teller; ihr war nach Weinen zumute und sie wusste nicht, warum.

Dass sie nichts sagte, änderte nichts an dem unleugbaren Tenor in der Schnur. Die Verbindung normalisierte sich, vibrierte und bohrte sich tiefer. Bevor es noch mehr *Balzrituale* geben konnte, bevor es noch verheerendere Konsequenzen geben konnte, stapelte Claire ihre leeren Teller aufeinander und machte sich bereit, ihre Pflicht zu erfüllen.

„Hat dir unsere Mahlzeit gefallen?"

Sie nickte, bedankte sich sogar höflich bei ihm und hörte sofort sein Schnurren, als Shepherds Augen bei ihrem Lob aufleuchteten. Das Gefühl seiner Hand auf ihrem Arm, das leichte Streicheln seiner Finger, ließ sie innehalten. Sie beobachtete fassungslos, wie der Mann ihre Hand an seine Lippen hob und sie zärtlich küsste.

Claire gab leicht heiser zu: „Ich bin mir nicht ganz sicher, wo ich anfangen soll."

Er sah ihr in die Augen, ließ seine Zunge leicht gegen ihre empfindliche Handfläche schnellen. „Du könntest mich berühren."

Die schlimmsten Katastrophen, die einer Armee widerfahren, entstehen durch Zögern. – Sunzi

Ihre gesamte Strategie war auf Handeln ausgerichtet, darauf, die Grenzen zwischen ihnen zu verschieben, stärker zu werden, während sie nach seinen Schwächen suchte. Sie durfte nicht zögern, wenn sie an Boden gewinnen wollte.

Claire lehnte sich mit der Hüfte an den Tisch und tat, was er vorschlug. Er wollte berührt werden, also tat sie genau das. Sie fuhr seinen Kiefer und seine Nase entlang, ließ ihre Fingerspitzen über seine Lippen gleiten, wie er es so oft bei ihr getan hatte. Als Nächstes strich sie über seinen Nacken, knetete die Muskeln, von denen er einst behauptet hatte, dass sie ihm Schmerzen bereiteten.

Shepherd hob den Kopf, seine quecksilbernen Augen beobachteten sie mit einer derartigen Intensität, dass Claire es weitaus angenehmer fand, ihren Blick auf den breiten Schultern des Alphas ruhen zu lassen.

Claire trennte ihre Gedanken davon, wie vertraut ihr sein Körper geworden war, und versuchte, es klinisch anzugehen, nicht sicher, ob es ihr gelang. Als eine große Hand sich auf ihre Hüfte legte, interpretierte sie seine Berührung als eine Ermutigung dafür, weiterzumachen. Ihre Handflächen glitten über seine Arme, von der Schulter bis zum Handgelenk und wieder zurück, legten sich eng um die Konturen seiner definierten Muskeln, seine absolute Kraft. Sie tastete sich zu seinem Rücken vor, um mit ihren Fingernägeln leicht über die breite Fläche zu kratzen.

Das gefiel ihm. Shepherd stockte der Atem und er grunzte und stöhnte leise, als sie über seine Wirbelsäule fuhr.

Als sein Schnurren heiser wurde, richtete sie sich auf und nahm seine Hand, damit er von dem Stuhl aufstehen und sie weitermachen konnte. Da er so groß war, gab es eine Machtverschiebung, als Shepherd plötzlich so viel größer erschien.

Ihre Unsicherheit kehrte zurück.

Claires Hände wanderten schüchtern zu seinem Gürtel.

Shepherd nahm ihr gesenktes Kinn in die Hand, hob ihr Gesicht an, damit sie den zufriedenen Ausdruck auf seinem sehen konnte. „Du machst das gut."

Seine Stimme machte ihr sanft Mut, seine ausdrucksstarken silbernen Augen glänzten. Claire nahm an, dass er wollte, dass sie weitermachte, leckte sich über die Lippen und versuchte, den Verschluss seiner Hose zu finden. Sie zog unbeholfen den Reißverschluss nach unten und schob den Stoff von seinen Hüften. Shepherd entledigte sich seiner restlichen Kleidung und war nackt unter ihren Händen.

Als der Alpha sich nicht bewegte, verstand Claire, dass er von ihr erwartete, dass sie weitermachte.

Ihre Hände wanderten von seinen Oberschenkeln an seinem Schritt vorbei und über seinen harten Bauch. Sie rieb ihre Nase an seiner Brust und sog seinen Duft ein, genau so, wie sie sich einst vorgestellt hatte, es mit dem Ehemann zu tun, auf den sie ihr ganzes Leben lang gehofft hatte. Sie klammerte sich an den Trost dieser Fantasie, tauschte Shepherd gegen das heraufbeschworene Bild aus und drückte sich näher an ihn, atmete den Geruch seiner Erregung ein.

Der erfundene Mann in ihrem Kopf liebte sie, er respektierte sie; er glaubte, dass sie mehr war als nur eine Omega.

Es war so viel einfacher, ihn zu streicheln und zu summen, während sie ihrer Fantasie freien Lauf ließ, dass Claire ihn ohne zu zögern neckte. Während sie so tat, als gehörte er ihr, der Gefährte, von dem sie geträumt hatte, ließ sie alles hinter sich. Sie biss ihn in die Brust, kratzte ihn spielerisch so nahe an seiner Leistengegend, dass sein Schwanz in der Erwartung zuckte, endlich Aufmerksamkeit zu bekommen – Aufmerksamkeit, die sie ihm verwehrte, um stattdessen um ihn herum zu greifen und seinen Hintern zu liebkosen, während sie sein erregtes, frustriertes Stöhnen genoss.

Als sie ihre Faust um seinen Schwanz schloss, ihn zum ersten Mal berührte, nur um ihn zu befriedigen, tropfte Shepherd bereits, pulsierte in ihrer Hand und hob sich ihrem Griff entgegen.

Er wollte mehr. Hände legten sich auf ihre Schultern und er fing an, sie auf die Knie zu drücken.

Claire wusste, dass er wollte, dass sie ihn in den Mund nahm, etwas, das sie bisher nur im Rausch der Brunft getan hatte. Sie widersetzte sich zunächst, ein Stolperstein in ihrer unsicheren Verführung. Die Augen fest geschlossen, zögernd, zählte Claire bis fünf, bevor sie sich dazu überwinden konnte, zu gehorchen.

Sie atmete tief durch und gab nach, kniete sich hin, um Shepherds geschwollene Eichel zwischen ihre Lippen zu saugen.

Der Alpha reagierte mit einem tiefen, knurrenden Stöhnen.

Die Pupillen in Claires halb geschlossenen Augen weiteten sich noch mehr, als sie ihn schmeckte, und ein verträumtes Summen bekundete Lust, als noch mehr Feuchtigkeit auf ihre Zunge tropfte. Shepherd schob seine Hände in ihre Haare, hielt sie ihr aus dem Gesicht, damit er ihr zusehen konnte, und ergötzte sich an ihren ausgehöhlten Wangen und daran, wie schön ihre geschürzten Lippen sich um seinen Schwanz herum dehnten.

Der Mann dirigierte ihre Bewegungen, lenkte ihren Schädel, und mit jedem Nicken von Claires Kopf verspürte er Glückseligkeit.

Sie schien so unfassbar willig, dass er äußerst erregt wurde, tiefer zwischen ihre Lippen stieß und an ihren Haaren zog, als ihre neckische kleine Zunge herumwirbelte. Fast sofort, nachdem sie begonnen hatte, war er kurz davor, in ihrem hübschen Mund abzuspritzen.

Seine Stöße wurden immer heftiger und Claire würgte, als er sich zu tief in sie drückte, wehrte sich aber nicht … sie ließ sich von ihm benutzen. Als der Alpha nach unten griff, um seine Hand um seine anschwellenden Eier zu legen, als er brüllte, schluckte Claire gehorsam um seinen Schwanz herum und saugte kräftiger für ihre Belohnung.

Shepherd sah, wie ihre kleinen Hände sich um den sich bildenden Knoten legten, um ihn zu drücken, damit es sich so anfühlen würde, als wäre er in ihr, und spritzte den ersten Strahl Sperma in ihre Kehle, während er darauf achtete, sie nicht an den Unmengen an Flüssigkeit ersticken zu lassen.

Claire schluckte so viel sie konnte und der überwältigte Alpha beobachtete, wie sie sich abmühte, war fasziniert von einem Rinnsal seines Samens, der ihr aus dem Mundwinkel lief.

Im Paarungsrausch verloren, in ihrer Fantasie verloren, leckte Claire ihn sauber und schmiegte sich an die breite Hand, die sich auf ihre Wange legte.

Shepherds großer Daumen wischte die übergelaufenen Tropfen auf, die über ihr Kinn liefen, und drückte sie zurück in ihren Mund. Der Mann stöhnte wohlwollend, als sie eifrig jeden einzelnen Tropfen aufleckte. „Sieh mich an."

Claire, die Augen schwarz, nur ein Hauch von Grün um die Pupillen herum, gehorchte. Sie war derart weggetreten – er hatte noch nie gesehen, dass sie sich ihm so vollständig hingegeben hatte. Shepherd nutzte die Gelegenheit, zog sie hoch und eroberte ihre Lippen, küsste sie und schmeckte sich selbst in ihrem Mund.

Aber selbst derart von Begierde verzehrt, erwiderte Claire den Druck nicht.

Er knurrte frustriert, küsste sie heftiger … wurde aber damit bestraft, dass sie ihn nicht mehr berührte.

Keuchend, von der Herausforderung erregt und verärgert darüber, dass sie sich immer noch weigerte, ihn zu küssen, änderte Shepherd seine Taktik. Die Träger ihres Kleides wurden von ihren Schultern geschoben und der Stoff nach unten gezogen. Shepherd atmete ihre Süße ein, biss sie in das Tal zwischen ihren Brüsten, leckte sie, knurrte und fragte mit einer Stimme, die vor Verlangen troff: „Wirst du die Beine für meinen Mund spreizen?"

In einer anderen Dimension verloren, hauchte Claire: „Ja."

Der Alpha richtete sich auf und ging vorwärts, drängte die kleine Omega in Richtung Bett. „Willst du meine Zunge spüren?"

„Ja."

Er schubste sie sanft nach unten und fiel über seine Beute her, sein Mund war überall, nur nicht da, wo sie feucht und gierig war. Claire drückte den Rücken durch und wand sich, war außer sich, weil sie Erleichterung brauchte, aber es gab keine Berührung, die das stärker werdende Pochen zwischen ihren Beinen linderte. Shepherd ließ sie warten, bis er sie mit federleichten Bissen markiert und jeden Zentimeter ausgekostet hatte, bis Feuchtigkeit aus ihr heraustropfte, weil sie seine Lippen so sehr genoss – obwohl der Alpha nie geknurrt hatte, um diesen süßen Duft hervorzurufen.

Er positionierte ihren leicht geröteten Körper so, dass ihre Fotze perfekt zur Schau gestellt war, und hielt sie fest. Ihre Pussy war rosa und pochte, ihre Hüften wanden sich

317

in seinem Griff, während ihr kleines Loch wie ein winziger, saugender Mund zuckte.

Flüssigkeit sickerte aus ihr heraus, führte ihn in Versuchung, und Shepherd fuhr mit der Zunge durch die Feuchte, verlor sich bei der ersten Kostprobe. Während er jeden Tropfen aufleckte, stöhnte Claire wie eine Hure, ließ die Hüften bei jeder Berührung seiner Zunge kreisen und rieb sich an seinem Gesicht, als er den sich windenden Muskel tief in ihre Pussy bohrte.

Mit ihren Gedanken immer noch an dem Ort, den sie sich immer für sich selbst ausgemalt hatte, mit ihrem Körper in den Händen eines erfahrenen Alphas, von dem sie so tat, als wäre er der Ehemann, nach dem sie sich einst gesehnt hatte, bahnte sich ein heftiger Höhepunkt in ihr an – etwas haltlos Perfektes, das fast in Reichweite war.

Dann hörte Shepherd auf, er hörte im entscheidenden Moment auf und hielt ihre Beine gespreizt, um zu sehen, wie ihre kleine rosa Pussy zuckte, während sie versuchte, sich dem Mund entgegen zu heben, der warm über ihr schwebte. Als sie wimmerte, streckte er die Zunge raus und leckte sie leicht, neckte sie.

Claire kämpfte darum, sich bewegen zu können, um Erleichterung zu finden von der sich aufbauenden Spannung, die er mit jedem flinken Vorschnellen seiner Zunge anfachte, und ihre Erregung wurde zu Wut.

Sie hatte ihm Lust bereitet und jetzt deformierte ihr Gefährte die Vision und verweigerte ihr die Vollkommenheit des Traums, indem er mit ihr spielte. Claire blickte zwischen ihre gespreizten Schenkel, um ihren Peiniger finster anzustarren, und knurrte aggressiv.

Die Masse an Muskeln, das Ding, das sie mit seiner Zunge ficken sollte, pirschte sich besitzergreifend ihren Körper hoch und unterband die Bewegungen ihrer Hüften jedes Mal, wenn Claire versuchte, sich an ihm zu reiben, um Erleichterung zu finden.

Shepherd strich mit seinen feuchten Lippen über ihre und schnurrte tief. „Küss mich, Kleine, und ich werde dir auf jede erdenkliche Weise außerordentlich viel Lust bereiten."

Sie war völlig außer sich, jegliche Vernunft wurde von augenblicklichem Zorn vertrieben. Claire wollte ihn unbedingt für seinen Versuch bestrafen, sich etwas zu nehmen, das ihm nicht gehörte, ihn dafür disziplinieren, die Perfektion ihres Traums zu zerstören, und bleckte die Zähne. Fingernägel kratzten über harte Sehnen und ihr Mund attackierte die sich wölbenden Muskeln zwischen seiner Schulter und seinem Nacken. Mit einer schnellen Bewegung presste sie ihre Zähne gegen sein Fleisch und biss so hart zu, wie ihr Kiefer es zuließ, hörte, wie er überrascht die Luft anhielt, und versenkte ihre Zähne noch tiefer.

Sie verwundete Shepherd mit der vollen Wucht ihrer Empörung, mit all der Wut, die sich angesammelt hatte, seit sie den Riesen das erste Mal gesehen hatte, und der unerfüllten Lust, nach der ihr Körper sich sehnte, weil er ihm es beigebracht hatte, und die er gegen sie einsetzen wollte.

Sie wollte nicht einmal mehr ficken, sie wollte nur noch, dass er blutete.

Als die Eichel seines Schwanzes zwischen ihre Falten glitt, grub sie ihre Krallen in ihn und weigerte sich, ihn loszulassen. Shepherd penetrierte sie trotzdem, seine warmen Lippen an ihrem Ohr, so dass sie jedes keuchende Stöhnen hören konnte, als er mit fahrigen, verzweifelten Stößen seiner Hüfte in ihre triefende Fotze eindrang.

Shepherd begann zu sprechen. Sie weigerte sich, ihm zuzuhören. Er stöhnte seinen Namen für sie. Sie knurrte nur wie ein tollwütiges Tier. Er traf die Stelle, an der ihre Nerven empfindlich und Begierde alles war, und dieser schrecklich starke Juckreiz in ihrem Inneren wurde wieder intensiver, breitete sich aus und spaltete sie – katapultierte sie an einen Ort, an dem sie keinen Namen und keinen Zweck hatte, außer zu ficken und von ihrem Gefährten gefickt zu werden.

Es war alles in ihr, der wütende Sturm, der alle Vernunft fortriss, er tobte und peitschte, bis sie endlich an der himmlischen Entfaltung angelangte.

Ihre Zähne lösten sich aus dem Fleisch, das sie tief aufgerissen hatte. Sie schluckte das Blut, das sich in ihrem Mund gesammelt hatte, und kam so ungestüm, wie sie wild geworden war. Noch ein harter Stoß und Shepherds Knoten schwoll auf eine beeindruckende Größe an. Das verlängerte ihren Höhepunkt und fesselte das zuckende Ding an ihn, so dass er sie stillhalten konnte, während sein Schwanz in ihr abspritzte, sie vollpumpte, ihren Schoß mit wohltuender flüssiger Hitze flutete.

Der Geschmack von Blut in ihrem Mund, das rote Zeug unter ihren Fingernägeln, alles wurde ignoriert, als ihr Verstand von der Intensität ihres Orgasmus hinweggefegt wurde. Zeit schien irrelevant zu sein, ein endloses, graues Feld … bis ein Gesicht ihre Vision verzerrte. Das Untier, dessen Herzschlag gegen ihre rotbefleckten Brüste hämmerte, machte sich bemerkbar. Eiserne Augen, erfüllt von Geschichte und Großartigkeit, das Silber der Täuschung und der Lust … diese metallenen Augen sahen sie mit der teuflischen Version von Zärtlichkeit an.

Volle Lippen keuchten Worte, eine tiefe, musikalische Stimme, die nicht von der Rauheit seiner vernarbten Lippen verzerrt wurde, lenkte sie zwischen Küssen auf ihre Wangen ab. „Kleine, das war sehr befriedigend. Ich bin sehr, sehr erfreut."

Sein Mund strich über ihre blutverschmierten Lippen und Shepherd sah ihr tief in die Augen, als ob er auf etwas wartete, dass das Weibchen tun sollte. Claire lag da, während sein Blut sich auf ihrer Brust sammelte, und es begann ihr langsam zu dämmern. Voller Entsetzen begriff sie die Konsequenzen ihrer zügellosen Hemmungslosigkeit.

Die Tiefe des Bisses ... die Position ...

In ihrem Eifer hatte sie Shepherds Fleisch tief mit einer Wunde markiert, die ihn für sie beanspruchte, und war dabei fast so brutal gewesen wie er, als er ihr dieselbe Wunde zugefügt hatte.

Der Zeigefinger des schnurrenden Rohlings fuhr über das Blut auf ihren Lippen, das Rinnsal, das aus ihrem Mundwinkel lief, und er schnüffelte und atmete schwer, sein Knoten immer noch tief in ihr. Seine warme Zunge begann das Rot aufzulecken, wusch ihren Mund und ihren Nacken, hegte ein Ding, das halb unter Schock stand. In der Sekunde, in der sein Knoten abzuschwellen begann, versenkte er wieder seinen Schwanz geschmeidig in ihr, weil Shepherd wusste, dass er sie sofort ficken musste, bevor ihre Pupillen sich zusammenzogen und sein unerwarteter Sieg zu ihrer Reue wurde.

Shepherd machte Liebe mit ihr, bis die Omega so erschöpft war, dass sie das Bewusstsein verlor, und gestattete ihr nicht einen Moment lang, es zu bereuen – nicht, wenn alles so perfekt war. Nicht, wenn sie endlich so reagierte, wie es von den Göttern gewollt war.

***

Corday hatte den Kopf in die Hände gestützt und jeder einzelne Beweis für die Gewalt, die er vorgefunden hatte, fachte einen schrecklicheren Durst in ihm an als seine abgedroschenen, einfachen Rachegelüste. Was er sich in diesem Moment wünschte, wonach er sich sehnte, waren die Launen eines gewalttätigen Psychopathen.

Er wollte Shepherd leiden sehen. Er wollte ihn bluten sehen.

Corday wollte seinen Rivalen höchstpersönlich quälen, bis das Geräusch der Schreie des Monsters den Lärm des Wahnsinns übertönen würde, der durch seinen Schädel polterte.

Es war schwer zu akzeptieren, noch schwerer zuzugeben, dass es keine Möglichkeit gab, das, was er war, mit dem im Gleichgewicht zu halten, wozu eine dunklere Ecke seines Verstandes ihn verleitete, zu werden.

Es war der Raum. Es waren die kaputten Möbel. Es war das Blut.

Der Unterschlupf, in dem sich die Omegas aus dem Bordell der Drogenhändler erholt hatten, der Ort, der ihnen versprochen worden war, war geplündert worden. Die zwei Beta-Enforcer, die über die Frauen wachen sollten, lagen tot auf dem Boden, mit Schusswunden übersät.

An die Wand genagelt, die Hand gehoben, als wollte er winken, hing ein Körper ohne Kopf, wie ein krankes Banner. Corday erkannte die Kleidung, die Statur, den Geruch, der noch nicht komplett von dem Gestank des Gemetzels verdorben worden war.

Senator Kantor.

Der Anführer des Widerstands war entführt, gefoltert und ermordet worden, und es war direkt vor ihren Nasen passiert.

Shepherd spielte mit ihnen – lachte sie aus.

Es gab keine Spur von den wenigen Omegas, für die dieser Ort ein Zuhause gewesen war. Aber da die Luft nach schrecklicher Angst stank, vermutete Corday, dass sie dazu gezwungen worden waren, sich anzuschauen, was auch immer dem Mann angetan worden war, zu dem er wie ein Vater aufgeschaut hatte, bevor sie gestohlen worden waren.

„Willst du nichts sagen?" Leslie stand an seiner Seite und starrte geradeaus, ihre Lippen blutleer, ihr Gesichtsausdruck verstört.

Der Unterschlupft hatte darin versagt, die Frauen zu beschützen, zu deren Schutz er dienen sollte. Die wenigen Enforcer, die noch verblieben waren, der verkümmerte Widerstand, ließen die Stadt im Stich, die sie sich geschworen hatten zu retten. Der einzige Mann, der die ermüdende Bevölkerung vereint hatte, war niedergemetzelt worden.

Was gab es da noch zu sagen?

Corday war dabei, zusammenzubrechen, auch wenn er einen harten Ausdruck auf sein Gesicht zwang. Es war nichts mehr übrig.

Corday starrte den Stumpf des verstümmelten Halses an, das Blut und den offenen Hohlraum im Oberkörper des Mannes, trat über die Eingeweide, die stinkend auf dem Boden lagen, und konnte keine würdigen Worte für die Nichte der Leiche finden. „Wir sollten ihn runternehmen."

Leslie schüttelte den Kopf, als ob sie sich nicht dazu durchringen könnte, die Abscheulichkeit zu berühren. „Was glaubst du, was sie mit dem Kopf gemacht haben?"

Er hatte nicht die Absicht, eine Frage zu beantworten, deren Antwort sie beide wissen mussten, tief im Inneren. Stattdessen richtete er seine Aufmerksamkeit darauf, die Leiche so behutsam wie möglich von der Wand zu nehmen.

Als das erledigt war, wurde alles, was sie einsammeln konnten, in die einzigen Behälter gesteckt, die sie finden konnten – Müllsäcke. Corday stand da, mit dem Blut seines Mentors bedeckt. „Es tut mir sehr leid, Leslie, dass ich mich einverstanden erklärt habe, dich hierher zu bringen. Er hat mir aufgetragen, dich zu verstecken. Hätte ich auf ihn gehört, hätte ich dir dies vielleicht ersparen können."

„Du hast Hilfe gebraucht, um die Vorräte zu tragen. *Ich* musste zur Abwechslung mal etwas Nützliches tun. Die Monate, die ich in Abgeschiedenheit verbracht habe, haben uns eine Wahrheit gezeigt, immer wieder. Mein Onkel hatte unrecht … ich hatte unrecht. Mein Zugang zu Shepherds Kommunikation hat nichts dazu beigetragen, die Sache des Widerstands voranzutreiben." Leslie ließ den Beta ihr Verlangen nach Rache sehen. „Der Beweis dafür ist an der Wand vor dir."

Corday antwortete automatisch: „Du hast Nachrichten übersetzt, die das Leben vieler unserer Brüder und Schwestern gerettet haben."

"Wie haben sie ihn gefunden? Wieso hat bis heute Morgen niemand gemerkt, dass er verschwunden war?" Mit geknicktem Gesicht flüsterte sie: „Was, wenn Shepherd … was, wenn er uns nur hat glauben lassen, dass er keinen Einfluss auf unser Handeln hat?"

Ein ironisches, schmerzerfülltes Lachen entwich dem Beta.

Leslie rieb sich den Schädel, als täte er ihr weh, und seufzte. „Deine Besucherin, diese Maryanne, hatte vielleicht recht. Wenn sie Senator Kantor gefunden haben, wissen sie, wo der Widerstand sich versammelt. Shepherd weiß, wo du wohnst. Er weiß über mich und meinen Zugang zu diesem Kommunikationsnetzwerk Bescheid."

Das war genau der Punkt, den Corday nicht ausgesprochen hatte; der Widerstand lag in Schutt und Asche.

Leslie hatte noch mehr zu sagen. „Was, wenn Claire, deine Omega, eine Vereinbarung mit ihrem Gefährten getroffen hat? Er hat uns vielleicht die ganze Zeit über beobachtet." Eine Frage, die von Zweifeln geplagt war, verlor sich leise: „Wie sonst könnte es …"

Er wollte es nicht hören. Corday wollte noch nicht einmal daran denken. „Wir müssen zurück zum Hauptquartier. Brigadier Dane muss wissen, was hier passiert ist."

Leslie Kantor wurde vehement. „Das muss aufhören."

Das Wort entwich ihm mit einem Atemzug, er war ratlos. „Wie?"

„Ich habe an euren Treffen teilgenommen. Ich habe mit meinem Onkel gesprochen! Brigadier Dane, Senator Kantor, sie haben sich geweigert, Shepherds Armee anzugreifen. Alles, was sie getan haben, *alles, was sie tun wird*, ist, die Bevölkerung im Zaum zu halten und potenzielle Rekruten mit Essen und falschen Hoffnungen zu bestechen, während unser Feind immer mächtiger wird."

Alles, was Leslie sagte, war wahr. Corday teilte ihre Meinung, aber der Widerstand war unterbesetzt. Es gab nur wenige Waffen, der Vorrat an Munition wurde von Tag zu Tag kleiner. Hätten sie vor Monaten angegriffen, wie Claire es vorgeschlagen hatte, hätte eine Rebellion eine Chance gehabt. Jetzt … die einzige Hoffnung, die sie hatten, war, die Seuche zu finden und darauf zu warten, dass die Stadt implodierte.

Senator Kantor hatte versucht, diese Entwicklung zu verhindern. Er hatte versucht, so viele Leben wie möglich zu retten. Er hatte versucht, einen Mann zu überlisten, der weitaus klüger war als er.

Corday wiederholte sich, roboterhaft und nicht in der Lage, durchblicken zu lassen, was ihm durch den Kopf ging. „Wir müssen diese Leiche ins Hauptquartier bringen."

Leslies Augen wurden weicher und sie lächelte ihn traurig an. „Nein, lieber Corday. Die Zeiten sind vorbei, in denen wir uns verstecken konnten. Ich werde unsere Stadt nicht den unfähigen Händen der gescheiterten Führung von Brigadier Dane überlassen. Es gibt noch einen anderen Ort, zu dem wir uns begeben können, einen Ort, von dem sich mein Onkel geweigert hat, ihn in Betracht zu ziehen. Dort könnte es Lebensmittel, Vorräte, Waffen, Munition geben … alles, was wir brauchen, um uns zur Wehr zu setzen und der Sache ein Ende zu bereiten."

Mit Augen, die knochentrocken in ihren Höhlen saßen, und dem Gefühl, als wäre alles Leben aus ihm herausgesogen worden, zwang Corday sich dazu, mitzudenken. Er wusste, welchen Ort sie vorschlug, und verstand, warum er tabu war. „Während des Ausbruchs, während meine Enforcer-Kollegen im Justizsektor festsaßen und an der Seuche starben, wurde Callas' Haus abgeriegelt. Soweit wir wissen, wurde die Seuche hinter dieser Stahlbarrikade freigesetzt. Das Tor zu öffnen, könnte die Bevölkerung der Seuche aussetzen und uns alle töten."

Sie wandte dem Blut im Raum den Rücken zu, ging zu dem kleinen Fenster der Wohnung und dem Kegel aus Sonnenlicht, der sich über den Boden erstreckte. „Es gibt noch einen anderen Weg ins Innere, Corday, einen kleinen, geheimen Eingang. So wie mein Onkel weiß auch ich, wo er ist."

Die Information überraschte ihn nicht. Tatsächlich hatten er und andere im Widerstand vermutet, dass es einen zweiten Zugang geben musste – einen Fluchtweg für den Notfall. Es war Senator Kantor gewesen, der sich vehement geweigert hatte, das Leben von Millionen zu riskieren, um herauszufinden, was im Haus des Premierministers sein könnte.

Leslie reagierte auf sein Schweigen, drehte den Kopf und sah, wie er bewegungslos dastand, die Leiche ihres Onkels in Plastik gehüllt und in seinen Armen. „Wenn nichts unternommen wird, werden wir sterben. Der Beweis dafür ist in diesem Raum. Die Rettung könnte hinter Callas' Tür warten und Shepherd würde nie vermuten, dass der Widerstand sich dort versammeln würde. Lassen wir ihn denken, dass er gewonnen hat, dass wir uns aufgelöst haben, während wir uns hinter Mauern versammeln, die er nicht überwinden kann. Das ist unsere einzige Chance, Corday."

Es gab noch eine weitere Hürde, die Frau, die der Widerstand als Anführerin ansehen würde. „Brigadier Dane wird sich dir in dieser Sache widersetzen."

„Deshalb werden wir den Zugang öffnen, du und ich, bevor wir zu ihr gehen. Wenn wir zum Widerstand zurückkehren, bringen wir Hoffnung mit, oder wir sterben, wie wir es für unsere Unfähigkeit verdient hätten." Sie klang in diesem Moment so sehr wie ihr Onkel: Herrisch, selbstbewusst. „Und jetzt leg ihn hin. Lass meinen Onkel hier. Er würde nicht wollen, dass wir Zeit verschwenden oder uns selbst in Gefahr bringen, nur um seine Leiche durch die Gegend zu schleppen, damit die Menschen, die er geliebt hat, sie anstarren können."

Er legte die Überreste auf dem einzigen Tisch im Raum ab und trat einen Schritt zurück. Corday drehte den goldenen Ring an seinem Finger, Runde um Runde, und richtete seine wütende Aufmerksamkeit auf Leslie Kantor. „Wenn du dich irrst, werden wir den Virus freisetzen."

„Das war auch das Argument meines Onkels. Nun, hier ist meins: Denk darüber nach, woher Shepherd kommt, wie er denkt. Der Mann hat sich eine Armee aufgebaut, rekrutiert immer noch, um die Zahl seiner Soldaten zu erhöhen. Er will herrschen. Er hat die totale Kontrolle." Leslies leidenschaftliche Worte ließen Corday innehalten und er hörte auf, den Ring zu drehen. „Ein Tier wie er würde lieber in einer Schlacht sterben, als einem Tod durch Infektion zu erliegen. Glaubst du wirklich, er würde den Virus irgendwo herumliegen lassen, wo er freigesetzt werden könnte, um alles zu zerstören, was er aufgebaut hat? Selbst der Justizsektor wurde durch ein Verbrennungsprotokoll gesäubert, nachdem er dem Virus ausgesetzt worden war. Der Virus, der diese verkohlten Korridore infiziert hat, wurde in dem Moment zerstört, als Shepherd seinen Standpunkt klargemacht hatte. Die Menschen von Thólos haben das Leid gesehen, die Flammen. Aber wir haben nicht gesehen, was im Sektor des Premierministers passiert ist. Warum? Warum würde er die Bevölkerung im Dunkeln lassen?"

Sie war eine so gute Rednerin, wie ihr Nachname vermuten ließ. Obwohl er extrem erschüttert war, konnte

Corday spüren, wie ein kleiner Funke verloren geglaubter Hoffnung drohte, seine Verzweiflung zu vertreiben. Er wollte glauben, dass sie recht haben könnte.

„Wir können es beenden, Corday." Das Alpha-Weibchen näherte sich ihm, reichte ihm ihre Hand. „Komm mit mir. Hilf mir."

Möglichkeit rang mit der Wahrscheinlichkeit, dass Auslöschung am Ende des Weges lag, den Leslie ihn entlangführen wollte. Etwas fühlte sich falsch an, aber das ganze Leben war falsch, der Widerstand hatte falsch gelegen, und es war an der Zeit, an etwas Neues zu glauben.

Der Beta nahm die Hand, die sie ihm entgegenstreckte, und besiegelte das Schicksal des Domes.

WIEDERGEBOREN jetzt lesen!

Addison Cain

Addison Cain, USA TODAY Bestsellerautorin und Amazon Top 25 Bestsellerautorin, ist vor allem für ihre Dark Romances, das heiße Omegaverse und kranke Alien-Welten bekannt. Das Verhalten ihrer Antihelden ist nicht immer entschuldbar, ihre Protagonistinnen sind willensstark, und nichts ist jemals so, wie es scheint.

Tiefgründig und manchmal herzzerreißend, sind ihre Bücher nichts für schwache Nerven. Aber sie sind genau richtig für alle, die unverfrorene Bad Boys, aggressive Alphas und Küsse mit einem Hauch von Gewalt mögen.

Besuche ihre Website: addisoncain.com

Melden Sie sich für meinen Newsletter an:
http://bit.ly/AddisonCainDeutsche

Amazon: amzn.to/2ryj4LH
Goodreads: www.goodreads.com/AddisonCain
Bookbub Deals: www.bookbub.com/authors/addison-cain
Facebook Autorenseite:
www.facebook.com/AddisonlCain/
Addison Cain's Dark Longings Lounge Fan Group:
www.facebook.com/groups/ DarkLongingsLounge/

Lass dir diese spannenden Titel von Addison Cain nicht entgehen!

The Golden Line

Wren's Song-Reihe:
Branded Captive
Silent Captive
Broken Captive
Ravaged Captive

The Irdesi Empire-Reihe:
Sigil: Book One
Sovereign: Book Two
Que: Book Three (in Kürze erhältlich)

Alpha's Claim-Reihe:
Born to be Bound
Born To Be Broken
Reborn
Stolen
Corrupted (in Kürze erhältlich)

A Trick of the Light-Duologie:
A Taste of Shine
A Shot in the Dark

Historische Liebesromane:
Dark Side of the Sun

Cradle of Darkness
Catacombs
Cathedral
The Relic

Horror:
The White Queen
Immaculate

CPSIA information can be obtained
at www.ICGtesting.com
Printed in the USA
LVHW091533300120
645337LV00001B/41

9 781950 711239